电影的广播站忽然播了一首"我们不曾相遇",简嘉的身影仿佛在一瞬间和阿中那时站在三楼扔纸飞机的少年重合了。按下快门的那一瞬间,陈泊生想起了在毕业寄语里写的那句话,他一个字也都没忘:

——为你,千千万遍。

三千风陵

图书在版编目（CIP）数据

心潮 / 三千风雪著 . -- 武汉：长江出版社,
2025.5. -- ISBN 978-7-5492-9996-6
I.I247.5
中国国家版本馆 CIP 数据核字第 2025HD8820 号

心潮 / 三千风雪 著
XINCHAO

出　　版	长江出版社
	（武汉市解放大道 1863 号 邮政编码：430010）
策　　划	长江出版社
市场发行	长江出版社发行部
网　　址	http：//www.cjpress.cn
责任编辑	李剑月
特约编辑	秋　叶
封面设计	唐小迪
封面绘制	早文吕
印　　刷	北京君达艺彩科技发展有限公司
版　　次	2025 年 5 月第 1 版
印　　次	2025 年 5 月第 1 次印刷
开　　本	880mm×1230mm　1/32
印　　张	9
字　　数	259 千
书　　号	ISBN 978-7-5492-9996-6
定　　价	49.80 元

版权所有，侵权必究。如有质量问题，请与本社联系退换。
电话：027-82926557（总编室）027-82926806（市场营销部）

[目 录]

第一话 【宇宙最强,战绩可查】 001

第二话 【流浪猫猫,请求收编】 049

第三话 【万能师哥,值得褒奖】 097

第四话 【勇敢小简,团建显眼】 147

第五话 【爱宝爱宝,快快长大】 197

第六话 【八月盛夏,你我和它】 247

下午六点,一条爆炸性娱乐新闻霸占了各大网站的首页。

吃瓜①小鹅爆料:天哪,理京"太子爷"陈黎又被爆出新恋情?新情人疑似有五百万粉丝的新晋"顶流"?

各大营销号像是约定好卡点爆料——挑了周五下午六点微博流量最大的时候。话题瞬间冲上了热搜第一——话题后挂着一个黑红的"爆"字。

这条消息一出,云京电影大学数字传媒(数媒)一班的宁静彻底被打破,原本死气沉沉的晚自习教室内响起了此起彼伏的惊叹声——力证了大家此刻都在同一个互联网冲浪。

数媒专业的吃瓜同学迅速八卦得热火朝天。

"有钱就是好啊,这是陈黎这个月换的第三任了吧?"

"啧啧,换对象比我换衣服都快。"

"来来来,赌一下这次这个能待多久?"

"不是,你们都不好奇一下这次的'嫂子'是谁吗?"

不知道是谁推了简嘉一下。坐在窗边画毕设的那个男生终于舍得转过头来,像是刚从漫长的发愣中回神。

那真是一张非常好看的脸——眉眼精致,鼻梁挺阔,嘴唇看上去挺有肉感,标准的浓颜系长相;下颚线比许多人的人生规划还清晰,显得有几分凌厉,配上健康白皙的皮肤,漂亮得无可指摘。整个人

---

① 吃瓜:网络流行词,表示一种不关己事、不发表意见仅围观的状态。普通网友们常常戏称自己为"吃瓜群众"。"瓜"则表示某个热点八卦事件。

坐着,给人一种极为沉稳大气的俊秀。

"哎,简嘉,你不好奇这个'顶流'是谁啊?"

简嘉的视线下意识落在好事者的手机屏幕上,慢条斯理地开口:"这年头有五百万粉丝也能叫'顶流'了吗?"

什么奇怪的关注点?

不过,简嘉说得也没错。被爆出来的这个艺人按名气算或许不是"顶流",但是按攀龙附凤的手段算绝对是当之无愧的"顶流"。

像素并不算高的摄像机只拍到了几张陈黎与"顶流"在餐厅约会的画面。尽管爆料图上布满了水印,但简嘉还是一眼注意到了陈黎衬衫上的领带——路易威登的领带,但不算太贵。简嘉还清晰地记得自己付款的时候,自己的银行卡被刷掉了多少钱。

那天早上陈黎收下领带后对他说晚上有事,语气一如既往地玩世不恭。原来有事指的是晚上陪新欢吃饭。

陈黎在云京上流圈子也是个出了名的浪荡子,自带热度。短短十分钟,相关热搜就消失得无影无踪。

看到简星洋的名字牢牢地跟在陈黎之后,关联着"贵人"两个字,简嘉的视线落在上面足足好几秒,才察觉心脏有些针扎似的酸疼——还有什么比自己最信任的恩人哥哥和自己的弟弟搅和在一起更让人憋屈的事情吗?更何况这位"弟弟"还是和他无血缘关系、堂而皇之登门入室的小三的儿子。

简嘉不习惯对外公开自己的私生活,知道他家那点事的人少之又少。不过别人不知道,发小林棠对他的那点儿心思知道得一清二楚。从很久以前开始,就是陈黎一直在照顾简嘉,特别是在简嘉经历了那些事之后。可以说,要不是陈黎,简嘉可能很难活下去。

好事者见简嘉兴趣不高,有点儿自讨没趣。林棠凑过来把他挤开:"跟你有什么关系,干吗这么八卦?走开。"

见艺术系系花发话,好事者瞬间就离开了。

林棠看着逐渐发酵的微博热搜,试探道:"我的草儿,你还好吧?"

简嘉掀了眼皮看她一眼,声音有点凉:"除了不好的地方,其他都挺好的。"

简嘉原本以为自己已经习惯陈黎带给他的伤害，现在才发现，陈黎的那把"刀"还能将他刺得遍体鳞伤。

林棠："……"

懂了。简嘉的心情估计是差到极点了。

林棠是从高中一路看着简嘉过来的，这次，连林棠都觉得陈黎有点过分。认识这么多年，难道他不知道简嘉和这个同父异母的弟弟的关系有多差吗？这不是往简嘉心窝子里扎刀吗！简嘉的心又不是石头做的。

林棠文化水平有限，正想从脑海中搜肠刮肚一点儿词来安慰简嘉，就见后者已经收拾好平板，背上包准备离开。

林棠连忙道："你去哪儿？"

"回去画毕业设计（毕设）。"简嘉读出她的表情，有点无奈，"我总不能被干扰得让事业也受影响吧。"

林棠连忙松手，给他点了个赞："不愧是你，云影第一'卷王'[①]。"

简嘉笑了下，只是笑意没到那双盛满星辰的桃花眼中。

晚自习依旧热闹沸腾，到处都能听到陈黎的八卦。简嘉及时脱身，只觉得世界吵闹，他攥紧书包带子，平静地接受了这件事带给他的伤害，像以前无数次那样。

习惯性地给自己洗了几遍脑之后，简嘉似乎真的让自己相信，他可以释怀这件事了。

回到寝室的时候，许子意正在发脾气。价值上万的手机被他摔得震天响，简嘉开门的时候他刚好红着眼眶冲出来。

简嘉住的是调剂的四人寝室，不同专业混住。许子意是隔壁表演专业的，还没出道就小有名气，长得也不错。但云京电影学院的校草之位一直被简嘉霸占着，导致许子意从开学起就跟他各种不对付。平时见了面少不了阴阳怪气说他两句，今天出门的时候更是看都没看他一眼，关门的声音比他砸手机的声音还响。

简嘉回到自己的座位上，毫不客气地说："他吃错药了？"简

---

① 卷王：网络流行词，指内卷的胜出者。内卷是一种人们在竞争中彼此消耗的状态，就像剧场效应一样。

嘉虽然脾气是出了名的温和,但别人要是找他碴儿,他也不是那么好性子的人。

宿舍只剩下老大在,随口回了一句:"你不知道啊草儿,许少爷这是示好失败,恼羞成怒。"

"跟谁啊?"简嘉随口一问。

"还能有谁。"老大来了八卦的兴趣,"能打击到许子意这种眼睛长在头顶上的小少爷,除了云大计算机系的那个校草陈泊生,还能有谁?"

原来是他。

简嘉挑了下眉。

要说云京大学城这边不认识陈泊生的人,那还真是没有。这号人物在大一报到那天,他的话题就让大学城的公共论坛热闹得如同菜市场,连简嘉这种不怎么上论坛的人都略有耳闻。听说陈泊生是当年云京的理科状元,属于那种明明可以保送但是非要靠自己努力的天才。入学后也不负众望,迅速成为传说中的学霸。听闻今年过年时刷爆朋友圈的那款《小猪快逃》的"魔性"游戏就是这位大神开发的。

陈泊生这种人是真正地被笼罩在天之骄子光环之内的——上帝不但偏心地给他开了窗,还开的是豪华落地窗。

简嘉和他唯一的交集就是曾经读过同一所高中,但是不同班。虽然两人现在不在一所大学,但因为云京大学就在云京电影学院的隔壁,两人的名字还是频繁地被两方校友提起。

简嘉今天够倒霉了,心想死对头送上门来的笑话不看白不看,继续问道:"至于这么生气吗?"

老大忽然跟抽风似的笑了起来,笑够了才说:"你是不知道陈泊生这个人多有毒。你知道他怎么刺激许子意的不?"

大概是都姓陈的缘故,简嘉脑海中忽然冒出了陈黎张扬俊美的脸,下意识接了句:"你很好但还是要多努力。"

"不是。"老大模仿着那位大神的口气,拖腔拉调,"陈泊生跟他说——你眼光很好。

"但不好意思，我眼光更好。"

简嘉："……"这人神经病吧！

老大已经笑得在床上打滚："你说陈泊生这人真牛啊，怎么想出这么自恋又讨打的台词！"

简嘉也跟着笑了声，难怪许子意被气哭了，这话不明摆着说人家不配跟自己搭话吗。京大这位校草还真是个人才。

笑了一阵，老大戴上耳机刷视频去了，宿舍又陷入安静。

简嘉打开电脑，习惯性点开游戏页面，鼠标落在陈黎的游戏账号上，灰的。

意料之中。

估计现在忙着和别人玩儿，哪儿有空畅游召唤师峡谷①。只是自己傻，明知道这个事实，还不死心地上来看一眼。简嘉在安静的夜色中，后知后觉地感到呼吸不畅的苦涩。他似乎是第一次清晰地认识到，自己如此在乎、如此信任的哥哥，其实并没有把自己的感受，甚至把自己这个人当回事。不然怎么会那样亲近他那个"弟弟"。

实际上简嘉并不喜欢玩游戏，注册这个游戏账号纯粹是为了陪陈黎消磨时间。陈黎不在线，这款游戏对简嘉来说也失去了意义。

他准备下线，右下角的企鹅图标闪烁起来，ID叫作"宇宙最强小学生"发来了一条消息——是陈黎的弟弟发来的。不是他这种陈黎口中的"我一直把你当弟弟"的好弟弟，而是陈黎正儿八经同父同母的亲弟弟。

简嘉经常陪陈黎游戏开黑，陈黎又老拉着他弟一起玩。所以虽然两人没见过面，但也算熟悉。因为这个游戏ID，简嘉先入为主地脑补出一个十二岁中二②浮夸的小学生形象。

宇宙最强小学生：来一把？

简嘉回复得也干脆利落。

—+：没空。

---

① 召唤师峡谷：游戏地图。

② 中二：网络流行语，主要是指青春期特有的思想、行动、价值观，是对青少年叛逆时期自我意识过剩的一些行为的总称。

宇宙最强小学生：怎么？

宇宙最强小学生：你心情不好？

简嘉脑袋里缓缓冒出一个问号。没搞懂这小学生是怎么从他短短的两个字回复里看出他心情不好的。

不过他的心情也确实不好。简嘉没工夫在这儿当幼教，关掉对话框之后准备继续搞毕设。

"小学生"的消息又来了。

宇宙最强小学生：哦，你受打击了。

陈述句。估计是刚才去看了微博热搜。

简嘉不知道回复他什么，毕竟这人是陈黎的亲弟弟。对方看起来似乎比他还犹豫，聊天框上的"正在输入"中持续了两分钟。

看得简嘉满脑袋疑问。写什么东西这么久，不会是打字骂他吧？

结果输入了半天，"小学生"的新消息过来了，看起来求生欲很强。

宇宙最强小学生：不是。你看不惯可以骂我哥。

宇宙最强小学生：但是先说好。

宇宙最强小学生：骂完我哥之后，就不能再骂我了。

简嘉当然不会骂陈黎。同样也不会因为自己心情不好就迁怒小学生。聊天到这里差不多就该结束了。简嘉第三次准备关闭对话框，宇宙最强小学生又发来消息，真是锲而不舍，毅力可嘉。

宇宙最强小学生：那我陪你打一把？

俨然有一种好兄弟舍命安慰他的意思。

想不到陈黎他弟还挺义薄云天的，只可惜简嘉心情太差了，不想承小朋友这份情。

—十：真不打，谢了哈。

对方也回得飞快。

宇宙最强小学生：那你陪我打？不免费，付费两小时。

看来陈黎跟他弟平时说得还挺多的，连自己偶尔兼职做游戏陪玩的事情都告诉他了。

简嘉十分无奈。

—十：今晚就算了，我是真没时间。

宇宙最强小学生:两小时五百。

简嘉正襟危坐。

一十:但话又说回来。

有钱不赚才是傻蛋。送给陈黎的那条领带一万二,怎么也得从他们陈家抠一点回来吧。

二十秒后,感情丰沛的女声在简嘉耳机里响起:"欢迎来到召唤师峡谷!"

两个小时之后,简嘉深吸一口气关掉游戏页面,点开宇宙最强小学生的聊天页面。

看着自己游戏主页上五连败、送出二十五个人头的惨烈战绩,简嘉实在是没办法昧着良心收钱,飞快打字道:"呃,要不我把陪玩的五百退你吧。"

他平时技术还是挺好的。估计是今天有心情低落的因素,心不在焉,打出了陪玩职业生涯的滑铁卢。

宇宙最强小学生的聊天状态显示正在输入。简嘉感觉自己这糟糕的陪玩技术,给人倒贴五百的精神损失费都是应该的。

过了会儿,宇宙最强小学生消息过来。

宇宙最强小学生:退我一百八十七吧。

简嘉愣了一下,真的是精神损失费?

一十:不用全退吗?我可以赔你精神损失费,不过一百八十七是?

宇宙最强小学生:是我的身高。

简嘉以为以今天的状态自己会失眠,实际上昨天一晚上都睡得挺好,并且沉浸在一种怀疑人生的朦胧状态中。

现在的小学生都是吃什么长大的,身高一米八七?这合理吗?简嘉自己都只有一米七八,虽然他对外都四舍五入地说自己一米八。

昨晚睡前,简嘉定了今早八点的闹钟——准备去参加云影的毕业宣传片拍摄。

三月春招之后,云京电影学院迎来了六月的毕业季。恰好赶上五十周年校庆，校委会牵头，准备拍摄一段二十分钟的宣传片。作为国内顶尖的电影大学，五十周年校庆自然群星荟萃，大导如云。半年前就有传言，某国际名导要来云影走校庆红毯。表演系的学生为了在大导面前多露脸，自然铆足了劲去争取宣传片的主演。

结果校委会挑主演挑了半天，最后主角落到了简嘉头上——一个非表演专业的本科生力压群雄，一石激起千层浪。原因无他，纯靠"刷脸"——简嘉的长相漂亮而英气，既有少年人特有的青春活力，又有成年人的沉稳端庄。上面那位大领导就是偏爱这种内敛俊秀，上镜又十分拿得出手的长相。

第一幕拍摄定在校前广场。简嘉骑单车过去十五分钟，中途还买了两杯咖啡。

发小林棠已经久候多时，穿了件简约小背心，搭配低腰的牛仔裤，身上的布料特别少。大老远看到简嘉就跑过来了，七厘米的细高跟被她踩得如履平地，给人一种此女踩高跷很有天赋的错觉。

"我的草儿。我看看。"林棠捧着简嘉的脸上下左右打量，"哭了没？emo①了没？彻夜未眠了没？心碎了没？"

简嘉无奈地把她扯开，顺带递给她一杯美式咖啡："让您失望了，没哭，没碎。"

林棠松了口气："那还好。你要是哭一夜还有这完美的皮肤状态，我用了三千的面膜的脸还不如你的，情何以堪！"

简嘉插上吸管还来不及感慨"你什么面膜三千啊，镶钻的吗？"，就见林棠转移话题，戳了自己一下，一撇嘴。

"草儿，你看许子意，我无语了。他怎么不干脆把香水倒头上再来？生怕别人不知道他今天来的目的是吧？"

简嘉顺着林棠的视线看过去，果然看到了许子意——昨天摔门出去的那小少爷，他同寝唯一一个表演专业的室友。

简嘉跟许子意一向不对付，林棠作为他发小别的不行，但护短是第一名。短短三分钟就输出了三千字，把许子意从头到脚点评得

---

① emo：网络流行语。原本是一种情绪化的音乐风格，但在互联网世界里，被网友们衍生出"丧""忧郁""伤感"等多重含义。

一文不值。末了还总结:"整张脸全都是高科技产物,就没有一处是自己的,也不知道哪儿来的自信跟你比。就这种人都能进云影表演系,天哪!表演系真的亡了!"

简嘉打断她,有些诧异:"许子意也参与拍摄吗?"

印象中,拍摄的学生名单并没有他。但也因为这个,许子意看他不爽的程度更上一层楼。两人就差没在寝室里打起来——选了个数媒专业的"素人大学生",都没挑上许子意,这让一身"少爷病"的许子意怎么忍受得了。

林棠翻了个白眼:"他参加什么拍摄,蹭热度来的。"

简嘉心里惊讶了一句。他闲得没事等开机,有一搭没一搭跟林棠瞎聊。现场忽然有一阵轻微的骚动。

简嘉很熟悉这种骚动。看似平静如水,并不喧闹,其实所有人的眼睛都很忙。简嘉每次出现在一个新的环境,就能感受到周围的人有这样的波动,这是一种有帅哥出现的预兆,还是那种人尽皆知的大帅哥。

只是今天在场的表院系学生已经是俊男美女,来的这位还能有多帅?简嘉也下意识追寻着人群的目光。

骚动伴随着低语,隐约能听到现场压低的激动音:"天哪,陈泊生真来了!"

简嘉再一次循声望去,果然在人群中看到一个男生。

现场其实挺乱的,但他还是能够第一眼注意到对方。来的这位太显眼了,身高腿长,肩宽背阔,典型漫画男主的身材。这人穿了件黑色的冲锋衣,拉链拉得严严实实,戴了顶鸭舌帽,露出的头发偏长微卷。帽檐虽然压得低,但依然能够看清楚长相——单眼皮,一双丹凤眼长而轻挑,瞳色偏浅;鼻梁很挺,嘴唇是标准的微笑唇;人看着没什么表情,显得十分冷淡。走过来的时候整个人透露着一种冷淡感,像冬天夜幕降临时雾霾蓝的天,孤寂又神秘。

简嘉见过不少帅哥,但这么顶级的大帅哥还真是少见。

"他就是陈泊生?"简嘉刚才听到别人叫他的名字。

"你认识?"林棠看他。

"不认识。听人提起过，京大计算机的大神。"简嘉笑了下。

其实他跟陈泊生还是一个高中出来的，只是不熟，解释起来也麻烦。

"人家不只计算机牛，摄影也超牛的好吗！"林棠显然比他知道得多，瞬间就八卦上了，"陈泊生今天就是来帮忙拍摄的，校委会亲自请的他，贼有排面。"

"原来如此。"简嘉点点头，兴趣不是很大的样子。

看到简嘉这么个反应，林棠有点恨铁不成钢。作为一个重度"颜控"，她看简嘉哪儿哪儿都是最完美的。偏偏这么好的一个人，怎么总是活在自己的世界里呢？

林棠不死心地问："这么一个大帅哥站在这儿，你就没什么想法？比如邀请一下做模特啥的？"

简嘉认真地想了想："也不是没想。这不是有人比我更快吗？"

话音一落，两人心有灵犀地看过去——许子意果然从位置上站起来，拿着两杯咖啡就走过去了。不知道说了什么，只见许子意递咖啡的手伸出去半天，陈泊生愣是眼皮都没抬一下。

能把许子意这小少爷大庭广众地晾着，不愧是陈泊生，帅是真的帅，酷也是真的酷。

简嘉不知道怎么，想起了那句欠揍的"你眼光很好，但我眼光更好"，没忍住笑出声。

许子意好像听到了，瞪了他一眼羞愤地跑了。简嘉连忙收起笑意，可还是晚了，他总觉得陈泊生似乎往他这儿瞟了一眼。

林棠感慨："啧啧啧，别具一格的高冷酷哥啊。"

"大帅哥嘛。"简嘉吐槽一句，"能入得了他眼的估计也只有神一般的人物了。"

简嘉没再继续围观下去，低头打开笔记本，趁着空闲时间抓紧完成自己的简历。林棠看他在忙简历的事情，没继续打扰他，蝴蝶一样飞走去社交了。

三月春招已经过去一个月，简嘉投出去的简历石沉大海，一份offer都没收到。就他专业和文化课并列第一的成绩而言，这不合理。

更何况简嘉大三就已经在某知名互联网大厂实习过了。

只不过想起那次实习遇到的破事,简嘉心里就有些反胃,不想再提。

与此同时,林棠的社交成果也颇为显著。不到一天时间,她就跟导演组的学姐学长们打成一片,拍摄结束的时候还一起约了晚饭。

陈泊生像是来走个过场的,下午就提前离开了。只不过光环在那儿,就算走了也能成为话题讨论的焦点。

简嘉吃饭时被迫听了一耳朵陈泊生在校时期的传奇故事。从他的专业成绩到现在的工作成就。听说他还在读研一,就已经任职国内知名互联网大厂恒游事业部的核心开发人员了。

"听说他还有四分之一的外国血统。"

"哇哦,真的假的?难怪看起来有点混血的感觉。"

"不过真牛啊,刚毕业就去恒游的核心事业部了。"

"你以为大神是白叫的啊?人家寒假随便开发的一个游戏就把你朋友圈刷爆了。"

不知道是谁提到了简嘉:"哎,我们草儿。"学长们都很自来熟地学着林棠的方式叫他,"你不是还没收到 offer 吗?听说恒游在内推,不然我把大神的微信推给你?"

简嘉不想麻烦别人,更何况跟陈泊生不熟。奈何学长酒过三巡格外热情,说什么都要帮他搞定工作。简嘉无奈之下答应,以为这事就是口头随便说说。没想到回宿舍之后,学长还真私聊了他。

学长:我跟大神已经说过了,内推没问题的。

简嘉哭笑不得。

—十:麻烦学长了(内心苦涩的表情包)

简嘉等了会儿,没等到名片。

学长似乎有些犹豫,补充了一句。

学长:草儿,大神这人有点高冷寡言,你别介意。

—十:行,你把大神微信推给我吧。

学长:OK。

简嘉莫名有点紧张起来。酷哥大神的微信名片会是什么风格?

头像一片纯黑,网名高深莫测,纯英文的那种?

下一秒,简嘉的聊天框跳出了陈泊生的微信名片。

学长:对方向您推送了个人名片"华山菠萝吹雪"。

简嘉翻来覆去确认了好几遍,才确定"华山菠萝吹雪"的微信号是陈泊生本人在使用。想不到外表高冷的大神,竟然有一颗充满童真的内心。

再一次感谢了那位热心肠的学长之后,简嘉并没有像对方预料的那样迫不及待地向陈泊生介绍自己,以此换取内推的机会。他的性格就这样——不到迫不得已,不喜欢有求于人。

不过让简嘉感到意外的是,点开陈泊生的微信,他发现两人早就加过好友。估计是当年附中毕业的时候在校友群一通乱加的——简嘉当年是附中的学生会主席,也算附中名人。意外加上陈泊生的微信也合情合理。但这也从侧面证明了,他俩这高中校友真是"塑料"得不能再"塑料"了。

手机屏幕上是空白的聊天框页面。简嘉抬眼一看,对方的状态显示正在输入中。他微微诧异,感觉这位传说中的大神还挺主动,没有想象中高冷。只是对方输入的时间也太长了。

简嘉等得无聊,就顺手翻了一下大神的朋友圈。比起充满童趣风格的微信 ID,陈泊生的朋友圈终于符合一个酷酷大帅哥的形象了——没开朋友圈范围可见,六年时间就只有六条朋友圈,都是固定在夏至那天发的,分别是世界各地的风景照,构图和光影完美得他这个外行都能看出其中的专业。

想到林棠说陈泊生的业余爱好是摄影,拿过国外的大奖,简嘉不由感慨造物主的偏心。

简嘉花了几分钟把风景照翻了一遍,才注意到时间过去挺久了。切回聊天页面,准备回复陈泊生消息,结果抬眼一看,聊天框比他空空的衣兜还干净——聊天状态还是正在输入中。

看得简嘉满脑袋问号。陈泊生要跟他说什么,要输入五分钟?简嘉耐着性子又等了会儿。

好消息是陈泊生终于停止了输入。坏消息是十分钟之后对方连

个句号都没发过来,输入了五分钟的寂寞。这跟临睡前跟别人说"我突然想起个事"然后又说"算了"有什么区别?!如果不是跟对方不熟,简嘉现在已经直接冲上去问个清楚了。

又等了一分钟,简嘉确信陈泊生今晚是真的不准备给他发消息了,才一头雾水地洗漱睡觉。因为该死的好奇心作祟,一直挂念着陈泊生到底想跟他说啥,他一整晚都没怎么睡好。

第二天一早,简嘉打开招聘软件,终于收到了一个月以来的第一场面试邀请。地点在世纪广场。看到公司隶属理京集团的时候,简嘉回复的指尖顿了一下。

HR在那头催:"还有什么问题吗?"

面试机会来之不易,理京旗下上百子公司,不一定能碰到陈黎。半晌,简嘉轻微地叹息了一声,回复道:"没问题。周四下午我会准时到场。"接下来是交换手机号跟微信。

简嘉定了闹钟,又趁这两天空闲把自己的毕设进度推进了不少,坐实了"卷王"的称号。

周四下午的天气有点闷,看起来像是在酝酿一场大雨。

简嘉换了一套偏正式的休闲西装,他身材比例极好,是那种套个麻袋都能去巴黎时装周走秀,老天爷赏饭吃的程度。穿好之后简嘉又拍了一张照片发给林棠:"看着怎么样。"

林棠几乎秒回:"帅极了我的宝,今天不但能拿下面试,甚至还能拿下面试官。"

简嘉发了个笑哭的黄豆表情包给林棠。

地铁到世纪广场大概需要半小时。在保安处做了登记之后,简嘉在A座坐电梯到了十九楼。面试地点在大会议室,他特意提前了十分钟来,只见大会议室门口已经有七八个人了。

大公司都这样。竞争力强,基本是集体面试。

不巧的是,冤家路窄,简嘉刚坐下就看到了许子意,对方应该是陪朋友来面试的,看到他之后熟练地翻了个白眼。简嘉懒得跟他一般见识,挑了个安静的角落复习面试资料。

时间一分一秒地过去,紧张的氛围感却越来越强。

站在许子意身边那个男生抓了把头发:"要命了,紧张得我头发都要掉了,万一我学历不够面试不上咋办?"

许子意轻笑了一声,声音不高不低:"你紧张什么。学历不够又不丢人,有的人在外面做了不光彩的事都敢来面试。"他盯着简嘉,语气中的恶意毫不掩饰,"我真是替试官担心,你说万一又招到这种祸害领导公司的晦气人,怎么办呢?对吧,简嘉。"

话音一落,现场的空气凝滞了一瞬。有意无意地,在场的人视线都扫过了简嘉的脸。

简嘉大三实习的时候在实习公司闹出了一件大事——带他实习的项目经理骚扰他不成,倒打一耙造谣他手脚不干净。对方还跑到公司闹事,不分皂白将一杯水泼到简嘉脸上,照片被传得到处都是。后来是校方出面才解开误会。原本想要息事宁人,但没想到简嘉看着好说话,实际上性格极为难搞,一定要对方当面道歉。那项目经理是道歉了,但之后的一年,简嘉投出去的简历再也没收到过回复。

圈子就这么大。简嘉知道自己得罪人了。

暗中围观的众人暗暗心惊的同时又看向简嘉。

就在所有人都觉得这是要打起来的节奏时,简嘉慢条斯理地开口:"给我道歉的视频到现在还挂在那人的微博首页。你是觉得那人道歉得不够诚恳,打算替那人再给我道歉一次?"

男生的声音听起来不卑不亢,条理清晰又讽刺意味十足:"说起来你跟那人应该挺有共同语言的,毕竟像你们这种,能死皮赖脸一而再,再而三地骚扰别人的人,也是少见的厚颜无耻。"

许子意的脸色瞬间变了:"简嘉你什么意思?"许子意哪儿受过这种羞辱,立刻就抓起手边一叠厚厚的杂志朝简嘉砸去。

简嘉预料中的疼痛没有袭来。许子意脸上的表情从愤怒变成了惊恐。下一秒杂志落了一地。简嘉似乎感应到了什么,下意识回头看去。

穿着一身手工定制西装的男人沉着脸色看着眼前的一场闹剧。身后浩浩荡荡跟着的十几个西装革履的助理彰显了他非同一般的身份:理京集团的副总裁,陈黎。

陈黎扫了一眼,声音不咸不淡:"怎么回事?"

战战兢兢地等待了良久,所有人都听到了这位才出现在热搜上的总裁的声音,散漫但又充满了危险:"我怎么不知道理京现在成了菜市场?"

酝酿了许久的暴雨终于在这一刻倾泻而下。巨大的雨珠冲刷着落地窗,砸出了噼里啪啦的声音,冲刷着一整座城市。

许子意大概也认出了来人是谁,脸色惨淡得比墙纸还白。简嘉不知道这件事最后是怎么解决的,反正自己的面试肯定又泡汤了。墨菲定律可能是真的,那种千分之一能遇到陈黎的概率,被他完美地撞上。

唉,小简同学为什么会这么倒霉啊!简嘉真的想捂脸。

陈黎从会议室走出来的时候,简嘉抱着黑色的双肩包坐在走廊里——深色休闲西装包裹着男生伶仃却不单薄的身材,坐姿标准,身体曲线流畅,露出一截手腕,白得像瓷。简嘉身上有一种非常独特的沉静气质,良好的家庭教养塑造了他极为稳定的精神内核。

看到陈黎出来,简嘉站起来打招呼:"……陈黎。"

"叫哥。"陈黎纠正他,"没大没小,怎么来理京面试没跟我说一声?"

简嘉假装自己的语气很轻快,跟着陈黎走进电梯:"我怕告诉你了,你万一给我开后门多不好。小简同学不是那种人。"

"嗯。"陈黎吊儿郎当地笑了声,按下电梯,眼角眉梢都是那股浪荡公子的味儿,"我看起来是那种假公济私的人吗?"

"叮"的一声,电梯门打开,煎熬的时间终于结束。简嘉正想松口气,赶紧离开这个和陈黎独处的密闭空间,却不想对方忽然伸出手,指了指他的领带上,漫不经心地提醒:"歪了。"

"这么大个人了,怎么连领带都打不好。"陈黎拍拍他的肩,笑了声,是简嘉最熟悉的那副玩世不恭的表情,"虽然你哥我呢,确实不是一个假公济私的人,但凡事都有例外。"

准备回学校,暴雨终于停了。空气中充斥着大雨过后泥土的清新味道，雨水的腥气扑面而来，混合着刚入夏时淡淡的潮热。

简嘉不喜欢这种暴雨后半干的地砖。走在上面对他而言跟玩扫雷差不多，谁知道踩下去的哪一块会溅出浑浊的污水。

理京集团的大门口嚣张地停着一辆连号的劳斯莱斯。张扬的态度就跟陈黎本人一样肆无忌惮，肆意显眼。

简嘉有时候痛恨自己的好记性。陈黎名下的豪车上百辆，在家里停放的数量之多堪比一个大型停车场的停车量。可他偏偏记得这一辆，甚至连它出现在热搜照片上时，简星洋环绕它打转兴奋的表情都记得一清二楚。

司机戴着白手套打开车门，习惯性地弯腰等待简嘉上车。简嘉却站在原地没动。

陈黎看了眼，问："怎么？我送你回学校。"

简嘉攥紧了书包袋子，语气轻快："我坐地铁吧，地铁站离这里不远。"

陈黎挑眉："改性子了？你不是不爱下雨天在外行走吗？"

简嘉在内心挣扎了至少十秒，终于放弃负隅顽抗，认命地钻进了车里。车厢内飘着一股淡淡的白檀香——是陈黎惯用的那一款香水，冲淡了雨水的腥味儿。

车往前开了十分钟，外面的风景不是回学校的路。直到车子停在一家私人餐厅门口，简嘉才有点蒙地开口："不是回学校吗？来餐厅干什么？"

"请小简同学吃饭。"陈黎替他打开车门，笑了声，"不是说了给你开后门吗，就当提前庆祝你找到工作。不饿？"

不说还好，一说简嘉真的有点饿了。况且他们俩之间，说一不二的从来都是陈黎。

私人餐厅的位置很隐秘，是一家云京本帮菜馆。

坐下之后陈黎有一搭没一搭地跟简嘉说话，如同任何一个关心弟弟近况的好兄长。

聊到今天面试的事，陈黎点了支烟，问："介意吗？"

简嘉摇头，看着对方将沉香条放入香烟中，熟练地送到嘴边。

火光明暗,陈黎声音低沉,烟雾缭绕:"在外面受欺负了,怎么不跟我说?"

来了。虽然猜到了陈黎绝对会问自己实习被造谣的那件事,但对方真的提起来的时候,简嘉的心脏还是跳空了一拍,那些曾经觉得无所谓的情绪,如今回味过来,将委屈骤然放大了数十倍。

遇到这种破事,哪有不委屈的。只是他知道,没人给他撑腰而已。他没资格委屈。陈黎就这么轻而易举地挑起了他的情绪,让简嘉在这一刻真的有了全盘托出的倾诉欲。

可下一秒,陈黎放在桌上的手机"嗡嗡"振动起来,来电人是简星洋。简嘉要说的所有东西都如鲠在喉,如同被人掐住了喉咙。

陈黎顿了下,站起身:"接个电话,等我一会儿。"他没等简嘉的回复,径直朝一旁走去。直到几秒后,简嘉的声音才响起,很低的一声:"……好。"

挂断电话,已经是十分钟之后的事。桌上的饭菜已经凉了,陈黎捡起话题:"刚才要说什么?"

半晌,简嘉笑了声,摇头,攥紧了筷子:"没什么,只是一些小事,不值一提。"

大学城位于市中心,来往车辆很多。劳斯莱斯停下的时候,引起了不少人的注意。连号的车牌,在哪儿都是少见的。

陈黎轻车熟路地找到云影的宿舍楼。

穿过林荫小道,简嘉站定:"就送到这里吧,我不耽误你时间了。"

"等会儿。"陈黎忽然叫住他。

简嘉没反应过来,手里就被塞了一个纸袋——是他常吃的那家小酥荷糕点新出的海苔肉松小贝。简嘉只在朋友圈发过一次说想打卡去吃,没想到陈黎记了下来。

"刚才没见你吃多少,胃口不好吗?"变魔术一样,简嘉的手里又多了一颗陈黎给的糖,"低血糖注意点儿饮食习惯,头晕记得吃糖。心情好点儿,去吧。"

直到车走远已经没影了,简嘉才收回目光,往宿舍走去。

宿舍只有老大一个人在。床位的电脑播着游戏直播，是个很有名的大主播，叫Rodya。微博上好几百万粉丝，不露脸，纯秀技术，在一众主播中杀出重围。老大每周四晚上准点蹲守Rodya开播。

"回来了？有啥吃的不？"老大闻着味儿就摘了耳机。

简嘉顺手就把肉松小贝分给了老大，对方连忙一口一个"爱死你了我的草儿"。

陈黎给他的那颗糖被习惯性地留了下来，像以前得到的无数颗糖一样。简嘉坐到椅子上，拉开抽屉，各种各样不同牌子的奶糖、水果糖几乎装满了整个抽屉。简嘉将最新得到的那颗放进去，摸到了最底层的巧克力已经融化。

简嘉愣了一秒，剥开巧克力包装含在嘴里，变质的苦味溢满了整个口腔。

好苦。果然，过期的糖果，早就应该被处理掉。

简嘉将剩下变质的巧克力翻出来扔到垃圾桶之后，拿起手机点开了陈泊生的微信。"华山菠萝吹雪"这别具一格的ID在他的好友圈格外显眼。

简嘉思考了一秒，斟酌着打字。

—十：师哥，你好。我是云影数媒一班的简嘉，之前学长应该跟你提到过我？听说恒游的春招还在内推，希望可以从师哥这里得到一个内推名额的机会。感谢师哥。

打完之后看了两眼，简嘉又把所有的"你"替换成了"您"。

虽然高中的时候跟陈泊生是同一届，但高考那年简嘉家里出了点意外，复读过高三，现在要比陈泊生低一届。所以喊他一声师哥也没毛病。

检查了两遍，简嘉发送了消息。等了五分钟，微信都没动静，简嘉估计对方正在忙，于是准备先洗澡。路过老大的位置，电脑显示屏中主播Rodya的游戏直播正好开始了。

Rodya今晚直播的是晋级赛，玩的是一个中单英雄[①]，热度特别高，满屏的"大神终于开播了"，弹幕和礼物刷得让人眼花缭乱。

---

① 中单英雄：游戏术语，指游戏中的一个角色规划。

不知道是不是全天下的中单都爱玩这个英雄，简嘉记得陈黎他弟弟每次开黑也喜欢这个英雄。

简嘉洗完澡回来的时候，Rodya 已经超神，刚完成五杀[①]的战绩。

老大激动地拍桌子："哇！牛！真牛！"看到简嘉之后分享欲大盛，指着电脑连说了好一通，"你都不知道 R 神刚才的操作多厉害，我要是那 ADC[②] 我都对他佩服死了！"

简嘉刚才瞄了眼，也被这五杀给秀到了，附和了一句："确实。"

看了眼 ADC 的名字，还是个眼熟女主播，叫小意。简嘉刚玩这游戏的时候恶补过很多操作，都是跟主播学的。小意是比较有名的女主播，担任过职业赛事的主持，是个盘靓条顺的大美女。

游戏结束后，小意给 Rodya 发消息。

小意：R 神，下次还能跟你一起打不？

Rodya 回答得也很干脆。

Rodya：看情况。

酷得与他五杀的个人风格十分相配。

小意似乎不死心。

小意：那能给一个好友位吗 R 神？（可怜的表情包）有空可以语音呀。（可爱的表情包）

Rodya 直播的麦似乎调整好了，传来男生有点冷淡又低沉的声音。

"不加。我对跟人语音没兴趣。"

陈泊生话音刚落，手机就疯狂振动起来。哥们徐谦发来消息，振动的频率代表着他恨铁不成钢的心情。

谦虚使人进补：生，你知道你刚才当着几十万网友拒绝的是谁吗？

谦虚使人进补：电竞圈第一美女小意！

谦虚使人进补：你知道多少人想加她的好友吗？其中就有我一

[①] 五杀：游戏术语，指短时间内连杀五名敌方。
[②] ADC：游戏术语，Attack Damage Carry/Core 的简称，指普通攻击持续输出核心，是一场游戏中伤害输出核心之一，主要应用于 MOBA 类游戏中。

个!

谦虚使人进补:不是哥们,你拒绝她的时候就不能温柔点?加个宝贝能死吗?

陈泊生瞥了眼,打字回复。

华山菠萝吹雪:宝贝你能死吗?我在打游戏。

谦虚使人进补:……

打打打,就知道打游戏。注定单身!

徐谦是京大计算机系专业的,大一就认识陈泊生,算得上陈泊生这个"社交绝缘体"为数不多的兄弟之一。如果不是了解陈泊生这种冷淡的个性,他多半会以为对方拒绝小意是欲擒故纵。但拒绝美女的人是陈泊生,徐谦反而有一种果然如此的感觉。

陈泊生这个人怎么说呢,属于那种又帅又不按常理出牌的大帅哥。徐谦知道的就有他打水友赛直播输了,惩罚是把自己的企鹅号和微信改成"宇宙最强小学生"跟"华山菠萝吹雪"。换成任何一个有偶像包袱的帅哥都不肯改,陈泊生就无所谓,甚至改到现在都懒得换回来,他完全不在乎这些。

在徐谦眼里,他兄弟看长相是个换女友比换衣服还快的"海王",但他知道,他兄弟实际就是个纯爱战神,至今为止没谈过一个对象。徐谦为哥们的洁身自好点赞,发了条消息。

谦虚使人进补:拉我一个,兄弟陪你打晋级赛。(小人儿戴墨镜的表情包)

陈泊生刚退出跟徐谦的聊天,微信页面就跳出新的消息,来自微信ID"-+"。他眼神微微一顿,回复徐谦,语气懒散:"没空,我打个语音。"

谦虚使人进补:什么?

谦虚使人进补:给谁?

华山菠萝吹雪:一个学弟。

谦虚使人进补:不是哥们,你刚拒绝了电竞第一美女的语音,然后现在给一个学弟打电话?

华山菠萝吹雪:有问题?

谦虚使人进补：没，您请您请，你是大神你说了算。

就在简嘉以为陈泊生今晚大概不会回消息的时候，手机终于振动起来。

华山菠萝吹雪：方便语音吗？

简嘉一愣。没想到陈泊生这么社牛①，直接打电话吗？

估计是等了会儿，没等到简嘉的回复，陈泊生又发来消息。

华山菠萝吹雪：打字也可以。

简嘉这才回复。

一十：师哥，我可以语音，没问题的。

简嘉倒也不是不能接受打语音，毕竟他跟"社恐"两个字也没什么关系。只是高三的时候家里出事，催债的人一天几百个电话打到手机里，什么威胁恐吓下三路的话都往他这儿说，简嘉后来就本能地不喜欢电话沟通。

愣神的这几秒，陈泊生的语音已经打过来了。简嘉连忙按了接听。

下一秒，对方冷淡低沉的声音响起："简嘉？"

简嘉连忙点头，马上反应过来对方看不见之后，道："师哥，是我。"

宿舍内，老大仍在看直播。只见屏幕里Rodya不知道抽了什么风，晋级赛打到一半跑了，气得老大破口大骂："他最好是突发阑尾炎急着去医院！否则我四十米的砍刀当场落下！不是，三体人降临地球了吗？怎么会有人播到一半跑路？！"

简嘉连忙穿上拖鞋，走了几步来到阳台，关上玻璃门，夜晚的凉风吹散了他心中微妙的紧张感。

"咔嗒"一声，是阳台落锁的声音。隔绝掉老大制造的噪声之后，这一声在夜色里清晰可闻。

陈泊生的声音从手机那头传来："什么事？"

简嘉连忙开口："是这样的师哥，关于我刚才给你发的简历……"

陈泊生打断："需要关上门偷偷摸摸地说？"

简嘉的声音顿住，花了两秒才反应过来陈泊生是在说他关阳台

---

① 社牛：网络流行语，形容在社交方面不胆怯，不怕生，不惧别人的眼光，不担心被嘲笑，能够游刃有余地沟通。

门的声音。大神长着狗耳朵吗，这么灵？落锁的声音都能听到？怎么感觉陈泊生这句话说得怪怪的。

简嘉解释了一句："不是，师哥。没关门，宿舍里有点吵，我在阳台。"

"哦。"陈泊生道，"那就是偷偷摸摸在阳台说？"

也没人跟他说大神有点儿自来熟啊！简嘉也不是吃素的，陈泊生这一看就是逗他玩儿呢，便回了一句："师哥要是这么想，那我也没办法。"

半晌，陈泊生在那头笑了声，带着气音，是跟那种装出来的油腻气泡音截然不同的清爽。这么一笑，简嘉心里最后的那一点紧张都没有了。

有些人天生就擅长聊天，陈泊生就是这种人，他想要拉近距离的时候，很容易给人一种他很随和的错觉。简嘉对他原本还有点局促感，被他两三句话带下来，终于找回了聊天的舒适区。

"荣轩已经跟我说过了。"电话里传来陈泊生鼠标点击的声音，应该是在看他的作品，"你比较擅长画风景和赛博朋克风，对吧。"

"对。不能说擅长，只是画得比较多。"简嘉连忙谦虚了一下，争取留下一个好印象。

陈泊生大概是看完了，问道："画过单人图吗？"

简嘉一愣："……画过。画得少。"

陈泊生顿了下："对乙游感兴趣吗？"

话音一落，简嘉就反应过来："《梦与约定的第十区》？"

"嗯。"

《梦与约定的第十区》是恒游今年刚做起来的大热游戏项目，恋爱经营类的女性向游戏，每日流水千万起步。但凡国内提到乙游巨头，都免不了说起《第十区》。连简嘉这种不怎么玩模拟游戏的人都听过——有段时间林棠跟疯了似的沉迷里面的纸片人男主。

只是，陈泊生提起这个干什么？

简嘉的心脏怦怦跳。恒游是出了名的爱看学历，特别是应届毕业生，只要双一流大学毕业生。参加面试的高才生遍地跑。云京百年老校林立，简嘉读的云京电影学院实在有点不够看，更何况他读的还不是王牌表演专业。

"师哥，内推的名额是《第十区》项目组的吗？"简嘉蹭了下自己的鼻尖，故作轻快道，"我学历可能不够。"

"不需要。"陈泊生回答得很快，"我看过你的微博，你人物画得很好，做《第十区》的原画，没问题。"

简嘉庆幸自己没在微博里面胡言乱语地发疯——他有个专门放图的微博，积攒了几十万粉丝，也算是个小有名气的画手。为了把简历做得漂亮，简嘉把微博ID也写到了自我介绍中。

话说到这个份儿上，简嘉对这次内推心里也有底了。

电话那头声音传来："你什么时候有空，约一个面试？"

"我都行。"

"周五下午两点，行吗？"

"行。"

"嗯。"

到这里，简嘉觉得整个谈话圆满结束。他是那种聊天的时候绝不会让对方说出最后一句话的人，哪怕发个表情包，都得由自己结束。于是简嘉也习惯性地等待陈泊生先挂语音电话。万万没想到，十秒过去，对方完全没有要挂断的意思。

简嘉蒙了："师哥？"

陈泊生也自然应答："嗯？"

嗯？你嗯是什么意思？

简嘉持续性发蒙，有点搞不懂陈泊生为什么不挂电话。难道是还有什么没说完的吗？简嘉想来想去都觉得关于内推的话题已经圆满结束。看了眼时间，现在九点半，大神不能是在等他说再见吧？

简嘉胡思乱想了一会儿，发现陈泊生依然没挂断语音，试探性地将手机贴近唇边，缓缓道："那……师哥早点休息，晚安？"

半晌，陈泊生的声音传来："嗯，晚安。"

语音终于挂断了。简嘉捧着手机在阳台上站了几秒，心想，不是吧，大神原来这么注重仪式感的吗？!

解决完工作的大事，简嘉悬了几个月的心终于放下来了一点。回到宿舍的时候，老大还在因为 Rodya 挂机的事情破口大骂，把键盘敲得震天响。他心情好，连听老大骂人声都觉得顺耳。

Rodya 重新开了一局。老大那从水桶中抢救回来的音箱，刺啦响得跟用一号砂纸擦墙一样。尽管如此，Rodya 的声音传出来，也能听得出来是一把条件极为优越的嗓音——因为直播离开了半小时，正在和水友吵架。

简嘉隐约听说过，Rodya 作为 TOP 级别的游戏主播，是唯一一个敢和有些粉丝处得水深火热的。没别的，就因为他那张见了什么人都得损两句的嘴。吵起架来也真是又嘴欠又吊儿郎当。

"太平洋警察都没你们管得宽，怎么？没见过我跟人打语音吗？"

"我骂你们当然是你们有问题，没问题我骂你们干什么。你们骂我当然也是你们有问题，没问题你骂我干什么？"

听完之后，简嘉竟然被他的逻辑给说服了！简嘉一不留神笑出声，觉得这人挺好玩儿的，翻出直播间加了个关注。简嘉要有 Rodya 这爆棚的自信心，现在就冲到简星洋家给他两个大耳刮子。

听他吵了半小时，简嘉才觉得困意来袭。跟老大打了声招呼，就上床睡觉了。躺在枕头上，简嘉才后知后觉意识到 Rodya 的声音怪耳熟的。但实在太累了，简嘉想不起在哪儿听到过。

周五，简嘉起了个大早。

他先去图书馆打印简历，然后准备作品集，最后抓紧时间背一下自我介绍。恒游集团到云影就步行三十分钟的距离，简嘉想了下还是没坐地铁，直接骑着电动车去了。

到恒游公司的时候，距离面试开始还有二十分钟。

恒游一共分为三轮面试。一轮面试是主美，主要考察专业水平。二轮是《第十区》工作室总监，主要是了解面试者本人情况。最后一轮是 HRBP[①]，用员工的话来说，相当于恒游总部下来的钦差大臣，

[①] HRBP: 人力资源业务合作伙伴（Human Resource Business Partner）的简称。

决定面试人是否被录用的关键人物。

今天的面试主要是和主美聊聊。

简嘉的专业水平没话说,主美看完作品之后显然很满意,翻阅简历时惊讶了一瞬:"前几年云京美术联考的第一是你啊?"翻到后面,主美愈发惊讶,"你校考成绩也都是第一,怎么去读了云影的数媒?没道理啊,你这水平上云美的雕塑都没问题啊。"

云美是云京大学美术学院的简称,国内美院的"天花板"[①],雕塑系更是上万人挤破了脑袋都考不上的王牌专业。

简嘉轻描淡写地提了一句:"分数没考够。"他没说高三的时候家里出了意外。简嘉不喜欢旧事重提。毕竟事情已经过去好几年,挂在嘴边总觉得像卖惨。

主美理解地点点头,毕竟搞艺术大部分时间都在画画,成绩跟不上也情有可原。

整场面试大概花了四十分钟,简嘉起身的时候,主美拍了拍他的肩膀:"回去等二面通知吧。"主美叫方天,对简嘉满意得不行。面试完之后一副跟简嘉相见恨晚的样子,坚持送他进电梯。

等电梯门关上,缓缓下行时,简嘉才暗暗松了口气,知道自己一面基本没问题了。想到这里,他脚步都轻快了不少,脑海中不由自主地开始盘算起晚上回去要不要吃一顿小龙虾犒劳自己。走到恒游一楼大厅的时候,简嘉才注意到外面下起了大雨——估计是昨天那场暴雨的后劲儿,天气预报说这两天都有中到大雨。

大厅门口,站着一个熟悉的身影——肩宽、腿长,跟漫画里走出来、拥有完美身材比例的男主角似的。

简嘉诧异地叫了一声:"师哥?你怎么在这里?"

陈泊生听到动静回头。简嘉很快就为自己问了个蠢问题后悔。大神就在这儿上班的,不在恒游在哪儿。

还好陈泊生没抓着他的漏洞,慢条斯理地解释:"刚下班。你面试结束了?"

简嘉点头:"方哥说让我回去等二面。"

[①] 天花板:网络用语,指到顶了,程度非常高,几乎不能被超越。

"方哥?"陈泊生瞥了一眼过来。

"哦,方天,就是今天面试我的主美。"简嘉解释。

"我知道。"陈泊生不咸不淡跟了一句,"才见一面,你对他倒是挺热情。"

简嘉顿了下,很热情吗?他一头雾水,总觉得自己有点惹到眼前这位大神了。

气氛忽然沉默了下来。简嘉看了眼外面一时半会停不下来的暴雨,又看了眼两手空空的陈泊生,不知道怎么,他脑子一抽:"师哥,你没带伞吗?要不我送你回学校?"说完,他才反应过来自己没车。不仅没车,简嘉连驾照都没考。唯一的一辆代步车,是两个轮子的电动车,如今停在地下车库。不知道骑电动车载陈泊生回去,他会不会当场就失去这个宝贵的工作。

简嘉摸了摸鼻尖,仔细想了下,与师哥相比,工作更重要,当即委婉地反悔:"不过我想起来,我好像没车。师哥,要不我去帮你借把伞?"

"没事。"陈泊生看了他一眼,"正好我有车。"

"啊?"简嘉还以为自己要被拒绝了,一时没反应过来。

"我说,我有车。"陈泊生不知道从哪儿掏出车钥匙,放在手上轻轻地转了一圈,"不是说要送我回学校吗?"

简嘉:"……"感觉有点不对,但仔细想想好像也没太大的问题。

直到坐在副驾驶上,简嘉都还有点蒙。

陈泊生很自然地握着方向盘,车载智能语音应声而起,他还是那副矜贵又有点儿酷的模样,开口问简嘉:"学弟,准备走哪条道送我回学校?"

车里是木质香,潮热的雨天里,这股味道干净清爽得让人浑身舒适。

简嘉嗅觉很灵敏,喷不喷香水他一下就能闻出来。这味道他刚才就在陈泊生身上闻到了,很淡,明显不是用的香水,像是从衣服上散发出来的,不知道陈泊生用的是什么牌子的洗衣液。

陈泊生没开车载音乐。漫长的返校路程，只有偶尔响起的智能语音，播报两百米以内的路况。看得出来陈泊生不是那种喜欢在开车的时候闲聊的人。

简嘉还沉浸在一面顺利过了的快乐中，一安静下来脑中就不由得盘算起晚上吃小龙虾的计划。他是个很有生活仪式感的人，有开心事一定要庆祝，并且时时刻刻都留意着新开的门店。

云影附近一家红火的老牌的小龙虾馆，叫望虾门。简嘉早就在社交软件上"种草"，现在终于有理由去打卡了。

微信"嗡嗡"振动一下。林棠给他发来消息。

林棠：嘉宝贝，今天的面试怎么样？

简嘉用的是全键盘输入，习惯两只手一起打字。

—+：还行，主美让我等二面，应该是过了。

林棠：我的天！牛！我就知道你没问题！（一连发了三个跳舞小人的表情包）恭喜我们草儿顺利过二面！

简嘉无声地弯唇。

—+：晚上请你吃小龙虾，去不去？

正要等着回复，陈泊生冷不丁开口："女朋友？"

简嘉一愣："不是。是同学，发小。"

"嗯。"陈泊生不再说话了。

简嘉有点拿不准陈泊生什么意思。被这么一打岔，再低头时发现林棠回了一段语音消息。本想将消息转换成文字，结果没想到直接将消息播放出来："啊啊啊啊宝，今晚可能不行，我要去拍个杂志封面，要不改天怎么样？"

林棠长得漂亮，身材好。平时会兼职做模特，赚点零花钱。

简嘉心中有点失落，但没表现出来。毕竟遇到这种开心的事情没人分享还挺难过的。高三家里出事之后，他朋友就不多了，除了林棠就只有上大学后认识的宿舍老大杨俊明。杨俊明今天陪女朋友去了，估计也不可能跟他约饭。

—+：没事，正好我毕设也没画完，等下回去画毕设。

没一会儿，林棠浮夸的号哭传来："啊啊啊啊啊，呜呜，宝宝对不起！下次我一定一定一定不放你鸽子！"声音大得简直堪称噪声。

简嘉连忙静音，生怕荼毒了大神的耳朵。

到云影门口的时候，简嘉已经调整好了自己的心态。其实回去画毕设也挺好的，他记得外卖有家很好吃很正宗的东北麻辣烫，又辣又酸，自己也馋了很久。

"师哥，到这儿就行了，学校里不好停车。雨已经停了，剩下的路我自己走回去就行。"简嘉看了眼外面的雨，只剩下一点儿零星小雨。他握住门把手，边说边按门把手，准备下车，结果只听"咔嗒"一声——车门是锁住的。

"师哥？"简嘉有点蒙。

陈泊生看了眼手机时间，转过头："不打算请我吃顿饭？"

简嘉是有请陈泊生吃饭的打算。毕竟恒游的内推名额也挺珍贵的，陈泊生和他非亲非故，自己总不能让人家白帮忙。只不过简嘉是打算等自己面试结束之后，再请陈泊生吃饭。

"这才一面呢，还不一定过。"简嘉下意识回答。

"不过就不请了？"陈泊生挑眉。

"那不能！"简嘉连忙否认，那他成什么白眼狼了。

"况且，不知道过不过，不是更得请了？"只简嘉看着他，陈泊生慢条斯理地继续说，酷得不行，"请师哥给你开后门啊。"

望虾门在一条宽敞的步行街内。

简嘉稀里糊涂地被陈泊生看似离谱但又讲不出哪里不对的逻辑说服了，总觉得不"贿赂"一下师哥好像不行。

两人都是顶级大帅哥，走在一起惹眼得要命。附近就是大学城，路上似乎有人认出了陈泊生，看到简嘉更是震惊了一下。毕竟这两人靠出色的颜值在大学论坛上被放在一起提名了三年。难得凑在一块儿，不少女生掏出手机偷拍了几张。

现在不是吃夜宵的时间，望虾门的店里还是挺冷清的。

简嘉挑了个靠窗的位置，微信扫码下单，让陈泊生先点。下单前选择辣度的时候，简嘉选了重辣。他虽然是南方人，但不知道为什么贼能吃辣，平时出门找个饭搭子都难。选完之后才意识到还没问陈泊生的口味："师哥，你能吃辣吗？"

陈泊生瞥了眼简嘉选好的口味，随意道："还行。按照你喜欢的点吧。"

简嘉内心乐开了花，一双桃花眼笑得弯起来："那我就点辣的了啊。我朋友都不怎么吃辣，平时出门吃饭都得点两份，这年头找合适的饭搭子也难啊。"

简嘉不喝酒，陈泊生也不喝。饮料就点了两杯鲜榨的椰汁，冰镇的十分解渴。考虑到是两个男生吃饭，简嘉点了四斤的小龙虾。他其实饭量不大，骨子里还有那么点儿少爷病，吃饭跟猫一样，尝那么两口就不吃了，比林棠一个女生吃饭还挑，属于那种饭量又小又爱瞎点的类型。

两斤香辣的，一斤十三香的，还有一斤是简嘉大胆尝鲜，点了从没吃过的冰镇小龙虾。显然尝鲜失败——简嘉尝了一个就觉得难吃得不行，默默地将冰镇小龙虾推到了离自己最远的位置，眼不见心不烦。

不知道为什么，陈泊生看起来还挺爱吃冰镇小龙虾——简嘉下筷子最多的两盘小龙虾他几乎没怎么动，反而是简嘉不爱吃的，陈泊生吃得比较多。不过这样正好，简嘉实在不想吃难吃的东西，虽然很对不起大神，但更不能对不起自己。

吃到最后简嘉果然吃不完了——连最爱的香辣小龙虾还剩下三分之一。他吃不下，又心疼钱，只好又剥了两只塞进嘴里，明显跟刚开始的快乐进食完全不同——有点味同嚼蜡了，甚至连聊天的欲望都降低了不少。

陈泊生瞅了一眼桌子上的战况，解决完那盘简嘉几乎没动的冰镇小龙虾之后，主动把剩下的香辣小龙虾夹到了自己碗里。

简嘉一愣："师哥，你刚才不是不吃辣吗？"

"吃一点不要紧。怎么，有规定我不能吃辣吗？"陈泊生剥了一个放嘴里，吞咽之后，动作十分自然地端起椰汁灌了两口，面不改色。

"没有。"简嘉连忙否定,但看到陈泊生面无表情地灌下一整杯椰汁之后,他有点欲言又止。

有点不太清楚大神到底是不是在逞强,能吃辣好像也不是什么很牛的人设?简嘉有一种陈泊生在收拾烂摊子的错觉。但转念一想又不可能。这大少爷一贯的态度是眼睛长在头顶上,比起认为陈泊生在"打扫战场",简嘉觉得还不如相信三体人降临地球。

在简嘉胡思乱想的时候,陈泊生已经解决掉剩下的小龙虾。桌上也同时多出了六罐空掉的椰汁。简嘉怀疑陈泊生压根就没嚼,是直接送水服用小龙虾的。

简嘉的心情更忐忑了,犹豫道:"师哥,你还好吧?"

"挺好。"陈大少爷刚说完,苍白的脖颈上就如雨后春笋般冒出几排红色的小疹子,活蹦乱跳地嘲讽他。

陈泊生居然对辣椒过敏!简嘉认识到这件事情之后,整个人愧疚得不行。要死了,请人吃饭把人请出一身毛病来,还有比他更不干人事的人吗?

陈泊生看起来很淡定,好像过敏对他而言真的是一件小事。简嘉想跑去给他买药。陈泊生只看了眼手机,说了句不用。

陈泊生一边拒绝得干脆利落,一边频繁地在手机上输入什么。简嘉瞄了一眼,只看得到是微信聊天界面。而且陈泊生看上去很忙的样子,他拿不准大神是不是有事。

陈泊生打开车门:"走吧,送你。"

"师哥,我自己走回去就行。"简嘉不死心又问一句,"要不我还是给你去买药吧。"

"不用。"大少爷态度冷淡又很酷,"死不了。"

徐谦连滚带爬、火急火燎赶到的时候,陈泊生淡定地坐在副驾驶,苍白的脖颈已经红了一片。

"人呢人呢?"徐谦转头一通看。

"什么人呢?"陈泊生皱眉。

"我看论坛说你跟人来吃饭了,我去哥们儿,你扪心自问你是这种下班之后还开展社交活动的人设吗?"

不是徐谦造谣,陈泊生这人,怎么说呢,就是那种活得特别随便的人。打个比方,大部分人吃饭是为了享受美食,这大少爷吃饭就只是为了生存。是那种吃一口饿不死就绝对不吃第二口的人,一日三餐要多敷衍就有多敷衍。这种靠一口仙气活着的神仙,你说他下班跟人约饭?反正徐谦从来没看到过他跟谁单独在外面吃过饭。

"别烦。开车送我去医院。"陈泊生"啧"了一声。

"我说可真有你的,辣椒过敏还吃这么多。"徐谦八卦得要死,"谁啊,能请得动咱 R 神?"

陈大少爷往副驾驶一坐,眼一闭,那嘴就跟缝上了似的不张开。

"那个打语音的学弟?"徐谦转着方向盘,去医院的路上随口试探地问了一句。他也没指望陈泊生回答,结果半晌,听到陈泊生"嗯"了一声。

徐谦被震惊得差点儿闯红灯,越说越来劲儿。

陈泊生被他说得心烦意乱,后视镜中倒映出他此刻的模样——过敏的程度随着时间的推移越来越严重,从脖颈蔓延到了胸口,看着有几分可怕。陈泊生越看越烦躁。冲锋衣的领子被他高高拉起,遮得严严实实。扯下帽檐,压低了都挡不住酷哥现在阴郁的黑色气场。

"……难看死了。"

偶像包袱还挺重。徐谦震惊得无言以对,缓缓竖起了大拇指:"你可真是这个。

"听哥们一句劝,别去医院治了。

"你帅得没救了,等死吧。"

世界上如果有百分之五十的人在热爱生活,那就有百分之五十的人把生活过得一团糟。

陈泊生就属于后者——专业领域的天才,生活领域的"废柴"。去医院挂号、用医保卡、找门诊部,全都是徐谦一手包办的。这少爷两手插口袋跟大爷似的,理所当然地跟在他后面享受着完美服务,把医院逛成自家后花园。有时候徐谦真觉得自己上辈子毁灭了银河系，这辈子做陈泊生的"冤种①兄弟"。

在皮肤门诊候诊的时候，有几个年轻的姑娘盯着陈泊生兴奋地窃窃私语。其中一个好不容易鼓起勇气上前要陈泊生的微信想认识一下。陈泊生眼皮都不抬，声音冷淡得要命，张口就来："我离异三年带俩孩，欠了十万高利贷。"

姑娘："……"

徐谦交完费回来连忙解释："不好意思啊，他这人就这样，你别理他。"

陈泊生漫不经心地抬眼，点了点下巴："这我大儿子。"

姑娘刚缓和的表情变得更加狰狞，一跺脚，头也不回地跑了。

"不是，你有病吧。"徐谦骂了一声，但很快又平复下来。

毕竟陈大少爷这个超级酷哥，路上遇到人给他发传单，他能给人在上面签名。你跟脑子有病的帅哥计较什么呢，真是。

陈泊生大概真的不舒服，心情差得连路边睡觉的狗都要被他踹一脚。徐谦很识趣地没有在这个时候触陈泊生的霉头，从门诊出来之后就直接领人去挂水了。

实习护士没见过这种级别的大帅哥，频频走神，给陈泊生左手手背扎了几个窟窿眼儿。陈泊生的脸色越来越黑，吓得小护士连忙道歉。陈泊生仿佛感觉不到痛一样，说了句没事，心不在焉地看着手机屏幕，他对痛觉的体验一向很麻木。

护士小心翼翼地看他一眼，说"要不换右手吧"。

陈泊生右手的手腕上戴着一圈黑色的护腕，紧缠着病态般苍白的皮肤。徐谦从认识他开始，就没看他解下过护腕，一开始以为他常年腱鞘炎，后来又觉得不是那么回事。

"不用。左手就行。"陈泊生果然拒绝了护士的提议。

挂水的过程漫长又无聊。陈泊生单手拿着手机打"消消乐"——这款无聊的游戏被他玩到了五千六百关，目前已经蝉联两年云京赛

---

① 冤种：网络流行语，意思是因蒙受冤屈而闷闷不乐的人，后来一般是指做了傻事的人。经常用于朋友间的调侃或者是自嘲。

区消消乐玩家冠军。全国估计也没有比他更无聊的人了。正玩着,微信弹了条消息。没有备注,是原始的微信ID"－＋"。

－＋:师哥,你过敏好点儿了吗?

华山菠萝吹雪:到宿舍了?

－＋:刚到。

华山菠萝吹雪:不严重,已经好了。

刚去医院溜达了一圈回来的徐谦,瞥见陈泊生的手机屏幕,看到的就是这一句。徐谦看了看还剩三瓶的点滴,以及大少爷脖子上大片大片的红疹,他无言以对,只能说:尊重,理解。陈大帅哥开心就好。

简嘉那头似乎在输入什么,聊天框上一直显示正在输入中。但是过了好几分钟,都没有再发一条消息过来。直到聊天窗中的顶端"对方正在输入中"又变回了"－＋"的微信ID。

还是没有新消息,陈泊生关了手机屏幕,闭眼休息。

双休过后,简嘉就收到了二面的邮件。HRBP和他约了周三下午两点的面试,还加了简嘉的微信。

简嘉看着这个面试时间,犹豫了一下,打字问HRBP这个时间能提前吗。HRBP愣了一下,只听过要求把面试往后推,获得更多准备时间的,还没见过简嘉这种主动要求把时间往前调的。

倒也不是不行。恒游是一个比较人性化的集团。

恒游HRBP:您打算调整到什么时候呢?

HRBP十分有礼貌。

－＋:周一上午,行吗?

简嘉试探了一下。

恒游HRBP:上午十一点?

恒游是九点半上班,估摸着《第十区》工作室的负责人十一点差不多也到公司了。

－＋:OK,我没问题。

恒游HRBP:好的。这边给您申请了进园区的访客证,到时候您在邮件里查收就可以。期待和您见面。

又客套了两句,简嘉以一个表情包结束了聊天。没过几分钟,简嘉就在邮件里面收到了恒游园区的访客证。下载好二维码之后,简嘉翻出了陈黎的微信,指尖在他的头像上顿了一下。

那是一只蓝白肥猫的照片——简嘉捡来的一只被丢弃的猫,因为自己没地方养,便一直养在陈黎家里。这照片是简嘉拍的,甚至还有他入镜的手,抚摸着蓝白英短的脑袋。简嘉的一双手长得特别漂亮,骨节分明,修长白皙,指甲是健康的浅粉色,形状比做过美甲的还标准。

简嘉轻声地叹了口气,在聊天框内输入:陈黎,那天面试谢谢你帮了我。不过我想了一下不打算去理京上班,所以不用帮我安排工作了。

发完消息,简嘉打开搜索引擎,认认真真地输入:辣椒过敏需要用什么药?

周一是个晴朗的天气。

简嘉没想到二面的时候,方天竟然亲自来大门口接他。两人一边聊一边刷卡上楼。方天生怕他过不了面试似的,一路上把今天面试简嘉的《第十区》总监的性格爱好、面试个人风格透了个底朝天。

简嘉被带到十一号会议室。整个会议室是全透明的,可以直接看到外面的工位。

"别太紧张,翟总就是跟你聊聊你这个人。"方天拍了拍他的肩膀。

简嘉刚点头,就看到几个女生组队过来接水喝。一个胆大的问了句:"方总,这就是之前来面试的那个帅哥啊?"

方天解释道:"你一面的时候轰动了整个《第十区》工作室,几乎女同事们的所有小群都发过你的照片。"

简嘉有点尴尬,故作轻快道:"夸张了吧。"

"不夸张,对你自己的颜值有点儿自我认知!"方天看了眼他的脸,忽然乐道,"你知道上回这么轰动恒游的面试是谁吗?"

简嘉心里有数,但还是下意识问了句:"谁?"

"还有谁,陈泊生啊,开发的大神!"方天道,"不过人不是我们《第十区》工作室,他是事业一部的。"说起事业一部,方天脸上不由自主地带了点儿敬畏和向往。

恒游集团的游戏部门统称事业部,但事业部又分为一部到四部。事业部下面还有不同的工作室,每个工作室负责一个游戏项目。简嘉面试的就是《第十区》工作室,属于事业三部。不过事业一部和其他部门不一样。它是整个恒游集团的前身,也是游戏部门的核心,可以看作一个独立的公司。

总而言之,规格比其他部门高出不知道多少。

据说,陈泊生本科毕业的时候,是恒游老总亲自到云大计算机系挖的人,挤掉了所有想跟他抢人的互联网大厂,把陈泊生挖过来当个宝似的供在一部。

要不怎么叫大神呢——凡人是公司挑自己,大神是自己挑公司。

"不过,我记得你好像是大神内推进来的。"方天话题一转,好奇道,"你跟生哥很熟吗?"

说实话简嘉也不知道算不算熟,认真论起来,两人就是那种一起吃过一顿饭,但是把人吃进医院的关系。看起来不仅不熟,仿佛还有仇。

"不熟吧。"简嘉慢吞吞回了一句。他没想到陈泊生在恒游的地位如此高,自己一个还没过面试的应届生,说跟他熟,岂不是显得自己在套近乎?

方天理解地拍了拍他:"不用说,我懂得。"他双手合十地感慨,"毕竟神仙和凡人是有区别的,事业一部的神仙哪能轻易'下凡'!"

"谁说不能'下凡',我不是把人给你请来了。"有人立刻就接话了——是来面试简嘉的总监翟瑞。总监矮胖的身躯后面,还跟着一个身形高大的男人,走路的样子漫不经心。肩宽腿长,熟悉的漫画男主的身材,还是那副又冷又不可一世的酷哥模样。

和翟瑞一起来的正是陈泊生。

方天惊讶道:"翟总,生哥,你怎么来了?"

"路上遇到的,简嘉不是阿生内推的吗。听说面试在今天,他就顺路过来看一眼。"翟总看着脾气很随和，说话时笑呵呵的。

陈泊生顺路过来？方天一头雾水。事业一部距离三部，足足有三层楼的距离，中间还隔着一道空中走廊。

"哦哦……"方天连忙道，"那没事，正好面试时间到了，现在就开始吧。"

二面一共进行了半小时左右。翟瑞只是看着乐呵呵的，实际谈话的时候话锋犀利，话题刁钻，差点儿让简嘉招架不过来。面试结束后，翟瑞拍了拍他的肩膀，又恢复了随和的模样。简嘉谈下来对自己二面的结果大概也有了底，并不是太担心。

翟瑞临走前找了方天去修改《第十区》的几张原画稿。偌大的会议室瞬间只剩下简嘉和陈泊生。空调温度开得低，风呼呼地吹着，简嘉莫名有种冷场的感觉。他轻咳了一声，想随便找个话题聊儿句。

"师哥，你过敏好点儿了吗？"

陈泊生没说话。简嘉感觉空调吹出来的冷气更低了两度。

简嘉拿不准自己是不是有哪儿惹到他了，只好从椅子上拿起自己的双肩包，拉开拉链将预先买好的治疗过敏的药膏拿出来，说："我买了一点治过敏的药，要不你拿去用点儿看看？"

半晌，陈泊生才动了一下，抬起眼看他，声音有点沉："不是跟我不熟吗，为什么还给我买药？"

呃……错觉吧。怎么话里还能听出一点儿委屈来？

二面的结果出来得很快，三天之后，带着恒游集团 Logo 的邮件就发送到了简嘉的邮箱里——给他安排了最后一轮面试的时间。

收到邮件的时候，简嘉正在宿舍画毕设。老大杨俊明又在准点蹲守 Rodya 的直播，老式音箱发出刺啦刺啦的杂音。

Rodya 今天的直播战况厮杀惨烈——短短五分钟爆了八个头，简直在地图里杀疯了。隔着屏幕都能感觉这位大佬暴躁又不爽的心情。

"我的天，R 神这周吃炸药了啊，凶残起来感觉连队友都能杀。"杨俊明看得心有余悸，心想还好自己不是 R 神的队友，否则被虐得投胎都赶不上趟。刚想找简嘉吐槽大佬这阴晴不定的脾气，结果转头一看宿舍里的这位心情也不美丽。

电脑桌面上的邮件明晃晃地显示着简嘉过了二面。可他却没想象中那样高兴,只是低着头对手机发呆,手机屏幕显示着与"华山菠萝吹雪"的聊天界面。

跟陈泊生最后一次见面和聊天都在三天前。那天他送完过敏药之后,陈泊生就再也没有联系他。总而言之,甩下那句"不熟"之后,陈泊生似乎就记住了这两个字,将与他划清界限的口号贯彻落实了。

简嘉内心有点尴尬,有一种自己好像闯祸了的感觉。坐在椅子上敲敲打打了好几行字,最后还是删除了。

他抓了一把头发,有点烦。电脑的右下角企鹅号不停地闪烁,简嘉放下手机,先处理企鹅号上面的消息。

简嘉有两个社交账号。微信用于添加老师、同学跟好友,企鹅号一直是用来联系网友的。他还有个专门放画作的微博,ID 叫"简单说两句",认证是绘画博主,从高中开始,陆陆续续积攒了一些粉丝,目前粉丝数在三十五万左右,在绘画圈也小有名气。后来为了赚钱开放了接稿的账号,企鹅号上基本是一些约稿消息。

点开来果然是一长串的消息,都是夸他画得太绝了。简嘉这段时间忙毕设忙面试,都没时间赶稿。一一回复了约稿需求之后,简嘉发现"宇宙最强小学生"也在线。想起上回陪玩收了人家五百,狂送二十五个人头的丢人战绩,简嘉犹豫了一下,点开他的聊天框。

一十:在不?

宇宙最强小学生:在。

那种奇怪的错觉又出现了。简嘉总觉得陈黎他弟的态度也十分冷淡。不过想想也是,斥五百巨资找的陪玩,狂送二十五个人头,是个人都要骂个半年。

简嘉愧疚地回复:上次状态不好,这次免费送你两小时。上线不?

一十:你今天没上课吧?

宇宙最强小学生:没。

一十:那开不开?

一十:(猫咪探头的表情包)

宇宙最强小学生的聊天状态显示持续输入中。最后，像是一种无奈的妥协。

宇宙最强小学生：行，开。

宇宙最强小学生：等我会。

简嘉先打开游戏等他。

杨俊明在隔壁桌发出一声暴怒的咒骂声，听动静好像是 Rodya 直播到一半又因为什么事情直播提前结束了。桌面上的鼠标被老大拍得震天响。老大信誓旦旦地发誓："再看这人直播我就不是人！"

简嘉内心笑了一声。

宇宙最强小学生很快就登录了游戏，两人边玩边闲聊。

"打了这么久，还不知道你叫什么名字呢。"

陈黎的弟弟不习惯用语音。简嘉可以理解。毕竟他读小学的时候，也是在书房背着父母偷偷打游戏的。

宇宙最强小学生在队伍频道打字：罗佳。

罗佳？陈罗佳吗？简嘉在心里默念了一遍这个名字，感觉叫起来怪怪的。简嘉清了一下嗓子，开口道："好的，那一会儿我配合你推塔①，可以吗？"想了想，简嘉语气十分有亲和力，像个幼儿园老师，询问道，"佳佳？"

半晌，队伍频道上，"陈罗佳"发了两行字——

宇宙最强小学生：……

宇宙最强小学生：别这么叫。

两小时下来，简嘉战绩可观，拿了好几把的 MVP②，堪称人头收割机。终于在陈黎他弟面前一雪前耻，找回了自己作为陪玩的职业素养，把自己丢的尊严挽救回来了。简嘉郁闷的心情也好了很多。

再次点开与"陈罗佳"的聊天对话框，准备客套两句之后就下线。人情还完之后，简嘉实在没有继续当幼教的打算。

"陈罗佳"小朋友有着和网名风格完全不一样的头像——虽然账户名叫"宇宙最强小学生"，但头像却是一张风景图，图中有弯

---

① 推塔：游戏术语，意指通过推塔并推掉对方基地，获得比赛的胜利。

② MVP：游戏术语，最有价值游戏者（Most Valuable Player）是对胜利最有贡献的游戏者。

曲的海岸线和狭长深邃的海湾，不远处是一片广袤无垠、雾茫茫的深冬海域，阴冷和孤寂的雨雾仿佛能从图片中钻出来。

简嘉看了没多想，只觉得这个年纪的小学生大概都挺爱扮酷装成熟的。这张图的构图风格和氛围感跟陈泊生微信里分享的图片十分像，让他不由自主地将两张图片联系到了一起。大脑还没反应过来，身体就已经诚实地给出反应。

简嘉下意识在聊天框里输入：佳佳，你有没有把朋友惹生气的经验？

"陈罗佳"回得挺快，自动无视了简嘉对他的称呼：没有。有什么事吗？

企鹅号"滴滴"地跳动，简嘉看到回复才回过神。他真是病急乱投医，跑到一个只有十一二岁的小学生这里来咨询人际烦恼。

简嘉立马后悔：没事，你当我没问吧。

"陈罗佳"消息过来：你把别人惹生气了？

简嘉没想到小朋友的洞察力还挺强。都被人猜到了，也没有藏着掖着的必要：应该算是吧，他现在好像不理我了。（难过的表情包）

宇宙最强小学生：哦。

一十：什么？

简嘉有点无奈。

一十：算了，跟你说了你也不懂，我下线了。

一十：对了，记得玩游戏别离电脑太近，保护视力。也不要玩太久了，记得写作业，再见。

他说完，也没有等对方回复，直接退出了游戏主页，打开绘图软件开始赶稿。就这么日夜颠倒地在宿舍画了几天稿子，直到闹钟响，恒游的最后一轮面试时间终于到了。

简嘉现在来恒游已经是轻车熟路。第三轮面试的主考官是人力资源部总监。HRBP是一位穿职业装的成熟女性，看到简嘉的时候还调侃他比简历上的照片长得更加好看。

面试的过程持续了半小时，HRBP主要问了一下他的未来职业规划。简嘉对答如流，转眼间就到了中午。

HRBP 收起了会议桌上的面试资料。这次面试的会议室和上一次不同，但是都在事业三部。简嘉跟 HRBP 一同走出会议室，装作不经意地问了一句："张姐，事业一部怎么走啊？我顺路过去看一眼，激励激励自己。"

HRBP 姓张，闻言惊了一下："顺路？这儿离事业一部远得要死。喏，你看到对面那栋楼没有，穿过中庭还得爬三层楼，转过两条走廊才到，你顺哪门子路？从东土大唐到西天取经的路？"说得简嘉也是一愣。

不顺路吗？那二面的时候翟总怎么说陈泊生是顺路过来的。难道那次不是他顺路，而是特意过来关照自己这个师弟的？想到这一点的可能性，简嘉心里一顿，真是要命了。那自己当着众人的面说的那句"不熟"，不是直接把大神的面子往地上踩吗！怪不得陈泊生这么久都没搭理自己。简嘉是真的把人给惹生气了。

"怎么了？"HRBP 见不得帅哥发愁，想要为其解忧。

"没事，张姐。"简嘉苦笑一声，"就是犯了个原则性的错误，可能得去赔礼道歉。"

HRBP 看了眼手机，遗憾道："哎呀，本来想说有时间要带你在恒游的园区逛一圈的，可惜老板叫我回去开会了。"

简嘉也很有礼貌地回复："没事姐，我自己转转就行。"他虽然没上过班，但也不可能真的把 HRBP 的客套话当真。况且马上就到吃饭的点了，谁不想赶紧做完手头工作去干饭①？

不过张姐看起来真的挺遗憾的，还拍拍他的肩膀道："反正也不急于这一时，以后入职恒游了，有的是时间见面。到时候有什么不懂的，都能来问我。"最后又客套了几句，临走前给他指了一下，"喏。你想去事业一部的话，穿过食堂前面的走廊就行，看到那两家咖啡店了吗？就在对面。"

空旷的园区里，忽然就剩下自己一个人了。前几次面试都是匆匆忙忙地来，又匆匆忙忙地走。简嘉现在才有机会打量这家身为互联网巨头的大厂。

---

① 干饭：网络流行语，指吃饭的意思。

整个园区的占地面积几乎和云京电影学院一样大。整体的工作环境也有点儿类似大学——虽然是上班时间，但园区的各个角落不乏挂着黑色工牌，端着美式咖啡匆匆赶路的打工人。恒游的建筑风格是全透明落地窗现代化的开放式工业风，正值一个晴朗的天气，几幢高耸的大楼折射出耀眼日光，彰显整个园区的现代科技感。

简嘉在原地驻足了一会儿，虽然知道就算去了事业一部，也不一定能碰到陈泊生，但他还是下意识按照HRBP指的方向，走了过去。他一边走，一边对着天空拍了一张。

万里无云，恰好能露出恒游集团的Logo。简嘉把刚拍好的照片发在朋友圈并配文："今天的云长这样。"

其实云长什么样都无所谓。主要是得长成能让陈泊生刷到他朋友圈的模样才行。

小简同学有时候也有一点儿小聪明。但在咖啡店坐了十分钟，简嘉就开始唾弃自己的小聪明。他到底是哪儿来的自信，觉得人家事业一部的大神会在上班时间刷朋友圈；又是哪儿来的自信，觉得人家大神能看出自己这条朋友圈包含着的委婉的道歉。

简嘉点了杯美式，认命地拿出手机，找到陈泊生的微信。

调出聊天框，开始敲敲打打："师哥，你今天在恒游……""嗒嗒嗒"，不满意，都删了重新输入。

"师哥，你今天有空吗，我找你……""嗒嗒嗒"，再一次全部删除。

简嘉捂脸，怎么道歉会这么难啊！一筹莫展的时候，简嘉感觉自己肩膀被拍了一下。

"简嘉？"方天忽然出现在他身后，"真的是你啊！"

简嘉回过头，先注意到方天，紧接着越过方天的身影，视线微微上扬，直接落到了陈泊生的身上。

陈泊生今天穿了件黑色的短袖，外面套了一件黑色的衬衫。黑发慵懒微卷，衬托得皮肤愈发苍白，整个人给人一种强烈的冷淡感。

"方哥。"简嘉愣了一下才叫人，心虚道，"……师哥。"

陈泊生没搭理他。简嘉心说果然还在生气。

"你怎么在这儿？哦，我想起来了。你今天是来三面的吗？面试得怎么样？张姐有没有为难你啊？"方天跟个话痨似的，一开口就停不下来。

简嘉找不到合适的时机跟陈泊生搭话，只好先回答："还可以，就等通知了。"

"你肯定行啊！要相信自己。"方天看着柜台，"来杯美式。"

简嘉问道："方哥，你怎么跟我师哥在一起？"

听到"我师哥"三个明显划分自己人阵营的字，陈泊生的眼皮掀了下，看了眼简嘉。简嘉装作若无其事的样子。

"哦哦，路上遇到的，就一起下来了。"方天其实也觉得奇怪，最近怎么老是在路上偶遇大神？以前咋就从来没这好事！

简嘉点点头，没说话。

方天拿了咖啡就开口："那你先逛，我跟生哥先回去了哈！"

"啊？"简嘉还想着一会儿找陈泊生搭话呢，这就走了？

"怎么？还有事？"方天看他。

"没事。"简嘉摇头，"那你们俩忙去吧，我自己逛会儿就走。"

"行。"方天看着陈泊生，"那我们走吧。"

简嘉看着陈泊生的背影，叹了口气，心想来日方长，到时候在微信里跟师哥好好认个错道个歉。但又想陈泊生这么难搞，要不然干脆就这么算了。简嘉也不是一个非要勉强的人，合得来就做朋友，合不来就一拍两散。

简嘉站起身准备离开恒游。不远处，陈泊生忽然停下脚步，微微侧过头不知道跟方天说了一句什么，然后转身又走回了咖啡店。

陈泊生推门而入，听着服务员抑扬顿挫的"欢迎光临"，漫不经心地左看右看，仿佛在找什么东西。简嘉摸了一下鼻尖，决定再搭一次话："师哥，怎么忽然回来了？"

陈泊生"嗯"了一句，冷冷淡淡。不过好歹不是对他不理不睬了，简嘉备受鼓舞，开口道："你在找什么东西吗？我帮你。"

陈泊生在他面前站定，惜字如金地吐出两个字："台阶。"

"啊？"简嘉愣了一下。陈泊生慢条斯理："我说，我在找台阶下呢，学弟。"

简嘉愣了一下，很快道："那师哥找到了没有？"

"你觉得呢？"陈泊生语气不咸不淡。

简嘉识时务者为俊杰，连忙递上台阶："师哥，我错了，真的知道错了。"

"师哥要是觉得这台阶还行，要不，您就高抬贵脚，往下走两步？"简嘉又补充道。

简嘉比陈泊生要矮九厘米，两人对话的时候，有点儿仰视的意思。简嘉的桃花眼生得不算太标准，其实眼尾有些微微下垂，抬眼专注盯着一个人的时候，瞳仁是水润的茶色，琥珀的质地，显得整个人很有几分无辜。任何人被这样认真盯着，都会生出一种"我真该死啊竟然让他对我道歉"的愧疚。

"算了。"陈泊生彻底没了脾气。简嘉心里一喜，知道这事翻篇了。

"师哥喝点儿什么不？奶茶还是咖啡？"简嘉用对付林棠的那一招来对付陈泊生——朋友生气了没有什么是一杯奶茶哄不好的，如果哄不好，那就两杯。

问完之后，简嘉补充："师哥，你会对奶茶过敏吗？"

"不会。"

"那就好。"简嘉手机扫码下单，"生椰乌龙，无糖的，去冰。"

服务员很快就做好了。简嘉接过来递给陈泊生，正式地道了个歉："师哥，上回说我们不熟的事情，我真的不是故意的，我当时就是随口一说。"

"嗯。"陈泊生插上吸管喝了一口，看情况应该是原谅他了。

简嘉松了口气，问道："师哥，你过敏后来怎么样了？药吃了有用吗？"

"好了。"陈泊生道，"你要看？"

"啊？那不用。"简嘉想起论坛的校友把陈泊生描述得多么高冷多么难搞，他怎么觉得这人还挺……随意的？

奶茶也送了，道歉也道了，这件事在简嘉心里算是彻底解决了。他看了眼手机，打算随便客套两句就回学校。结果陈泊生喝完奶茶把空杯往垃圾桶一扔，开口道："一起吧。"

简嘉愣了下，刚想拒绝，想到自己好不容易把这大少爷的毛捋顺了，硬是咽下了这句"不用"，点了点头："那就麻烦师哥了。"

陈泊生今天开的是另一辆车。简嘉虽然没有刻意猜测过陈泊生的家庭背景，但看他换车的速度，应该也不是缺钱的主。

回学校的途中一路无话。简嘉昨天为了准备面试，背了一晚上的资料，此刻被无花果木质调香味熏得昏昏欲睡。不知道过了多久，他才睁开眼，已经到云京电影学院的宿舍楼下。

简嘉心想罪过，陈泊生下午的时候还得回去上班，他不会耽误了对方很长时间吧。

"师哥，辛苦了，那我先走了？"简嘉动作利落地去拉车门。"咔嗒"一声，车把手纹丝不动。

嗯？这莫名熟悉的一幕，让简嘉顿时一愣。

"简嘉。"陈泊生忽然开口。

简嘉转过身体看他，有点蒙："师哥？"

陈泊生一双骨节分明的手搭在方向盘上，食指有一搭没一搭地敲着方向盘，散漫随意。

"怎么样才能算熟？"陈泊生偏头看他，换了个方式问，声音低沉冷冽，"现在这样，算熟了吗？"

下车后，简嘉目送着车远离的背影，在聊天框里面给陈泊生发了一排的表情包。

一十：熟，熟得真的不能再熟了，师哥！（连发了两个小黄人跪地的表情包）

考虑到陈泊生正在开车，没时间看手机。简嘉发出去之后，也没准备等陈泊生的回复，而是一边走一边刷手机。

朋友圈那张拙劣的天空图，现在看着格外尴尬。简嘉翻到自己的动态里想把它给删了，结果点进最新消息，发现陈泊生给自己点了个赞。指尖落在删除的确认键上面，简嘉犹豫了一下，又觉得好像没有删除的必要了。

他又刷了一会儿朋友圈，微信"嗡嗡"振动了一下，来了新的消息。

简嘉以为是陈泊生的回复，还抽空想了一下他车是快到飞起了吗，五分钟就到公司了？结果切换回去之后，微信页面跳出来的头像是一只蓝白的肥猫。

简嘉一共有五百多个微信好友，只有陈黎一个人是有姓名备注的——是回复他拒绝去理京上班的消息。

陈黎：为什么不想来理京上班？

陈黎：聊聊？

简嘉在聊天框语音输入："不用，我就是……"

"不用什么？"陈黎的声音蓦地从耳侧传来。

"你怎么在这里？"简嘉掐灭了屏幕，神情意外。

"没事不能来看你？"陈黎挑眉，"还没说为什么不来理京上班，这么多天不理人，我惹你不高兴了吗？"

简嘉沉默地站着。

"不想说？"陈黎笑了声，很低的音色，像大提琴："那我换个问题？"

"刚才送你回宿舍的人是谁？"

"这跟你好像也没什么关系。"简嘉开口，又觉得自己这句话指责的意味太强，不由加了一句缓和语气，"你来多久了？"

"刚来。"陈黎习惯穿西装——意大利手工定制的，穿在他身上十分惹眼，有一种二十出头的男生模仿不来的成熟魅力。

陈黎漫不经心道："刚才送你回来的是新认识的朋友？"

"不是……一个师哥。"简嘉否认，攥紧了手机。

"这样啊。有新朋友是好事。"陈黎继续开口，"不想来理京上班也可以，找到新工作了吗？"

"找到了，在恒游事业部。"

"恒游？环境还可以，什么时候上班？"

"下周一。"

"周六晚上有个聚会，有空吗？"陈黎询问他。

周六？简嘉下意识想拒绝。高三家里出事之后，简嘉就不怎么喜欢社交了，休息日更喜欢一个人待在房间里画画。只是，话到嘴边，拒绝两个字怎么也说不出口。

陈黎看着他:"真不来啊?"

简嘉还是没说话。

陈黎轻笑了一声:"有点儿伤心怎么办?"

"陈黎,你别来这套。"简嘉声音很低,有点闷。

"有用不就行。"陈黎点了支烟,散漫地靠在车前。

半晌,简嘉沉沉地叹了口气,是一种对自己不争气的妥协:"……地址。"

第二话 ☆

流浪猫猫，请来收猫 ☆

#02

聚会的地方是陈黎朋友开的酒吧,位于寸土寸金的市中心,旁边就是云京著名的人工湖,一到夜晚,灯火辉煌。

简嘉拒绝了陈黎来接他的想法,打算自己坐地铁过去。他不喜欢陈黎那群公子哥朋友,打算十一点就用地铁末班车做推辞回学校。

晚上九点,云京的夜生活才刚刚开始。简嘉在侍从的指引下进入斜坡酒吧的时候,陈黎还没到。萧辰先看到他,大老远就在卡座招手让他过去:"小嘉,这里!"

这帮公子哥里面,跟简嘉勉强算得上说过两句话的就是萧辰。还是因为这人比较自来熟。

简嘉穿过震耳欲聋的音乐,拨开人群挤到了卡座边上:"陈黎呢?"他坐下的时候,明显感觉到五六道视线落在自己身上,余光扫一眼,一个都不认识,简嘉也懒得打招呼。他太熟悉这种视线了——简嘉的打扮和这里几乎格格不入,浑身充满了少年感和朝气。尽管坐在卡座迷乱的灯影之下,也给人一种疏离感。这种高高在上不是说他的性格傲慢,而是来自他拒人于千里之外的分寸感。

"你哥还没来呢。"萧辰介绍道,"这简嘉,哎,服务员,来杯牛奶。"

萧辰刚说完,卡座里的一个公子哥笑起来:"不是吧萧二,怎么不给弟弟点杯酒,不给面子啊这是?"

"滚滚滚。"萧辰笑着骂他,"少在这儿妖言惑众。陈黎要知道我给他叫了杯酒,你们今晚就得抬着老子的尸体出去。"

有人兴致盎然地盯着简嘉:"这黎哥的亲弟弟啊?我怎么不知

道陈黎还藏着这么个弟弟。"

"不是弟弟。"简嘉反驳了一句,语气带了点儿固执。

"怎么就不是弟弟了?"话音一落,简嘉感觉自己头顶上罩了一片阴影,"我要再来晚一点,连你哥都做不成了是吧?"

陈黎朝卡座的人点头:"来了。"

他一来,简嘉明显感觉到卡座那群公子哥的讨好和奉承。陈黎到哪儿都是人群的中心,这种天之骄子,生下来就什么都有了,没有什么是想要而得不到的。大概是这种原因,所以他永远都是被偏爱得有恃无恐。

很快,女伴也陆续到场。陈黎他们基本不会在酒吧里找玩伴。他们的女伴们不是明星就是大网红。简嘉甚至还看到一两个眼熟的女演员。只是来的女生这么多,却没有一个敢坐在陈黎身边的。

"我去别的地方。"简嘉要起身离开。

"去哪儿?"陈黎按下他,"就坐在这儿。"

因为陈黎的这个举动,简嘉再一次被暴露在众人的视线中。

有人问道:"陈黎,不介绍一下啊。"

沉默持续了好几秒,陈黎才开口:"别瞎起哄。"

"行行行。那我陪咱弟弟喝一杯行吧?"公子哥倒满了酒,酒杯伸向简嘉的方向。

"我不会喝酒。"简嘉礼貌地拒绝。

"哎,你这就扫兴了啊,都来酒吧了,怎么就不能喝酒了?给个面子呗,弟弟?"

简嘉淡淡道:"不喝。不好意思。"

公子哥愣了下,没见过这么油盐不进的。在场的谁不是捧着他们,哄着他们。简嘉骤然扫了他的面子,公子哥脸色难看下不来台。他两杯酒下去上了头,说着就站起来往简嘉这边走,嘴里骂骂咧咧:"没意思了吧,不会喝哥哥教你怎么喝……"

只是还没走到,陈黎就对他的小腿踹了一脚。陈黎学过近身格斗,这一脚下去没有半分留情。公子哥直接跪在地上,众人在嘈杂的音乐中都听到了腿骨折断的"咔嚓"声。

卡座内安静的只有酒吧里狂乱的音乐，和陈黎慢条斯理的声音，悠然又危险："没听到他说不想喝吗？"

酒吧的老板终于连滚带爬、点头哈腰地过来把惹事的公子哥请了出去。

简嘉轻声问道："陈黎，你心情不好吗？"

"没。"陈黎点了支烟，"吓着了？"

简嘉摇头，半晌，他又开口："其实我喝一点也没关系。"

"我觉得有关系。"陈黎闲散地靠在沙发上，右手搭着沙发靠背，仰着头吐出一口烟，瞥他，"简嘉，任何人都不能欺负你，让你不高兴。包括我，懂吗？"

"哦。"简嘉捧起那杯牛奶，不再出声。

一段小插曲之后，卡座的气氛再一次被萧辰这个社交气氛组负责人给暖热了。陈黎在云京的地位摆在那里，来的哪怕都是众星捧月的太子爷，谁敢说他一句不是？几轮游戏下来，卡座里已经热闹成了一片。

有个胆子特别大的女演员，看着才二十五六岁，举着手机自拍了几张，将卡座的环境尽收眼底，拍完晃了晃手机："哥，我能发朋友圈吗？"

"发呗，我长这么帅怕谁看？"萧辰应声道。

女演员顺势就倒在他怀里亲昵地玩闹。闹了一会儿，女演员看着手机忽然顿了下，从萧辰的怀中起来，不确定地看了一眼陈黎。

"黎哥。"女演员支吾了一声。

"什么事？"陈黎道。

女演员把手机递给陈黎，上面是她和别人的聊天记录。简嘉瞥过来一眼，神情就僵住了——备注姓名写着简星洋。

"星洋刷到我的朋友圈，说想过来。"女演员小心翼翼，"他说想跟你道歉，让你别跟他计较。你看，要不要让星洋来一趟？"

卡座瞬间安静得可怕。

简嘉放下喝了几口的牛奶，忽然感觉空气闷热得让人窒息，下意识端起桌上的威士忌一口闷了，匆匆站起来："我去趟洗手间。"

"哗啦",冰凉的水扑在脸上,简嘉感觉到酒劲后知后觉地上来。抬起头时,雕刻华丽的镜子里折射出一张漂亮得惊人的脸。眼眶微红,神色苍白,喝醉的感觉真的很不好受。

简嘉揉着胃,走两步就有点晕了。卡座里面乌烟瘴气的,他暂时还不想回去,于是找了个落地窗前的沙发,准备坐着吹会儿风。

四月的风已经偏暖了。夜风拂面,他愈发迷糊。不知道过了多久,手机"嗡嗡"振动了一下,通知栏跳出了微信消息,来自陈泊生。

华山菠萝吹雪:到宿舍了没?

简嘉连忙回复:到了,师哥。

对面几乎秒回。

华山菠萝吹雪:你抬头看看我几点发你的消息。

中午十二点半。好尴尬啊啊啊啊啊。

华山菠萝吹雪:还没睡吗?

"还没……"简嘉两只手打字,因为醉酒,头有些晕,怎么也打不好字,索性切换了语音:"还没睡,师哥,不过我现在正打算睡觉。"

语音发过去两秒之后,陈泊生回了一段省略号。

简嘉以为自己语音有什么问题,点开来听了一遍。除了他说话的声音,还有震耳欲聋撕心裂肺的酒吧DJ:"我是一个酒精过敏的帅哥!我的酒品特差!但我特爱喝!"

没什么问题啊。他口齿还挺清晰的,前后鼻音都没错呢。

"你确定你要睡了?"陈泊生也发了语音过来,声调略带一点怀疑,"你准备在哪儿睡觉?"

"沙发啊。"简嘉边说边看自己坐着的沙发。

"哪儿的沙发?"陈泊生问。

"坐着的沙发。"简嘉老实回答。

"你喝酒了?算了。"陈泊生说,"现在拍照给我。"

"……哦。"简嘉拍了张酒吧沙发的图片过去,角落有酒吧的名字。

"简嘉,你在酒吧。"陈泊生毫不留情地拆穿。

简嘉不知道怎么回事,莫名想狡辩,固执道:"我没有在酒吧。"

"嗯,你没有。"陈泊生冷冷一笑,"等着。"

简嘉盯着"等着"看了一会儿,被酒精麻痹的大脑已经分析不出陈泊生这句话的意思。于是就按照字面理解:"等着"就是坐在原地不动。

好长的时间,陈泊生都没有再给他发消息。简嘉茫然地睁着眼睛,放空一般地看着初夏的夜色。喧嚣的音乐之中,简嘉的背影被衬得有些单薄。

简嘉感觉陈泊生今晚应该不会再理他了。结果手机再一次振动起来,这回是语音,陈泊生清冷低沉的声音传来:"回头。"

简嘉下意识回头,站起身时重心不稳地踉跄一步。

陈泊生就站在他身后,见状上前扶了一把。

大少爷挑眉,冷飕飕地"放箭":"这叫没在酒吧?"

简嘉喝了酒之后大脑有点迟钝,拿不准陈泊生这个语气是什么意思,下意识以为对方是在责怪他。看陈泊生一副兴师问罪的模样,简嘉大脑抽了一下,想了想,然后认真地反省了一秒:"师哥,酒吧去多了真的会耳聋。你叫我别去了,我都听不见。"

言下之意:我不是叛逆要去酒吧,我是因为耳聋。

"嗯,我信你了。"陈泊生冷冷一笑,"喝了多少?"

"一杯……"简嘉老实回答。

"这是几?"陈泊生伸手在他眼前晃了下,竖起两根手指。

简嘉心想这不是逗他呢,淡定地开口:"师兄你也太看不起我了吧,我就喝了一杯,怎么可能醉到这个程度。"简嘉伸出手把对方两根修长的手指摁了下去,很认真地回答道,"这是手指。"

陈泊生:"……"他懒得跟醉鬼计较,"还能走路吗?"

醉鬼小简同学点点头:"能。能走直线。"

简嘉果然严格按照自己的要求,走出了非常完美的直线。像那种明明已经醉得不行的人,但是在公共场合为了面子还要装出不醉的样子。

简嘉边走边问,极力维持自己的"正常":"师哥,你开车来的吗?"

"嗯。"陈泊生盯着他,免得他下一秒就倒在地上。

简嘉想说"那我送你回学校",但觉得这一幕分外眼熟。于是很快地回想起,自己没有车,只好紧急改口:"那我送你去地下车库。"

"我的车停在门口。"

"啊,那我送你去门口,师哥。"简嘉改口改得很顺畅。

穿过大厅,震耳欲聋的音乐被甩在身后,越来越远,像隔了一层水膜再钻进自己耳朵里。好在大门口很快就走到了。外边的空气扑面而来,吹散了他心中的闷堵。

酒吧门口停着一辆超跑,车型流畅,白色在夜色里显得十分嚣张夺目。

简嘉估计这就是陈泊生的车了——果然对方在车前停下。简嘉开口:"师哥,你回去路上慢点开。"

陈泊生看了他一眼:"我送你。"

"不用。"简嘉连忙摇头,次次都让陈泊生送自己回学校,他自己都不好意思再占人大神的便宜了,"我有车。"

"你有车?"陈泊生挑眉,"共享单车?"

"不是,师哥,你别瞧不起人。"简嘉嘀嘀咕咕,醉了之后明显比平时活泼很多,拍拍超跑车身,严肃道,"我的车也不比你的跑车便宜。"他顿了顿,似乎在计算自己"那辆车"的市价,一本正经地介绍,"好几个亿呢。"

陈泊生顿了下,显然这话触及了富二代大少爷的知识盲区:"什么车好几个亿?"

简嘉大言不惭:"地铁六号线。"

陈泊生:"……"

两人在风中沉默的这一段时间。头顶上的地铁六号线在下一秒呼啸而过,轻轨带起阵阵轰鸣声。简嘉与陈泊生几乎同时抬头往高架桥上看去。不远处的中心大楼顶上的时钟尽职敬业地工作,时针和秒针同时走到了十一点的位置。

陈泊生收回视线,意味深长地开口:"少爷,你好几个亿的六号线末班车刚开走了。"

"……"简嘉表情还是难以置信的。

陈泊生:"需不需要打个电话叫司机开回来?"

简嘉也收回视线,能屈能伸:"师哥,我仔细想了一下。一个人坐六个亿的车未免太奢侈,要不你还是送我回学校吧。"

简嘉又稀里糊涂地坐到了陈泊生的副驾驶上面。短短几周时间,他坐了三次陈泊生的车,和大神的交集比高中三年都多。

车辆缓缓起步,车载音箱里环绕着一首极为轻柔的轻音乐——电影《情书》的插曲。简嘉在高中看过这个电影,印象最深的是男主角假装抱着书靠在窗台上看。窗帘被风吹起,只有风知道他的视线落在哪里。这是一部关于暗恋的电影。

"喝水吗?喝完酒之后会渴。"陈泊生递给他一瓶没开封的矿泉水。

"谢谢师哥。"简嘉两只手接过来,没拧开喝,而是抱在胸前。

车在高架桥上平稳地行驶,掠过江边点点水光和星光,不远处是灯火通明的高楼大厦,给这一刻静谧的时光增添了几分伤感和忧愁。

简嘉后知后觉有点难受,在轻柔的音乐中,在酒精的发酵下,他下意识开口:"师哥,你有什么故事吗?"

车厢内在这一刻安静到了极致。简嘉鼻尖泛起酸意,眼底有水光:"我……"

"吐车上五百。"陈泊生冷酷地吐出一句话。

"……"简嘉两滴眼泪瞬间退了回去,正襟危坐地拧开水瓶,猛灌一口。

车停在云京电影学院宿舍楼下的时候,简嘉已经歪在副驾驶上睡着了。他还知道给自己找个舒适的姿势,就是忘记调整座椅,整个人缩在椅子上。熟睡的时候,那种有些锐利的气质削弱不少,看着像个十六七岁的高中生。

"简嘉?"

"嗯……"简嘉回答了一声,但是没有睁开眼的意思,磨蹭了一下换了个更舒服的姿势准备继续睡,过了一会儿,他才意识到自己在哪儿，迷迷糊糊开口："师哥，到学校了吗？"

"嗯。到你宿舍楼下了。"陈泊生解开安全带。

"哦……"简嘉点点头，其实有点不想下车。如果可以的话，他甚至想在车里睡一晚。

简嘉迟钝地在心里倒数，准备倒数五个数之后，就一鼓作气强迫自己起床。结果刚数到"四"，简嘉就听到副驾驶的车门被打开。下一秒，他感觉自己被一股巨大的力量拖出副驾驶座。简嘉后知后觉，自己似乎被硬拽出来了。

简嘉手忙脚乱地站稳，欲哭无泪道："师哥，真的太麻烦你了。"简嘉真没想到陈泊生竟然还有这么乐于助人的一面，不仅把自己从酒吧带回，甚至还服务周到地送"醉鬼"回寝室。

"不麻烦，我这人就爱助人为乐。"陈泊生语气淡淡的。

简嘉心想"我看出来了"。但倒也不必助人为乐到这个程度。小简同学虽然没什么酒量，但他只喝了一杯，一杯！他刚想找个理由婉拒一下陈泊生，结果会错了意。原来陈泊生乐于助人的含义是：大少爷想要帮助谁，谁就必须得被他帮助。

"宿舍在哪儿？"陈泊生瞥了眼他。

简嘉内心挣扎了片刻，最后妥协："……四〇一。"想了想，他低声道，"师哥，我自己走上去就行了。"

"嗯。不然？"陈泊生挑眉，"我还背你上去？"他冷冷一笑，"想得挺美。"

简嘉："……"他就多余说这句！

最后两人选了个折中的方式——陈泊生将他扶到了四楼。

推开宿舍的宿舍门，里面空荡荡的。老大杨俊明应该是陪女友去了，简嘉的床位在靠阳台的一侧，格外整洁干净，桌面下还有几盆盆栽。

"烧水壶在哪儿？"陈泊生问道。

"应该在许子意的桌上。"简嘉反应慢半拍，"师哥，你还记得许子意吗？"

"不记得。谁？"陈泊生直接拎起水壶灌水，语气很随便。

真冷酷啊。

"真不记得啊。他跟你搭话了好几次，还挺崇拜你的。"简嘉喝多了酒之后话也不自觉多了起来。

"不记得。有必要记得吗？"陈泊生已经开始烧水，月光洒进来，落在他身上。男人半倚在床位前，慵懒散漫，画面好看得能直接拿去当杂志封面图，画中人气质清冷又孤傲。

"每个人都是这样，才认识几天就说崇拜我喜欢我。"

"咔嗒"一声，水烧好了，陈泊生慢条斯理地继续说："根本就不了解我，但是又很有眼光。"

就是多余长了一张嘴。简嘉在内心默默腹诽了一句。

喝完了蜂蜜水之后，简嘉洁癖发作，坚持要洗漱完才肯睡觉。

去浴室之前，简嘉看陈泊生还没有走的意思，就拿出自己的手机，给他找了部电影看。想起他的微信ID，简嘉在儿童乐园专区贴心地找出了《果宝特攻》全集。

"师哥，你觉得无聊就看会儿视频，我先去洗漱一下。"

陈泊生的视线落在手机里三只肥肥胖胖的水果人身上，离谱地笑了一声："行？我还挺爱看？"

简嘉醉了压根听不出他的阴阳怪气，只是感慨。没想到陈泊生这种酷哥，竟然真的爱看动画片，实在人不可貌相。

浴室里很快响起水声。

陈泊生百无聊赖地撑着下巴看这几个水果人蹦跳，忽地一下，画面被截断。屏幕黑了下去，是一通打进来的电话，来电显示是陈黎。

大约响了两三秒，陈泊生伸出手果断地挂了电话。

浴室的水声停了，简嘉含着牙刷，还有点酒劲没过的不清醒，问了一句："师哥，有人打我电话吗？"他好像听到了电话铃声。

半晌，陈泊生道："没有。"

简嘉醒来的时候，已经是第二天中午。

因为昨天晚上喝了一杯蜂蜜水，醒来的时候只剩下一点晕眩。简嘉在床上安静地坐了一会儿就恢复了精神气。然后第一件事，就是猛地翻开枕头，找到了压在枕头底下的手机。简嘉连忙把自己的所有社交软件翻出来全都看了一遍，什么多余的动态都没有。还好，还好，喝醉了之后没有在社交软件上胡言乱语。

简嘉的酒量实在太差，而且喝多了之后行为不受自己控制。他以前就有一次喝多了连给一个陌生号码打二十通电话的记录，事后酒醒简直尴尬得想原地消失。

简嘉又翻了一下微信，也没有大半夜找人聊天。只有通话记录里有一条陈黎的未接电话，他垂下眼睫，脑海中闪现了一些片段。指尖在回拨按键上停留了几秒后，简嘉删掉了这条记录，不打算拨回去解释自己为什么没接电话。

不过，他是喝断片儿了吗？怎么自己一点儿挂断陈黎电话的印象都没有？简嘉盘着腿在床上陷入了沉思，似乎想努力地回忆起什么来。直到微信"嗡嗡"振动起来，打断了简嘉的思路，是陈泊生发来的消息。ID还是显眼到要死的"华山菠萝吹雪"。

华山菠萝吹雪：醒了没？

一＋：醒了，师哥。

一＋：昨天晚上谢谢你送我回宿舍。（乖巧猫猫的表情包）

华山菠萝吹雪：嗯。

一＋：师哥，我昨晚没有做什么奇怪的事情吧？

华山菠萝吹雪：没有。

简嘉松了口气，结果对方又不客气地来一句：怎么了，觉得很遗憾？

倒也不至于遗憾。想到这位大神是那种说得出"你眼光很好但是我眼光更好"的自恋狂酷哥，简嘉突然就适应了他这种狂野的聊天风格。

一＋：没，我就是有点断片儿了。（安详萨摩的表情包）

简嘉敲敲打打，忍不住问：师哥，你还记得我昨天有没有挂掉谁的电话吗？

华山菠萝吹雪：你手机？

一＋：嗯嗯。

华山菠萝吹雪：哦，没有。

华山菠萝吹雪：没注意你手机放哪儿了。

简嘉叹了口气，看来自己是真的无意识挂了陈黎的电话。他发了个送花的万能表情包，准备结束这段聊天。结果表情包还没发出去，陈泊生的消息又来了：头疼不？

简嘉在聊天框打字回复。字没打完，见对方又是一条消息过来：方便语音吗？

简嘉删掉编辑好的消息，心想也没有什么非要语音的理由吧。大神难道还有什么重要的事情跟他说吗？

陈泊生的消息又来了，带了一点儿征求的意味。

华山菠萝吹雪：我打字不方便。

华山菠萝吹雪：行不？

简嘉认命：可以的，师哥。

反正宿舍里就只有他一个人，就算是打电话也不会吵到谁。

"好点了没？"陈泊生的声音从手机的另一端传来，带着他特有的一股冷淡的感觉。

"好多了，昨天谢谢师兄的蜂蜜水。感觉起来的时候没怎么头疼。"

"嗯。你刚起床？"

"准备洗漱来着。"简嘉头重脚轻地走到浴室。

"要出门？"

"不出门，今天在宿舍画画。"他把手机放到洗手池上面，打开水龙头准备漱口，"还能听到我声音吗，师哥？"

"嗯。"

陈泊生的聊天没有目的性，就这么有一搭没一搭地聊。不得不说，陈泊生这人虽然有时候很毒舌，但他真的想好好地和一个人聊天的时候，就会非常有分寸感和很多话题，几乎什么都了解，而且不会让自己任何一句话落空。这一点完全在简嘉的聊天舒适区内。况且他谈论的还是简嘉最感兴趣的绘画。

简嘉甚至都没有注意过了多长时间。正被陈泊生一句特好笑的吐槽逗得一直笑，推开门的时候，见杨俊明已经在宿舍了。

看到简嘉在打电话，杨俊明无声地打了个招呼。简嘉点点头，去阳台上去收衣服。拿晾衣竿的时候，下意识将手机夹在耳边，一边收一边聊天。再回来的时候，简嘉已经挂断了语音。

简嘉走到杨俊明的位置上，拿走了他的泡水音箱："今天借我用下这个。"

"你要开直播啊？"杨俊明问了一句。

简嘉跟国内一个很知名的直播大网站签了合同，这件事在宿舍里不是什么秘密。网站叫作盛世TV，是盛嘉旗下的一款短视频和弹幕直播综合类app。直播板块尤为出名，其中最热门的又是游戏直播。Rodya就是盛世旗下的签约主播，有大几百万的粉丝，属于游戏区的TOP级别的存在，女粉多得遍地都是。听说Rodya刚开播的时候，还有游戏战队邀请过他打职业赛。

简嘉在盛世TV的绘画专区，相对游戏直播来说比较冷门，毕竟直播画画也没什么好看的，而且他还不露脸。

"嗯。今天有个连麦直播的活动，能蹭点儿热度。"简嘉把薅来的泡水音箱连接到自己的电脑上。

连麦直播就是跟其他主播一起直播。要是运气好，能连上那种粉丝上百万的大主播，还能小赚一笔。

杨俊明知道这种能赚钱的活动，简嘉都乐意干。同宿舍四年，他知道的简嘉做过的兼职不下于十个，什么游戏陪玩、咖啡店员、收银员、美术老师、接稿画手、直播……整一个打工狂魔。杨俊明感觉简嘉一个月接稿也不少，一张图至少五六千，但他却总是一副很缺钱的样子。也没见他买过什么奢侈品，真不知道那么多钱都被他用到哪儿去了。

杨俊明戴上耳机往上铺爬："草儿，一会儿音箱你用完还回去就行，我R神今天也开播，我上号看他打游戏去了。"

"好。"

简嘉戴上耳机，轻车熟路地登上自己微博，发了个直播的预告。三十多万粉的微博如同摆设，五分钟之后喜提限流，阅读量：五。

行。他认命地删掉这条微博，准备加个分隔号重新发一下。首页刷新出了一条 Rodya 的直播链接，评论转发均已破万，发文时间是十分钟前。

Rodya：心情好，播会儿。

等回过神的时候，简嘉已经点开了 Rodya 的直播链接。他电脑上挂着自己的直播，手机是登录的小号。反正他直播间被限流了，这会儿一个观众都没有。

Rodya 刚开播不久，但是热度已经冲上了小时榜第一，在线人数一共有五万，还在不停地增加。他今天直播的是一款休闲竞技游戏。这个游戏的玩法是闯关竞速，一共三个地图，越到后面淘汰的人数越多，最后剩下的一个是冠军。

简嘉用了四年的手机在进入直播间的那一瞬间，差点被卡出去。Rodya 直播间弹幕刷得密密麻麻，价值一千九百九十九元的城堡礼物仿佛不要钱一样在直播间炸开，烟花特效被卡得一顿一顿。看得简嘉不由感慨，这就是大主播的排面吗？

为了直播的观赏度，Rodya 今天的直播内容是和其他主播连麦一起玩游戏。

简嘉看到"连麦"两个字，心里一动。想起 Rodya 出彩的游戏技术，他还挺想和他打一把的。所以在 Rodya 按下连麦图标的时候，简嘉也在同一时间按下了连麦。盛世 TV 有上万个主播，他跟 Rodya 能连到一块儿的概率小得就跟中彩票一样。简嘉也只是碰运气一试，但没想到的是，下一秒，Rodya 直播间的左边就并排出现了自己的直播间。

主播"Rodya"和主播"数位板你自己动啊！"正在连线中。

简嘉差点儿从椅子上蹦起来，这中彩票一样的概率还真给他撞上了。直播间的人数瞬间从零飙升到了五千，弹幕在左下角跟刷屏一样暴增。

"咦，R 神好像匹配到的是个画画博主？"

"呃，没意思，感觉是个菜鸟。"

"R 神要不换一个吧，想看你和小意连麦！"

"楼上滚,小意粉别来倒贴。"

……

"玩过这个游戏吗?"简嘉还在手忙脚乱地整理桌面的时候,Rodya清冷低沉的声音从音箱里传来。

"玩过……"简嘉下意识回答,结果讲了半天直播间都没声音。他连忙打字:"大神,我耳麦好像有点坏了,打字可以吗?玩过几次,但我技术不太行。"

"嗯。"Rodya开口,冷冷淡淡,"我不带人,所以……"言下之意就是让简嘉取消连麦。

简嘉动作一顿,心里有点失落,毕竟机会来之不易。

"哦哦,没事。"简嘉打字打到一半,忽然发现自己的麦又可以说话了,连忙开口。男生干净得如同冰块儿的声音响起:"那我就不耽误大神直播了,我这边取消连麦吧。"

简嘉找了下挂断连麦的图标,结果鼠标刚放上去,只听Rodya忽然猛地开口:"等下!"

简嘉一愣:"怎么了?"

Rodya沉默了几乎有一个世纪那么漫长。

"不用取消,我带你玩一把。"

"啊?"简嘉有点蒙,"但是我技术不是很好……"

"没事,我教你。"Rodya声音破天荒地出现了一丝狼狈,"……行吗?"

简嘉心想大神都说到这个份儿上了,他也不好意思再挂断连麦了。对于Rodya前后反差得像两个人的事情,简嘉没多想。毕竟这种游戏大神多少都有点特立独行,简嘉也不是很懂。

他鼠标刚移开取消连麦的红色小电话图标,只听Rodya的声音从电脑里传来:"想玩儿什么模式?"

这个游戏闯关模式有很多,简嘉不太清楚Rodya常玩的是什么类型,便说:"大神,你选吧。"

"双人?"

"可以。"

"地图有要求吗？"Rodya打开了游戏页面的地图，有官方的，还有玩家自制的。

简嘉盯着屏幕眼花缭乱："我都行，R神你挑吧。"

他马上就机智地学会了Rodya直播间粉丝对他的尊称，显得自己比较尊敬。一会儿就算玩得太菜，Rodya也不至于对自己破口大骂。

Rodya挑选地图的时候没说话，直播间里十分安静。

简嘉能明显感觉到Rodya是个少言寡语的高冷酷哥，为了不让直播间冷场，他主动挑起话题："R神，其实你的声音跟我一个朋友还蛮像的。"

简嘉本来是没话找话，结果说出来之后，还真觉得Rodya的声音有点儿像陈泊生。特别是说话那股酷酷的调调和冷淡的语气，连咬字的重音都是重叠的。话音一落，简嘉才后知后觉，这话听起来怎么那么像抱大腿和套近乎？还是最土最俗套的那种。

毕竟杨俊明这个泡过水的音箱音质太差，从水桶里捞出来之后，几乎是全损音质，Rodya这种得天独厚的帅哥音色都惨遭摧残。仔细听了一下，简嘉又不能确认了。

他想转移话题，但听Rodya开口问道："你朋友？"

"嗯。"简嘉只好硬着头皮老实回答，"我的一个师哥。"

"嗯。你们关系很好？"

"还行吧……"简嘉下意识开口，但想起上回说"不熟"的惨痛教训，他立刻改口，"不是还行，关系应该还算挺不错的。"

"嗯。"Rodya的语调上扬了一个度，心情也不错的样子。

就在简嘉觉得这个话题应该到此为止的时候，Rodya又漫不经心地问了句："那你觉得他怎么样？"

简嘉愣了一下。

Rodya大言不惭："直播间水友问的。"

直播间观众一脸茫然，我们什么时候问了这个？当面造谣！

"哦哦。"简嘉恍然大悟，想不到大神的直播间水友竟然这么八卦，顺势道，"我师哥人挺好的，长得很帅，技术又很厉害！"

"嗯。"Rodya给予肯定，"'游乐园'的地图可以吗？"说话间，

Rodya 已经选好了地图。

"我都可以的，R 神。"

Rodya "嗯"了一声，直接开了双人副本，进入游戏。

恒游的 offer 是在直播结束三天后发到简嘉的邮箱里的。比 offer 来得更快的，是方天的微信消息——简嘉先是从方天那里知道了自己入职消息之后，才收到了邮件。方天就是个跟谁都能聊半天的话痨。方天不仅事无巨细地跟简嘉交代了恒游入职当天需要的东西，还顺带把跟恒游合作的那家入职体检机构的地址发了过来。

在微信里和方天聊完天之后，简嘉点开邮件认真看了一下入职需要的材料。他是一个习惯做计划的人，出门旅游必做 Excel，计划细到买高铁票有几个备选方案。三天后入职的资料，简嘉今天就打算准备好——学位证书、毕业证书和身份证是必备的，还有两张一寸照。简嘉六月份才正式毕业，现在实习出具学校开的在校证明就可以。

唯一找了半天都找不到的，只有他的身份证。

简嘉翻了一遍书包和书桌，甚至连床上和桌底都看了，没找到身份证的痕迹。身份证仿佛凭空消失了一般。又找了二十分钟之后，简嘉才接受身份证丢了的事实。他这两天就去了恒游面试，身份证放在口袋里不会掉出来。最有可能的，就是落在陈泊生的车上。

他倒希望是落在陈泊生的车里。

简嘉拉开聊天框：师哥，在吗？

华山菠萝吹雪：在，怎么？

简嘉发现陈泊生这个大帅哥竟然没有一点帅哥的矜持和自觉。不管什么时候找他，他几乎都是秒回，为人还挺热情。

一+：我身份证好像不见了，你在车上看到过吗？

一+：就是那辆跑车，我应该丢在这儿了。

陈泊生过了十分钟才回复，估计是去车上找了一圈。

华山菠萝吹雪：没看到。

一+：啊……好的。（内心苦涩的表情包）

华山菠萝吹雪：在哪儿丢的？我帮你找。

一十：不用，师哥，不麻烦你了（内心苦涩的表情包）

一十：我应该知道丢在哪儿了。

简嘉退出了跟陈泊生的聊天页面，往下划拉一会儿，蓝白肥猫的头像映入眼帘。距离上一次跟陈黎聊天，已经过去七天。他盯着陈黎的联系方式发了几分钟呆，最后切换到通讯录，点开了江姨的手机号。

江姨是负责给陈黎打理别墅的保姆。简嘉因为经常去喂猫，二人还算熟悉。只要能让他避开陈黎拿到自己丢在他车上的身份证，别说是熟悉，让他认江姨当干妈都行。

江姨听说简嘉要来，立刻就表示没问题。

从云京电影学院坐地铁到梧桐府，大概需要二十分钟。简嘉轻车熟路地跟安保打过招呼，径直去了陈黎的别墅。

江姨开了门在客厅里等。简嘉速战速决，开门见山："江姨，车库钥匙给我，我自己去车上找就行。"

"哎呀，小简，不用的。"江姨从茶几下面摸出身份证，"喏，老板早就把身份证给我了，说等你上门的时候交给你就行。"见简嘉愣住，江姨继续道，"你跟老板闹别扭啦？都这么多天没来了。"

简嘉还在思考陈黎为什么发现了他的身份证遗落却不还给他，难道就为了等他上门自取吗？可是陈黎又为什么要这么做？

"没，江姨。"简嘉解释，"我本来就不应该常来，这又不是我家。"他让自己的声音显得很轻快，故作轻松地岔开话题，"对了，怎么没看到贝贝？"

贝贝就是简嘉捡到的那只蓝白英短流浪猫。不知道这猫在前主人那里是怎么过的，作为一只昂贵的品种猫，竟然沦落到流浪大街。简嘉捡到贝贝的时候，这猫骨瘦如柴。被陈黎养了一年之后，肥得四条腿都快看不见了。每次看到简嘉过来喂饭，跑得比闪电都快，又笨拙又黏人，在他的脚边蹭个不停。

江姨的表情闪烁了一下，显得局促起来："不太清楚，可能又跑出去疯玩了吧。"

简嘉对人的情绪很敏感，当即就察觉到不对："江姨？"

"简嘉?"下一秒,熟悉的声音从二楼传来,简嘉浑身一僵。

旋转法式雕花楼梯口,简星洋穿了一件宽松的衬衫,皱眉看着他:"你怎么在这里?"

简嘉再熟悉不过的表情。母亲去世后,简嘉名义上的生父简证南把他领到了一栋别墅里。简嘉还记得简证南拽着自己的手,向他的新妻子介绍自己的名字,那时,简星洋就是这么高高在上地站在二楼,厌烦地盯着他。

"谁让你来我家的",这是简星洋对自己说的第一句话。从那天起,简嘉就不再有家了。

"跟你没关系。"简嘉平静地开口,看向江姨,"江姨,贝贝呢?"

"什么叫跟我没关系?简嘉你能不能要点脸?"简星洋冷笑一声,"这是你该出现的地方吗?你凭什么出现在这里!"

"所以呢?"简嘉在极度愤怒的时候,声音反而是极度平静的,近乎有一种冷漠的锋利,"抱歉,我没有你妈的本事,上赶着给人做小三。"

"你!"简星洋脸色一白,他妈做小三的事情不算光彩,是他的雷区。更何况简嘉还是前云京市市长任书禾的独子。

任书禾去世不到一年,丈夫简证南就跟小三鬼混到了一起,还有个几乎和简嘉一样大的私生子。有舆论压力盯着,简证南到现在都没能跟简星洋的妈正儿八经地登记结婚。

简嘉懒得理他,转头在房间里找贝贝。

简星洋翻了个白眼:"别找你那死肥猫了,你有病吧简嘉,什么垃圾都往人家里捡,我猫毛过敏你不知道啊。"

"你什么意思?"简嘉看着他。

简星洋捏着鼻子:"那死肥猫被我扔了,没日没夜地叫,吵都吵死了,养不熟的白眼狼。"

江姨为难道:"小简,阿姨也没办法……"

"没事。"简嘉感觉自己声音在发抖,他冷静地问,"简星洋把猫扔哪儿了?"

"好像是绿化带那边……哎,小简你去哪儿?外面下着大雨呢！"

简嘉不知道自己是怎么从别墅里跑出来的,回过神的时候已经在小区里转了两圈。初夏的暴雨说来就来,豆大的雨珠噼里啪啦地砸在他身上。没一会儿白色的短袖就全被打湿了。

简嘉一边往角落里找贝贝,一边又挑着能避雨的地方走。实在躲不了雨,就抱着头跑两步。一番折腾下来,猫没找到,人比流浪猫看起来还狼狈。

眼看雨势愈大,简嘉实在没办法,只好先到亭子里躲一会儿雨。刚站定,就听到了几声微弱的"嗷呜嗷呜"。贝贝叫起来和其他的小猫不一样,声音跟报警器似的。简嘉一听就认出来了。

"贝贝?"

"嗷呜——嗷——"不远处的草丛里面,跳出来了一只肥肥胖胖的蓝白猫,毛发被打湿成一簇一簇的。看到简嘉,贝贝一个火箭速度就蹿了过来。

简嘉被它气个半死,抱起它听它委屈巴巴地"嗷呜",又没出息地心软。

"你气死你爸算了。"简嘉掐它屁股出气,又把贝贝囫囵塞进怀里,一只手挡在头顶,想回亭子避雨。结果刚转身,就撞到了人。

简嘉没站稳,先是闻到一股和雨水截然不同的无花果木质香,然后被人扶了一把。黑色的伞倾斜向他挡住了瓢泼大雨。简嘉抬头看去,视线里骤然闯入一张熟悉的帅脸。

"师哥?"简嘉愣了一下。

"嗯。"陈泊生应了一句。

简嘉很快发现对方戴着蓝牙耳机,显然是在打电话。他连忙识时务地站好,示意陈泊生先打电话,自己乖乖地抱着猫等他打完。

徐谦在那头"喂喂喂"半天:"还没回我话呢!你今天跑去你哥那儿干啥?怎么不说话了?"

"有事。"陈泊生声音冷淡。

"你能有什么事?"徐谦疑惑。

"没什么事。"陈泊生语调散漫,"来捡猫。"

陈泊生这个电话打得不长，没多久就挂断了。

见他摘了耳机，简嘉才抱着猫发问："师哥，你怎么在这里？"

"我住在这里。"陈泊生扫了他一眼，伞面朝着他倾斜。

"你在这儿干什么？"陈泊生带他到了亭子里，收了伞，再一次上下打量他，"这是你的猫？"

简嘉把贝贝从左手换到右手，放松被肥猫压疼的胳膊："对。它今天走丢了，我出来找它，没想到这么巧遇到师哥。"

"师哥，你是回家吗？"简嘉好奇。

"没，我的猫也丢了，在找呢。"陈泊生语气有点儿阴阳怪气。

简嘉总觉得陈泊生的心情不太美丽，他摸了摸鼻尖："那师哥找到了吗？"

"没呢。不知道跑谁家野去了，被欺负了也不知道回家。"

"……哦。"话题好像就这么断了。

亭子外的雨声愈发喧嚣。简嘉感觉自己的"尴尬症"要发作了，连忙发挥自己的口才跟亲和力，愣是没话找话："贝贝也寄养在别人家里的。"

简嘉把贝贝举起来给陈泊生看，试图唤起一点铲屎官的爱心。毕竟再冷漠的铲屎官，也不可能对可爱的肥猫无动于衷。

贝贝和简嘉父子连心，此刻很谄媚地叫了一声："喵呜。"

"贝贝是他的名字。"简嘉解释。

陈泊生态度果然软化了一点，手欠欠地揪了一下贝贝的胡须，痛得贝贝的谄媚叫声差点儿没保持住。

"肥。"他毒舌地点评。

"其实还挺可爱的吧，肉乎乎的。"简嘉一说起猫就停不下来，倾诉欲很强。

初夏的雨总是来得快，走得也快。没多久，天气就暴雨转晴，见了彩虹。

简嘉看雨停了，准备抱着贝贝跟陈泊生告别。

"师哥再见"四个字还没说出口，就听陈泊生问了句："你去哪儿?"他抬了下巴,"送这肥猫回你那朋友家里?"

简嘉沉默了一下:"不了。之前没办法才寄养在朋友家,现在不麻烦了。"

陈泊生:"准备放哪儿养?"

"宿舍吧。"简嘉随口一答。

"那上车。"陈泊生帮他做决定。

"啊?"简嘉有点不好意思,"就不用麻烦师哥送我回宿舍……"

陈泊生:"我要回云大,顺路载你一程而已。你不会以为我专门送你的吧?"

在陈泊生毒舌地说出"想得挺美"四个字之前,简嘉果断地抱着猫拉开车门,面无表情地坐到了后座。

陈泊生开口,点他:"副驾驶。"

简嘉犹豫:"但我身上挺脏的……"

陈泊生挑眉:"坐后面把我当司机?"

"……不敢。"简嘉不知道这大少爷又发什么少爷脾气,认命地抱着猫坐回了副驾驶。

回学校的途中,一路无话。

简嘉其实有时候挺庆幸陈泊生是这样冷言少语的性格,抑或是他骨子里待人接物的分寸感拿捏得很恰当。只要简嘉不愿意说,他从来不会过问简嘉任何事情。哪怕看到他狼狈地抱着猫在高档小区里乱转,陈泊生也不会追问他的动机。简嘉知道陈泊生是不想让自己难堪。而他也确实很不喜欢把自己的私事放在太阳底下,供人点评。陈泊生甚至都没有问简嘉为什么不选择养在家里,而是要养在宿舍。

简嘉闭上眼,悄悄地松了口气。还好大神没问,不然他都不知道怎么解释,他压根儿就没有家。

十五分钟后,云京电影学院的东门出现在车窗外。陈泊生轻车熟路地泊车,拎着简嘉那只肥猫熟练地走到了简嘉的宿舍。

进门的时候,杨俊明正在打游戏。他转头和简嘉打招呼,结果在看到陈泊生的一瞬间,震惊得差点儿从椅子上滑下来。

简嘉连忙介绍:"这是我舍友,杨俊明。这是陈泊生,你认识的,云大校草。"

陈泊生听到这称呼，挑了下眉。

论坛上认识也算认识吧。简嘉胡思乱想。

杨俊明心想："我当然是认识的，但是我很好奇这种级别的大神为什么会出现在我们宿舍里！"难道是他一不小心起猛了，出现幻觉了？

趁着陈泊生在门口等的这段时间，杨俊明把简嘉拉到阳台上。

"草儿，你老实交代，你什么时候跟陈泊生认识的？不对，你是怎么认识他的？"

"我找工作，他给的内推机会。"简嘉无奈道，"陈泊生在恒游上班。"

杨俊明看了陈泊生一眼，转过头，"要是让许子意知道你现在跟陈泊生关系这么好，他非得翻天不可。"

"我都打算搬出去住了。"简嘉说出了自己的打算，"公司离学校太远，上下班麻烦。"

"搬出去？"杨俊明愣了下，"也行。到时候你搬家找我，我帮你搬！"

"行。"简嘉承了这个情，准备找到房子之后再请老大吃顿饭。

不过这期间贝贝养在哪里是一个问题，宿舍不是他一个人住，简嘉觉得自己有必要跟杨俊明说一声。他斟酌着话到嘴边，只见杨俊明挠了挠手臂，又挠了挠脖子："大神什么时候走啊？"

"怎么了？"简嘉一愣。

"哦，没怎么。"杨俊明抓手臂抓得越来越厉害，小臂浮现出一大块红斑："大神不是抱那猫吗，我有点儿猫毛过敏，痒死了。"

简嘉到嘴边的请求，无论如何都开不了口了。杨俊明对猫毛过敏，简嘉是真的没想到。他从陈泊生手中接过贝贝，装作若无其事道："师哥，谢谢你送我回来啊，改天请你吃饭。"

陈泊生朝宿舍里面看了眼："你不进去？"

"进去。"简嘉笑道，"等我送走你我就进去。"

陈泊生挑眉，那意思很明显：你打算怎么送走我？

简嘉谦虚道:"目送您的背影!"

简嘉换完衣服,就带贝贝去附近的宠物店里洗了个澡。

贝贝洗澡还挺乖的,不挠人。宠物店的小哥夸贝贝是他见过脾气最好的猫。简嘉与有荣焉。

他心想脾气能不好吗,被人扔出门也不挠人一下,还真就乖乖地流浪去了。

"你这只小猪又笨又肥,也不想想这养尊处优的身材,到外面怎么打得过人家流浪猫。"简嘉苦口婆心地教育贝贝,希望它可以聪明一点。孩子大了,教育也成了难题。

贝贝很懂事地"嗷呜嗷呜",只会卖萌,也不知道把它爸的教导听到耳朵里没。

等待烘干贝贝的过程中,简嘉瞥了一眼宠物店的笼子,上面挂着寄养的牌子。他问了一句:"老板,你们这儿寄养宠物多少钱一天啊?"

"平时一百一天,节假日三百,怎么,你有事要出远门啊?"老板很热情健谈,毕竟很难有人可以对帅哥冷淡。

"没,我随口一问。"简嘉在心里算了一笔账,似乎不太贵,但他拿不了主意。

一小时后,贝贝的毛发终于被烘干了。简嘉心里那个寄养的念头又冒了出来,他把贝贝放在地上,跟老板的布偶猫认识认识:"贝贝,想不想住在这里,认识新朋友?"

贝贝热情洋溢地对着布偶猫"嗷呜"。下一秒,布偶猫浑身炸毛,叫来四个兄弟,抓着贝贝就狂揍一通,毛发飞得满天都是。简嘉跟老板两个人都没把它们几只猫拉开。

得。简嘉无奈地抱着贝贝。就这脾气寄养在宠物店,半个月后来接它能直接装进盒里。

为了安慰被暴揍了一顿的贝贝,简嘉又在宠物店买了点儿罐头和猫条。布偶猫和它那几个兄弟伙虎视眈眈地盯着简嘉手里的零食,活像简嘉在它们碗里抢的似的。简嘉不跟猫一般见识,抱着贝贝就出了门，在马路边上找了个长椅坐下。

贝贝有奶就是娘，有了吃的就忘了烦恼。简嘉有一搭没一搭地摸着贝贝的毛发，心里愁得不知道把孩子往哪儿放。

猫为什么就不用上幼儿园呢？

简嘉的长相在人群中实在是太出挑，坐在长椅上没多久，就遇到了两个鼓起勇气上来问他微信的学妹。还有的别出心裁，故意来问他猫咪卖不卖，以此借口跟简嘉搭讪。

大众中往往有这么一个定律。遇到普通的帅哥，众人对其是有占有和私藏的欲望，甚至会主动出击建立联系。但是遇到顶级的帅哥，一般人就望而却步了，更多的只会抱着远观的念头。通俗一点来说，简嘉就属于后者，太好看，是女生在路上撞见了会目送他走出十里地的极品，但不会真的有妹子前仆后继地追他——太有难度了，地狱级别的。

他礼貌地拒绝了来问微信的人。学妹眼中难掩失望，纠结地站在一旁舍不得走。简嘉已经在心里盘算着，等贝贝吃完这个猫罐头，他就上林棠那儿看看。

胡思乱想的时候，头顶上又罩下一片阴影。

简嘉声线极为干净："不好意思，这猫真的不卖……"他抬头，看到来人的时候怔住，脱口而出，"师哥？"

陈泊生居高临下看着他。

"你在这儿卖猫？"陈泊生瞥了他一眼。

"我说着玩呢，师哥。"简嘉尴尬地解释，"不卖。"

"嗯。"陈泊生只回了一个音节。

就在简嘉觉得话题要冷场的时候，陈泊生又开口："你确定？"

"什么？"简嘉一愣。随后，在漫长的几秒里，他似乎品出了不一样的味道。陈泊生这架势不像是一直没走，像是走了之后又回来了。

简嘉觉得事情不简单，他抱着贝贝，心说"儿子啊你的荣华富贵就在这一刻了"。简嘉忽然就像打通了任督二脉一样，无师自通地学会了示弱。

简嘉连人带猫,两双真诚的眸子盯着陈泊生看:"师哥,求收留。"

简嘉再次坐上陈泊生车的副驾驶的时候,觉得自己跟陈泊生还挺有缘分的。以前大学城读了四年也没见过一面,马上要毕业了,好像除了陈泊生,都没怎么见到其他人。

贝贝知道自己要去住豪宅了,一路上很兴奋。一会儿用脑袋顶简嘉,一会儿试图翻越到陈泊生的怀里。简嘉心想这笨猫还挺会献殷勤的,知道以后谁是它的饭票来源。

车沿着江宁大道拐弯进了永固巷。虽然这里叫作永固巷,但却是名副其实的豪宅区——马路对面就是云京附中,也就是简嘉跟陈泊生的母校。

简嘉看着窗外的附中,此刻正在上课期间,听着熟悉的铃声,心中还有些怀念。他偷瞄了一眼陈泊生,也不知道大神还记不记得他们俩高中是同校的。不过,那时候他在一部,陈泊生在国际部,基本没什么交集,不记得他也情有可原。

车又拐了一个弯,彻底进入小区内部道路。外面街道的喧嚣声被隔绝,只剩下小区内高山流水的静谧。陈泊生停好车,两人从地下车库直接刷卡上了二十四楼。

永固巷的楼盘是一层一户,四百平的大平层,落地窗外就是云京繁华热闹的市中心。检测到陈泊生回家,智能管家上线,大门自动往两边打开。房间内部装修得十分大气简约,线条感十足,和陈泊生给人的感觉一样,冷淡中带着寂寥。

简嘉看着眼前这低调又奢华的大豪宅,又看了眼左顾右盼的贝贝,有一种儿子出息了,终于进入豪门的错觉。简嘉把贝贝放在地上,扫了一眼房间,似乎没看到喂食器和猫砂盆。陈泊生不是说自己也养猫吗,难道没有养在这里?毕竟大少爷的豪宅有多少,不是他能随便揣测的。

陈泊生打开外卖软件,下巴微抬:"它吃什么猫粮?"

简嘉报了一个比较知名的猫粮牌子。陈泊生看了眼外卖:"哪个?"

"啊?"简嘉愣了一下。

陈泊生无奈:"过来。给我指一下。"

"哦好的,师哥。"

买了猫粮,陈泊生又在购物车里乱七八糟地加了几十个罐头和很多猫条,看得简嘉直摇头说够了够了。等陈泊生买好,简嘉拿出手机:"师哥,我微信转你吧。"

陈泊生没骨头似的靠在沙发上,一只手搭着,一副懒懒的样子,听见简嘉的话,短促地笑了声:"行。"

简嘉这才松了口气。虽然他知道陈泊生不缺这点儿钱,但他不想占别人的便宜。麻烦陈泊生照顾贝贝,已经是他走投无路后,做出的最出格的决定了。

"接下来可能还要买猫砂、猫砂盆之类的,我直接送到你这儿?"简嘉拿出手机翻看之前的订单。其实想要省钱,最好是去陈黎的别墅里把没用完的宠物用品直接拿过来。但简嘉短时间之内再也不想踏进那幢别墅。

下单好宠物用品,等外卖送上门,时间已经过去三十分钟。简嘉熟练地在房间的一角布置好宠物用具。做完这一切,简嘉拍拍手走到门口,穿好鞋。

"师哥,那我先走了?"

"送你?"

"不用。我坐地铁就行。"简嘉笑了声,故作轻松地试探了一下,"附中这边我很熟,我以前在这儿念高中。"

"那送你到地铁口。"陈泊生对他的试探无动于衷。

果然。简嘉心里有些失落,又觉得意料之中。陈泊生果然不记得他们俩高中同校的事情了。

永固巷附近的地铁是十五号线,二〇一八年开通的。简嘉还记得十五号线试运行的那一天是周五下午。那时候云京进入酷夏,到处都是绿油油的,柏油马路被烤得吱吱冒烟。简嘉和同学约好了一起来赶头一趟地铁。

那一年他十六岁。一切都是刚刚好的年纪,家庭和睦,学业有成。同学笑嘻嘻地调侃喊他"市长公子",讨了简嘉的骂,又撒野似的往地铁里疯跑。男生们又笑又闹地挤来拱去;女孩子们打量着他,悄悄红了脸。

那一年什么坏事都没发生。简嘉还能在地铁里无忧无虑地叼一根充满夏天味道的冰棍。

"师哥,就到这儿吧,我刷乘车码进去了。"简嘉从回忆里走出来。

他们俩站在一块儿,回头率简直是百分百。简嘉难得在路人的视线中出现了一丝窘迫。他打完招呼就要转身,结果被陈泊生喊住:"等等。"

"怎么了,师哥?"

"记一下。"陈泊生报出一串数字。

"这是什么?"简嘉有点蒙。

"密码。"陈泊生的语气有点吊儿郎当,"家里的。你以后随时随地都可以过来看你的猫。"

直到十五号线开过两站,简嘉才回过神。所以,在这个有智能手机的时代,为什么陈泊生要口述密码啊?是在考验他的记忆力吗?

周一,简嘉起了个大早。带上身份证和一寸照,还有体检报告,正式入职恒游。

事业三部在二号楼三楼,紧邻着食堂,后面是一片待开发的空地。简嘉的工位被安排在靠落地窗的位置,一眼望出去心旷神怡,让他上班的心情都变得美丽起来。

托方天这个大嘴巴的福,事业三部全楼层的员工都知道《第十区》工作室来了个超级大帅哥。简嘉拿着资料跑了两趟人事部。三部其他工作室的女同事,借口喝咖啡,往《第十区》的工作区域跑了二十趟。

"我说美女们真的可以了啊,你们这样做会让我很伤心的!难道以前《第十区》就没有男同事值得你们一上午打二十次水去看吗?!"方天戳破她们,"还有瑶瑶,特别是你,你今天居然还化了个淡妆!"

瑶瑶笑嘻嘻说:"我平时也想化啊,但这不是你们不给我机会嘛!"

简嘉就站在一旁看两人插科打诨，对第三事业部的工作氛围有了底。

话题不知道怎么落到他身上。方天说不过瑶瑶，就问他："简嘉，你怎么看？"

简嘉眨了眨眼，俏皮地回了一句："那，随便大家看？"

此话一出，方天跟瑶瑶几个女同事先是愣了一下。估计是没想到简嘉看起来像那种难以接近的大帅哥，结果说话还挺有梗。紧接着，就爆发出一阵笑声。

"可以啊你，简嘉。"方天给他竖了个大拇指。瑶瑶那几个女生更是被哄得开心，毕竟谁不喜欢又帅又没架子的帅哥！

一瞬间，那种与新同事的隔阂就消失了大半。几句话下来，简嘉轻而易举地融入了这个职场。

"我先带你去人事领工卡，然后录入一下你的银行账号。"方天带着他边说边下楼。

恒游的一楼大厅是人事部，旁边是室内羽毛球馆和网球馆，落地窗边还有跑步机跟乒乓球桌，很人性化的设计。

领完工牌出来，方天道："一会儿先上楼给你拉一下网线，然后我再带你下来拿电脑。喏，人事边上就是仓库。"

简嘉扫了眼旁边的仓库大门，默默地记了下来。回到事业三部的时候，方天先教简嘉下载了恒游内部员工使用的一款聊天办公一体的app——叫KOKO，是事业一部开发出来的作品，有点儿像微信和钉钉的结合体。

简嘉按照步骤注册了自己的名字，一刷新，他名字下面就挂着事业三部《第十区》工作室的标识。

"KOKO上面有恒游所有人的联系方式，到时候工作对接直接搜他们的名字就行，全都是实名的。你新入职，如果记不住同事的名的话，就上KOKO多看看。KOKO的头像都是证件照。一会儿你记得上传一下你的。"方天事无巨细地交代。

方天还想说什么，见翟瑞走了过来。翟瑞跟方天说了几句，就把方天叫走了。

方天转头道:"简嘉你等我会儿,我开完会回来带你去领电脑。"

"不用方哥,我刚记得仓库的位置,我自己去就行。"简嘉摆手,"你忙去吧。"

方天也没跟他客气,说完就走了。

简嘉一边熟悉着KOKO,一边往楼下走。刚刷卡开门,他的KOKO消息就跳了起来,简嘉愣了一下,心想这才刚入职,谁会来找他?

点开消息,陈泊生的名字映入眼帘。

陈泊生:今天入职?

想起方天说恒游所有的员工都在KOKO上,简嘉恍然大悟。

简嘉:对呀师哥,我刚到公司。(撒花的表情包)

陈泊生:在《第十区》?

简嘉:没,我下楼了。

陈泊生:去拿电脑吗?

简嘉:嗯嗯。

陈泊生那头显示"正在输入中"。过了两秒,简嘉收到回复:等着。

这熟悉的两个字,简嘉总觉得在哪儿看到过。看陈泊生的意思,似乎是要过来帮他搬电脑。简嘉有点迷惑。他到底在陈泊生心中树立了一个什么文弱书生的形象啊,会让对方觉得自己一个一米七八的大男生连个电脑都要人帮忙搬!难不成陈泊生觉得他们艺术生都很弱?

胡思乱想了一会儿,简嘉已经错过最佳回复时间。简嘉转念一想,陈泊生来也没关系,还没来得及感谢他收留贝贝的事,一会儿正好请对方喝杯咖啡。

填好领取办公用具的报告单,简嘉在等电脑配置的同时,百无聊赖地刷着KOKO。他饶有兴趣地点进了陈泊生的主页里面。对方就一个名字和一个部门,页面干净得像一张白纸。不像简嘉,刚用上KOKO就把状态改成了"冲呀",还换了花里胡哨的求财背景图。

简嘉扫了一眼陈泊生的头像,好奇地点开。大神的证件照是什么样的?事实证明,大帅哥的证件照依然是绝世大帅哥,点开大图只会放大对方的英俊。

简嘉看了会儿，不由感慨起造物主的偏心。陈泊生这张脸，怎么连证件照都能拍得这么精致？如此高清的像素下都找不到一丝瑕疵。

看得入神的时候，耳旁忽然传来陈泊生的声音："在看什么？"

简嘉吓得把手机扔了出去。陈泊生在他背后伸手一接，屏幕再度被唤醒——是陈泊生被放大了四倍的证件照。

"……师哥？"简嘉尴尬得耳根发红，低声叫了句，然后胡言乱语地解释，"我随便点开看看的。"

就算简嘉再长袖善舞，被当事人撞见自己在背后研究人照片的尴尬，也不是一会儿半会儿能缓解的。

仓库管理员清点好了简嘉的办公用品，装了几十斤的物品在置物筐中——光是电脑就有两台，全都是高配。毕竟搞原画的对电脑的显示器要求很高。

难怪陈泊生说要来帮他拿。这满满一筐，简嘉一个人还真搬不上去。

"这是你的？"陈泊生问了句。

简嘉刷了卡："对。师哥，麻烦你帮我拿一下显示器就行。"他转过身，见陈泊生已经把置物筐提起来了。

简嘉下一秒就要去帮忙，结果发现已经没东西可以给他拿了。

"师哥，我拿一点吧？"简嘉不好意思地开口。

"键盘。"

"啊？"简嘉一蒙。

陈泊生扫了一眼置物筐内的东西，勉为其难挑了个键盘出来，掂量了一下，然后塞到简嘉手里："拿这个。"

简嘉抱着键盘回到工位的时候，才知道陈泊生理解的"拿一点"，就真的是"一点"。他大概是事业三部有史以来的新员工里，搬电脑搬得最轻松的第一人。

入职第一天，简嘉基本没什么活。方天主要带他去《第十区》

美术组露一下脸。《第十区》美术组加他一个五个人，三女两男。接着就是熟悉一下《梦与约定的第十区》这款游戏的四个男主设定和主线游戏剧情。

简嘉在面试之前就把主线打通关了。游戏目前更新到 14-1 的剧情，还开发了各种隐藏地图。游戏讲述了主控——也就是玩家带入的角色，"她"是一名新入圈的十八线女演员。主线故事就是讲主控在逐梦娱乐圈的过程中，分别与王牌经纪人、"顶流"死对头、青梅竹马富二代、娱乐集团总裁等四位男主展开不同的唯美邂逅。

简嘉主要负责娱乐集团总裁这个男主的卡面绘制。因为时间充裕，除了研究他要绘制的男主，接下来的几天，简嘉把其他几个男主人设也都连带着写了人物小传，依据他们的性格构思了一些不同的卡牌场景。

一转眼，就到了周五。恒游不忙的时候基本准点下班，忙起来通宵都是常态。游戏行业都是这样。这段时间没什么节假日活动，《第十区》项目组就是正常地推进工作任务。

周五上午，方天在工作群里冒了个泡，提了一下美术组晚上团建的事情。正好赶上简嘉入职，所以把团建跟新人入职的欢迎仪式一起给办了。团建的地方就在附近的洋湖天街，恒游附近的大型购物商场。众人投票选了吃火锅。

选锅底的时候，点餐的平板转到了简嘉手里。他看一眼就下意识地点了鸳鸯锅。方天看到问了句："简嘉你不吃辣啊？"

"没。"简嘉有点蒙，"怎么了？"

"那你点鸳鸯锅干啥？"方天给他改了，"咱们组都能吃辣。"改完之后，他还揶揄了一句，"怎么点鸳鸯锅这么熟练，你女朋友不吃辣啊？"

简嘉顿了一下，笑道："不是。我没有女朋友。"他就是忽然想起上回跟陈泊生去吃小龙虾那事。把人大神辣到过敏是他万万没想到的，同样的悲剧不能在小简同学的生命中发生第二次。

那边方天已经延伸话题："都听到了没，简嘉现在没女朋友啊，别说组长不帮你们，组长就只能帮你们这么多了！"

一说完，饭桌上好几个女同事都偷偷红了脸。简嘉读书时没少遇到这种调侃他的事情，笑笑也就自然揭过了。不过看着红彤彤的火锅锅底，倒让他想起来，最近确实是好长时间没看到陈泊生了。

因为入职加找房子，杂七杂八的事情加起来太多，导致简嘉这段时间过得极为混乱，一时间都没想起来自己儿子还在别人手上。想到这里，简嘉心里一动。他拿出手机拍了张团建的美食图，准备发给陈泊生找点话题聊，维护一下他俩看起来"塑料"又岌岌可危的友谊。

结果恐怖的事情发生了——简嘉正想给陈泊生发消息，发现对方在一天前给他发了消息。

但是，自己没回。

啊啊啊啊。

简嘉震惊得差点儿把手机掉锅里。自己确实有忘记回复微信的习惯。简嘉欲哭无泪，连忙给陈泊生发了一排小黄人跪地的表情包。

一十：师哥！我昨天没看到你消息！不是故意不回你的！（连发了三个内心苦涩的表情包）

简嘉发过去没指望陈泊生立马回复。结果没想到对方秒回，还是心情不太美丽的那种。

华山菠萝吹雪：哦。

简嘉又在聊天框里狂发了一排求饶的表情包。

陈泊生的消息又来了：知道了。

简嘉一顿，大神知道什么了？

华山菠萝吹雪：所以……

陈泊生冷冷地控诉。

华山菠萝吹雪：上午也没看。

华山菠萝吹雪：中午也没看。

华山菠萝吹雪：下午也没看。

简嘉："……"他发十排跪地小人的表情包过去可以吗？

简嘉很有求生欲地岔开话题。

一十：师哥，你找我有什么事啊？

华山菠萝吹雪：没事就不能找你？

一十：那不能。

简嘉发了个自制的表情包"小简同学随时'听候差遣'"过去。

陈泊生收到微信后笑了一下，发了条语音过来："你什么时候来我家？"

一十：师哥，怎么了？（疑问的表情包）

"没什么。"陈泊生的声音懒散，还有点儿闷，"你家那猫想你了。"

简嘉事后想起来，能从陈泊生那句话里听出一点委屈，一定是那天晚上团建的时候吃火锅脑子被辣蒙了，否则怎么会有这么可怕的错觉。

不过好长时间没有见贝贝，他也有点儿想自己儿子了。正好网购的自动猫砂盆今天就送到陈泊生家里。简嘉起了个大早，坐地铁去了永固巷。他下了地铁之后，到附近的宠物店里又买了一点罐头和猫条给贝贝带过去。

出来的时候，思考了一瞬，简嘉又走进奶茶店给陈泊生买了奶茶和蛋糕，当作没回他消息的赔罪。反正他每次找林棠玩的时候，用的都是贿赂奶茶和甜点这一招。

简嘉提着奶茶上门的时候，徐谦正在陈泊生的聊天框中大谈恋爱经验，还用的是语音。

"高手，兄弟，这绝对是高手。"

"把我钓得死死的！"

陈泊生懒得理他。

门铃在此时恰到好处地响起。简嘉等了会儿，大门就在智能管家的操作下应声而开。陈泊生靠在玄关，懒洋洋的。他今天穿了件居家的棉质短袖，黑色的，衬得他皮肤更加苍白，头发像是刚洗过，蓬松顺滑，有一点点的微卷，给他冷冰冰的气质增添了几分柔软的感觉。再一次看到陈泊生，简嘉还有点儿太久没见的拘束。他顺势把奶茶递给陈泊生，说："师哥，赔罪。真不是故意不回你消息的。"

陈泊生停顿了一会儿，像是接受了他的道歉，把奶茶接过来，说："《第十区》这么忙吗？"

"也不是很忙。"当着人家事业一部领导的面儿，简嘉可不敢乱说公司坏话，"我最近不是想搬出宿舍嘛，在找房子。"

"找房？"陈泊生开口，"准备住哪儿？"

"还没找到呢。"贝贝听到动静如火箭筒一样冲出来，被简嘉一把拎起来抱怀里，"哎呀，儿子，最近是不是又长胖了？"

简嘉抱着猫跟陈泊生继续聊："到时候等搬了家，一定请师哥吃饭。说起来我都欠你两顿饭了。"

"嗯。"

接下来的时间，简嘉按照说明书，轻车熟路地把猫砂盆给装好了。毕竟在自己找到房子之前，贝贝还得在陈泊生家里借住一段时间，他可不敢麻烦陈泊生纡尊降贵地给自己儿子铲屎。装好猫砂盆之后，简嘉看了眼时间就跟陈泊生再见了——简嘉下午约了中介看房。

陈泊生"嗯"了一声，送他到门口。

"下次什么时候来？"陈泊生顿了下，"来看猫。"

简嘉穿好鞋，顺着之前的聊天记录开了个玩笑："等我的猫下次想我的时候，哈哈。"

"嗯。"

简嘉说完就把这话忘在脑后了，穿上鞋坐电梯下楼，在微信里跟中介约定见面的地点。

简嘉莫名其妙地就跟陈泊生一块看房了。

中介在约定好的小区门口等简嘉，太阳太大他站在亭子里扇风。本来是跟简嘉一个人约的，结果远远看到走来了两个人。中介微微一愣。

"……你们俩一起租房吗？"中介迟疑了一瞬。

简嘉连忙解释："不是，我一个人租。"

"哦哦。"中介点点头，但是眼神还是很警惕，来回地在两人身上打量。

"没事，我就是说一声哈，房东是不准合租的。"

"真不是一起租房的，哥。"简嘉解释道，"这是我师哥，过来陪我看看房子的。"

"哦哦。"中介看起来是信了,但嘴里嘀嘀咕咕。

简嘉一度觉得,一定是今天三十五摄氏度的高温太离谱,才会把他的脑子烧坏,一抽风就问了句陈泊生要不要跟他一块儿来看房。三十五摄氏度的高温顺带还烧坏了陈泊生的脑袋,这么热的天竟然还真的答应他了。

对于陈泊生那句"你的猫想你了",简嘉也不甚在意。毕竟这实在是太好解读了。他一看陈泊生这种养尊处优的人就知道,对方不是能乐意给猫铲屎的合格铲屎官。贝贝一天吃得多拉得也多,说猫想他绝对是个借口,只是为了委婉地提醒简嘉上门铲屎而已。

中介看起来有点不高兴——看房要是带简嘉一个人的话,骑个小电驴就够了。现在三个人,他都没办法骑车载简嘉。三个人只得在烈日炎炎下步行。更倒霉的是,刚走到一半天气又变了。

午后的空气闷热起来,湿度加大,没一会儿就下起了雨。简嘉出门的时候看了天气预报,原本看了看天,以为不会下雨,就不想带伞。但最后还是选择相信气象局。果然,机智的小简同学永远不会让自己的生活太糟糕。

"师哥,高哥,你们站过来一点吧,这伞还挺大的,稍微遮一下,等看到便利店了再去买一把伞。"

简嘉看中的小区位置在高架桥附近,前后都没看到有卖伞的店。陈泊生站过来的同时,顺便把伞柄从简嘉手里拿了过来。

没等简嘉反驳,陈泊生就冷冷地开口:"你矮。我撑着方便点。"

"……哦。"简嘉郁闷地点点头。

虽然陈泊生说的是实话,他撑伞的时候也习惯性放低,会不小心压到陈泊生头发,但他好歹也有一米七八,倒也不至于那么矮吧!

不过伞很大,撑一会儿就手酸。简嘉想了想,又觉得还是让别人去辛苦比较好。

"和园小区这边靠地铁十二号线的,前面走过去五百米就到了。这边是老小区没有电梯,但交通很方便的,差不多是三千五一个单间,你预算大概多少？……兄弟不好意思，你能不能把伞稍微打过来一点？我后背全都湿透了！"中介说到一半，终于忍无可忍地看向陈泊生。说后背湿透都是保守估计——陈泊生那伞打得基本只能遮住自己和简嘉，有一种不顾别人死活的撑法。至于站在最左边的中介，刚才那一路过来洗了个冷水澡。

"哦。"陈泊生完全没有任何愧疚之心，口气不善，"伞太小了，我尽量。"

中介的拳头捏了又捏。要不是他看起来打不过陈泊生，现在已经一拳头捶到这张帅脸上了。

不是大哥，你俩至于吗？碰到点儿雨会变泡沫是不是？中介的命也是命啊哥们！

简嘉最后挑的房子是陈泊生拍板定下的。他也不知道陈大少爷今天哪儿来的兴致，顶着大雨从城西跑到城东。中介给简嘉介绍的房子，他这儿也不满意，那儿也不满意，活像自己要搬进来住一样。往那儿一站就开始挑三拣四，冷冰冰的极具压迫性。什么房屋漏水、交通不便、面积太小、墙壁发霉，简嘉感觉整个云京的小区都被陈大少爷点评得一文不值。要是跟这位大少爷四百平的大豪宅比，简嘉选的单间只能称得上是伺候保姆的保姆房。

不过有一点陈泊生说得对，住的地方绝对不能将就。简嘉是那种宁可少吃一点，也要住得舒适的人。

陈泊生给他的建议其实都挺在理的。简嘉看到最后，在他的建议下挑了一间北朝南的单间，带阳台和厨房，还有独立的卫浴。签合同的时候，简嘉看到小区的具体地址，还稍微有点惊讶——看了那么多套房，只有这套是距离永固巷最近的一套，还真是挺巧的。不过想想，陈泊生也在恒游上班，买房肯定是考虑离公司近，理所应当。

签完合同，中介把简嘉拉到一边："你俩真不是要合租？"

简嘉哭笑不得："真不是，高哥。今天撑伞的事你别放在心上，到时候我请你吃饭赔罪。"他补充一句，"其实我师哥人挺好的。"补充完了之后感觉有点心虚，这话说出来怎么就有点儿编瞎话的意思在。

"不是，小简。"中介斟酌了一下，"我就是看在你是个好人的份儿上，提醒你一句。"

简嘉："怎么了，高哥？"

"真要合租也别选这哥们儿。"

简嘉一脸震惊，兄弟你是油盐不进哪。

想起这一路的所见所闻，高哥很惊悚地感慨："这也太事妈了！"

搬家的日子定在了下周六。简嘉签了合同之后就开始一点一点往新家里拿东西。他在大学住了四年，东西说多也多，说不多加起来也就四个箱子，其余都是一些零零碎碎的提高生活幸福感的小摆件，装一箱就行。

周六下午，简嘉彻底把宿舍搬空了。他想起自己还欠陈泊生一顿饭，于是下班前打开微信跟他约时间。又想到搬新家，杨俊明跟林棠都帮了忙，索性定在周日晚上一家新开的烧烤店，人多热闹，一起聚一聚。

结果这件事不知道怎么被方天知道了。入职三周，简嘉跟《第十区》的美术组彻底打成一片，知道他搬了家，都嚷嚷着要和他一起吃饭。人一多，简嘉去烧烤店的计划只能取消。最后改成在家里买菜做饭。

简嘉的朋友圈设置的是内容半年可见，他发得还比较勤快，属于那种喜欢记录生活中的美好的"小文青"类型。朋友圈中就晒了不少自己做菜的照片。

方天知道他会下厨的时候都惊呆了。现在的帅哥都卷成这样了吗？这下说什么也要去尝一下简嘉的手艺。

周日上午，简嘉把菜买好，还专门给陈泊生准备了一个鸳鸯锅。杨俊明跟林棠来得最早，参观完新家之后就开始帮简嘉洗菜摆盘。方天跟美术组的三人是第二拨来的，剩下两个得加班，只能托方天打包带点回去。

不到五十平的房间里瞬间热闹起来。虽然看起来有点儿挤，但比起刚租下时冷冰冰的模样，此刻简嘉才真的有了一点儿家的感觉。

陈泊生来的时候，菜差不多备齐了。林棠正在玩她那俩饺子皮，听到敲门声就蝴蝶似的扑过去开门。结果打开门看到陈泊生的时候，两人都有一瞬间的凝滞。

陈泊生盯着她看了一秒，脸色忽然变得很差："简嘉住在这里？"

"哇。"林棠脱口而出，然后捂住嘴，然后又忍不住叫出声，"陈泊生?!"她不会是起猛了吧？怎么天还没黑就开始做梦了！

除了杨俊明，美术组的三个人也是呆若木鸡。

简嘉心想大神不愧是大神。这影响力从大学到职场，真是完全不带削弱的。简嘉三言两语解释了一下自己跟陈泊生的关系。对林棠说是工作内推时认识的，对同事说这房是陈泊生帮忙看的。

众人花了好几分钟才接受这个事实，并在心中同时感慨那句话：果然大帅哥只跟大帅哥玩吗?!

陈泊生来了之后，众人都不敢闹腾得太过。这祖宗不知道在生哪门子气，坐在沙发上气压很低，仿佛随时可以给路过的人一脚。

简嘉晃了晃陈醋的瓶子，有意缓和，朝陈泊生问了句："师哥，醋没了，咱俩去超市一趟？"

陈大少爷这才舍得抬眼，单眼皮显得眼神极为锋利，那颗小痣格外明显，唇抿成一条直线。简嘉注意到他今天穿的是一件短袖，宽松的裤子，修长的食指上戴着一枚酷酷的银色戒指。这样的点缀，平时没见陈泊生用过。偶尔搭一次，他身上那股锐利中带着少年感的傲气简直体现得淋漓尽致。美术组的那三个女同事脸红得都不敢多看一眼——帅得有点儿过于耀眼了，像太阳一样。

陈泊生沉默了好一会儿，才纡尊降贵地站起身，跟在简嘉身后下楼。

附近的一家超市就在地铁下面，简嘉直接从一楼商品街穿过去，直奔超市。路上，陈泊生高冷得一句话都不说。就连简嘉积极挑起话题，他也只是冷冷地"嗯"一声。

直到付钱出超市，他们走到地面上。此时天空变成雾霾蓝，广场上的小吃街搭了起来，远处是跳舞的退休阿姨，一片人间烟火色。

陈泊生提着超市口袋，忽然在喧嚣中开了金口："你不是只请我一个人吃饭吗？"

简嘉顿了下，感觉自己找到了问题所在："人多热闹嘛，师哥不喜欢啊？"

"没。"陈泊生又不肯说话了，唇又抿成直线。他顾自向前走，忽然感觉衣服被人拽了下。

陈泊生回头，只见简嘉从口袋里拿出了一个巴掌大的乐高小人。一看就是手工做的，眉眼都肖似陈泊生。

陈泊生挑眉。

简嘉开口："这个送你，师哥。"

"送我？"

"我自己拼的，可能有点不像你……当作你陪我找房子的礼物，可以不？"

陈泊生拿在手里看了会儿，有那么几秒，他没说话，在审视和思考。陈泊生不习惯也不喜欢跟别人打交道，至今称得上好友的，基本也只有徐谦。至于简嘉，陈泊生想起两人第一次遇见的场景，要不是他，自己恐怕早就……陈泊生的眸光暗了下去。

简嘉的心情愈发忐忑，生怕陈泊生会嫌弃这个东西。结果，陈泊生只问了个古怪的问题，态度称得上是咄咄逼人："这个，他们也有？"

"他们"是谁不言而喻。简嘉一愣，不明白这有什么好问的。但他老老实实地摇头，回答："没。"简嘉有点不好意思地开口，"只做了这一个。"

简嘉从校园过渡到职场的生活渐渐步入正轨。他也正在努力适应自己的新身份，很快就在工作上小有起色。

上周《第十区》发布了简嘉负责的总裁男主"傅司寒"的新卡面"邂逅·雨夜高架"——兰博基尼在电闪雷鸣中的高架桥上飞驰，卡面人物"傅司寒"从下落的窗户中露出一张俊美无俦的脸，眉心微微皱起。实在是一张氛围感十足的霸道总裁追爱神图。

卡面一经公开，瞬间就引爆了网络。SR 的卡面画出了 SSR 的水平①,玩家反馈非常好,投入卡池的时候,当天的流水都上升不少。

周一早上开例会的时候,翟瑞还特别点名表扬了一下简嘉,搞得简嘉有点不好意思。散会后,简嘉拿了奖金主动请美术组的同事喝奶茶,其乐融融。

但是他的好心情就只持续到了下午——简嘉刷卡走出园区,在大门口碰到了一个意想不到的人。

许子意站在马路对面,靠在一辆宝马车前,不知道站了多久。看到简嘉,他抬起头,神情有点复杂:"简嘉,聊聊?"

说实话,简嘉觉得自己跟他没什么好聊的。虽然许子意这个人又矫情又事多,还有点儿令人不适的少爷病。但简嘉其实也不是特别讨厌他——他基本不会主动去讨厌什么人,除非这个人一而再再而三地针对他。

简嘉既不会讨厌什么人,也不会主动去对什么人好。他的性格就这样,说他温柔,其实这种人反而是最难交心的,让人有距离感。因为简嘉的疏离和温柔是建立在过去生活的废墟之上的。

经历过高三时期那场突如其来的意外和家庭巨变之后,他一下从天之骄子跌落泥潭。此后所有跟生活做的搏斗,都是为了让自己走出一场看不见底的情绪内耗。打碎后重组,重复千万次拯救自己的过程,他能让自己从泥潭沼泽里爬起来,再次面对生活,已经用光了所有的力气。简嘉是从深渊爬出来的那一刻才敢觉得累,任何多余的人际关系和情绪消耗,他都不想再刻意经营。

许子意把他堵在公司大门口,一副他不上车,自己就跟着他回家的架势。简嘉知道这小少爷的脾气不好搞,不达到目的誓不罢休,只好叹了口气,坐到车后座。

许子意将车停在附近的一家咖啡馆前面。点了两杯咖啡,两人面对面坐着,气氛沉默。

简嘉道:"有什么事你就直说,我还要回家做饭。"

许子意似乎做了非常艰难的心理斗争,才极为别扭地开口:"上

---

① SR: 游戏术语,代表游戏里装备的稀有度,SR(Super Race)意为超级稀有; SSR(Superior Super Race)意为更高级的超级稀有。

回在理京面试，说你手脚不干净那事，是我的错。对不起。"

简嘉微微惊讶了一瞬，上下打量了许子意一眼，似乎难以相信这位小少爷会拉得下面子来道歉。

果然，下一秒他就绷不住了，好似多装一秒的体面都能要他的命："我说简嘉你差不多也得了，我到现在为止一个资源都接不到，原本谈好的男二也崩了。知道你抱着陈黎大腿了，我背景没你牛，我认栽行不行？你要报复我到什么时候啊？给句准话可以吗？"

简嘉的脸色一下就沉了："我没抱谁的大腿。"

"我不管，反正这事我跟你道歉了。你就说能不能翻篇？"许子意推了下墨镜，极度不耐烦。

简嘉就这么慢慢地往后靠在椅子上，视线缓慢地从上移到下，似笑非笑。

许子意不知道为什么，被这一眼看得发毛。以前简嘉入学的时候，他听说过关于这位"系草"的不少风言风语。论坛他也刷，不是不上网。云京市政府的官网上挂着前市长任书禾的照片，是个端庄大气的美人，既有政客的威慑和锋利，也有女人的柔美与淑丽。简嘉和她的眉眼生得极像。许子意听说过简嘉的出身，只是平时看简嘉总是笑盈盈的，没什么架子的样子。只有在压低眉眼、敛了温柔之后，才会露出雪白的刀刃。外柔内刚，和他母亲一样。

许子意被他审视地咽了口唾沫，下意识正襟危坐，心脏因为紧张微妙地加速。

简嘉笑了一下，尽管很淡漠，但那压迫感忽然消失了。他问道："陈黎让你来给我道歉的？"

"你……你管谁让我来跟你道歉。"许子意忽然找回了场子。

对啊。他怕什么啊！就算简嘉以前是什么市长公子，现在算什么？互联网一搜新闻遍地都是——任书禾在五年前因为一场入室抢劫意外身亡；简嘉因为住校侥幸逃过一劫。祸不单行，没过多久又爆出简证南在海港豪赌，欠了几千万的高利贷。

对于一个刚失去母亲的少年来说，这一笔欠款几乎将他还未变得强壮的肩膀，压得鲜血淋漓。

许子意印象中,简嘉大学四年做的兼职加起来都快跟他的上课时间一样多了。

"而且你有什么好怪我的?我又不知道那事是造谣。再说了,你还得感谢我呢。"许子意特爱自说自话,贯彻落实了"与其内耗自己、不如责怪他人"的行事原则,"不是我给你当了回恶毒男配,你有那机会展现你的真善美吗?"

简嘉简直被他厚脸皮的态度气得笑出来。

"这就是你道歉的态度?"简嘉不想和这种人浪费时间,"那你请回吧。我不会接受的。"简嘉站起身,"还有,你也不用来找我道歉了。陈黎跟我没关系,也不是我要报复你。你要是还有脑子,就想想自己在圈内挡着谁的路了吧。"

简嘉估算了一下他的智商,也不抱什么期待,看在同寝四年的份上点他一句:"你不觉得你跟简星洋撞人设了吗?"

没什么脑子的纯真人设。小简同学在心里低语了一声。

回家的路上,简嘉心情不太美妙。原本打算好的买菜做饭的计划,被许子意突如其来的道歉打乱得一塌糊涂。但这不是让他心烦的真实原因。真实原因只有他自己知道。

简嘉拿出手机,发了会儿呆。

陈黎为什么要让许子意来跟他道歉?其实上次在理京为他出头,已经是陈黎做到了他所谓的"哥哥"的义务了。那为他出气截断许子意的资源,今天又命令许子意找他来道歉,也是"哥哥"必须做的事情吗?他不需要。

简嘉点开与陈黎的聊天对话框。

一十:你让许子意来跟我道歉的吗?

点击,发送。简嘉一边走一边低头盯着聊天对话框。

陈黎:怎么了?

没有正面回答他的问题。

简嘉打字:其实你没必要这么做,没必要管我。就算作为哥哥,你为我做得也已经够多了,陈黎。

陈黎:生气了?

发来了三个字。

一十：我没生气，我跟你说正事。

陈黎：抱歉，我不知道贝贝的事情。

陈黎：能不能见一面？我想当面跟你谈。

这恐怕是陈黎活了二十九年第一次低头——天之骄子不熟练地向简嘉道歉，从男人的语音里甚至还能听出一丝微不可察的滞涩："简嘉，对不起。"

直到被脚下的石子绊了一下，简嘉才回过神。他没回陈黎的消息，直接把手机收起来了。他不能说自己完全不生气，但也做不到对陈黎发火，他没有底气。高三那年，简证南欠的几千万赌债都压在简嘉的头上，是陈黎帮他还的。

没有月亮的夜晚，夜空是深邃的，阴影被描绘在地上和墙上。路灯把他的影子拉得很长，形单影只。简嘉平复好自己心情，抬起头，远远地就看到小区门口站着或蹲着几个神色不善的中年男人。带头的是一个头上有刺青的光头。

简嘉对那个刺青记忆深刻，几乎是一瞬间就回忆起高中时简证南刚欠下高利贷，无力偿还之后，拿着高尔夫球棒上门讨债的地头蛇。

噩梦般的往事在短短几秒钟内席卷而来。简嘉瞳孔一缩，心率瞬间飙到了一百二。他捏紧手机，尽可能镇定地转头，然后打开拨号页面拨打110。结果刚转过身，墨菲定律再一次在他身上体现。

简嘉听到其中一个男的说："好像就是他！"

"老大，这兔崽子想跑！追！"

"站住！"

简嘉连回头的步骤都省了，直接拔腿就跑。好在那几个混混对附近的小路不熟悉，简嘉在没有路灯的巷子里绕了几圈，就甩掉了那群人。

慢慢停下脚步的时候，简嘉的心跳声简直震耳欲聋。他站在路灯下，往后看了眼，确认自己是真的甩掉这群混混了，这才脱力一般坐在地上。还好大学四年的体能没落下，不然这会儿还真跑不过这群人。简嘉大约有十分钟坐在地上脑子都是空白的。

为什么这些人又出现了？

为什么这些人知道他住的地方？

直到手机"嗡嗡"振动，简嘉才回过神来。陈泊生在这时候给他发了一条微信消息，是一张图片——贝贝四仰八叉地躺在地上，两只猫爪蜷缩着，享受大帅哥"新爹"的爱抚。"新爹"一边撸猫一边还冷酷地点评了一句：谄媚。

这信息就像是一只手，拽着简嘉的手臂，猛地将他从深水中拽出来，呼吸到第一口空气，活了过来。简嘉终于从那种窒息般的恐惧中回过神，渐渐地能听到周围车水马龙的声音，远处还有便利店自动门发出的"欢迎光临"，堵车时汽车喇叭的"滴滴"声。

他好像重新回到了世界上。

简嘉笑了声，调整了心情，干脆坐在地上回复：贝贵人虽然谄媚，但实在美丽。（捧脸傻笑的表情包）

陈泊生秒回：在干什么？

简嘉想了下，打字回复：在加班呢，师哥。

华山菠萝吹雪：是吗？

下一秒，陈泊生发了个截图过来——他的工作软件KOKO是不在线的。简嘉正想狡辩两句，只听陈泊生的声音忽然从背后传来："我怎么不知道……"

简嘉茫然地转头，抬眼。陈泊生就这么双手抱臂，出现在他身后。路灯的光被他的身形挡住，昏黄的灯晕只勾勒出男人高大的身材。像天使一样降临，攥住了简嘉这一秒的呼吸。

陈泊生挑眉，继续道："你把工位搬到我家楼下了？"

简嘉愣了一下之后才回过神，下意识打量了一下周围，发现自己刚才被那伙人追得慌不择路，稀里糊涂地竟然跑到了陈泊生住的小区门口。但转念一想，又想通了——他住的地方离永固巷本来就不远，不小心跑到这里来也没什么问题。

扯谎被拆穿，简嘉也没有太慌乱。他紧急头脑风暴了一下，想编个看起来靠谱的理由糊弄陈泊生。结果站起来的时候，他才感觉到膝盖一阵刺痛。

他闷哼一声，让陈泊生的脸色忽然变了。

"你受伤了？"

"啊？"简嘉没反应过来。

陈泊生忽然凑近，闻了一下："有血的味道。"

不能吧，大神你是属狗的吗，鼻子这么灵？简嘉有点不相信。但膝盖疼得厉害，他卷起裤腿一看——笔直漂亮的小腿在昏黄的灯光下跟白玉似的晃眼，衬托得膝盖那处青紫的伤口格外可怖。整个膝盖几乎成黑的了，还在隐隐沁血。

简嘉："……"他放下长裤，语气很轻松地打哈哈，"刚出来夜跑，没注意摔了一跤。我说怎么这么疼呢。师哥要是没闻到味儿，我都不知道流血了。"

只可惜，简嘉故作轻松的语气并没有把两人之间诡异的沉默打破，反而更寂静了。半晌，才听到陈泊笑了一声，语气不善："简嘉，你觉得我看起来很好骗吗？"

简嘉犹豫了一下："……感觉不是很好骗。"他偷瞄了一眼陈泊生，然后低声道，"那不然，师哥你就假装被我骗到了？"

"嗯。挺好的。"陈泊生愈发冷笑。

简嘉感觉自己搞砸了，正头疼，忽然手臂被陈泊生拽住。对方半弯下腰，将简嘉架了起来。

"等等！"

"干什么！"大少爷的语气越来越差。

简嘉摸摸鼻子："师哥，不用麻烦你，我自己走就行。"

这一路上，陈泊生只是沉默地扶着他，那抿成一条直线的金口是一个字儿都舍不得往外蹦。

简嘉明显感觉到他在生气。路上还挖空心思地找话题说，一会儿说"今晚挺凉快的"，一会儿说"不知道明天下不下雨"。只可惜活跃了半天的气氛，还是被陈泊生当空气。

得。简嘉无奈地叹气。大少爷是真的记仇。

到了大门口的时候，智能管家上线。门一开，贝贝在门后"嗷呜嗷呜"的声音就清晰可闻。简嘉刚坐到沙发上，就见贝贝像一个小煤气罐一样冲过来。贝贝瞄准了简嘉的大腿,短跑冲刺之后一跃而起,然后在半空中被陈泊生猛地扼住命运的后颈。大少爷心情欠佳:"陈彪,走,别来烦你爸。"

贝贝:"嗷呜嗷呜!嗷呜嗷呜!"

奈何贝贝四爪并用,奋力反抗,也不敌大少爷的制裁手段。

不过……简嘉回过神:"陈彪?"他刚才听到陈泊生嘴里冒出来的名字,有一个匪夷所思的猜想,"师哥,你不会是在叫贝贝吧?"

没等陈泊生回答,"陈彪"这两个字刚从大少爷嘴里蹦出来,就听贝贝"喵呜"一声,自己认领了这个大名。

"嗯。"陈泊生从门口拿了外卖进来,刻薄地点评,"你儿子实在是太肥了,而且极为谄媚。"

简嘉心说贝贝也没有很谄媚吧。下一秒,贝贝马上就现场谄媚地叫了两声,妖娆地躺在地上,比麻花还能扭。

好吧。确实是有些谄媚在身上。但就算给它取一个威武霸气的"陈彪"之名,也不能改变它只是一只谄媚"小太监"的事实啊。

简嘉在内心默默地吐槽了一番陈泊生的取名水平,真的是一如既往地令人一言难尽。

陈泊生踢它的屁股,嫌弃道:"去减肥。"

贝贝遗憾地看了一眼简嘉的怀抱,垂头丧气地走到角落里。简嘉果然在墙角看到了一个宠物专用跑步机。

贝贝前爪搭在地上,可怜巴巴盯着简嘉,试图最后挣扎一下:"嗷呜。"

简嘉心有不忍,这小肥猫平时玩个逗猫棒都是躺地上玩的,什么时候健过身啊,小猫咪吃不了这种苦。于是他开口道:"师哥,其实我觉得贝贝也没那么胖。"

"嗯。"陈泊生淡淡道,"你再惯。"

简嘉:"……"谁说了算,一目了然。

被贝贝这么一打岔,刚才和陈泊生之间那股剑拔弩张的气氛陡然消散了。陈泊生拧开消毒棉球的包装,把简嘉的裤腿直接往上一卷。简嘉连忙说:"师哥不用我自己来就行哎哟……"陈泊生已经把酒精棉球摁在他的伤口上了。只是这力度,多少有点儿私人恩怨在。

"……痛啊,师哥。"简嘉小声嘀咕。

"痛才知道教训。"陈泊生冷冷地瞥他,把简嘉的伤口处理好之后,又不说话了。气氛顿时回到了在楼下的时候。

"师哥。"简嘉摸了摸鼻子,又按了下脖子,决定示弱换取机会,"真要一晚上不理我啊,别了吧,小简同学会尴尬到窒息的。"

陈泊生抬眼盯着他,过了会儿才纡尊降贵地开口:"简嘉,那你就说实话。"陈泊生点了点他的膝盖,"怎么弄的?"

两人就这么对视,谁也不肯挪开视线,较劲儿似的。最后简嘉败下阵来,叹了口气:"我说我是被人追杀的,你信吗?"

其实也不能算是追"杀"。简嘉知道,自己就算被那群人抓到,结果也就是跟以前一样被揍一顿。他又不傻,以前也没站着让人揍,只是最后往往打得两败俱伤,会比现在的下场更惨烈。惊心动魄的追赶画面,被简嘉三言两语、轻描淡写地带过。

"就是这样。"他尽量用轻松的语气说,"我估计是躲他们的时候不知道撞哪儿了,才受的伤。"

简嘉说完之后,发现陈泊生很久都没有声音。只是情绪低落,没了以往那股少年张扬的锐气,成年男人的压迫感一下就上来了。简嘉说着说着,忍不住缩了一下脖子,下意识开口:"……师哥?"

"嗯。"陈泊生应了一声,直接做了决定,"今晚住我这儿。"

"啊?"简嘉一愣。他第一反应是不想麻烦陈泊生,但仔细想想他确实也没地方可以去。

"那就麻烦师哥了。"简嘉低声开口,忍不住问,"那你睡哪儿?"

陈泊生撩了下眼皮:"我睡主卧,有问题吗?"他瞥了一眼简嘉,"你要抢我房间?"

简嘉:"我没这么想!"

"哦。"陈泊生说,"就是想也不可以。"

简嘉:"……"

陈泊生声音懒懒的:"但你可以偷偷想。"

简嘉面无表情推他:"师哥你赶紧去睡吧!"

第三话 ☆

师哥万能，值得褒奖 ☆

#03

简嘉以为自己这个晚上会睡不着，但实际上他一沾枕头就昏昏欲睡了，并且难得地做了一个梦。

　　或许是那些追债的人又重新出现在他生活中，往事纷沓而来。简嘉梦到第一次跟陈黎见面的场景。那时候他才读高二。

　　九月开学初，新学期的课程还不紧张，简嘉一下课就约着朋友去占篮球场。哪怕只有十分钟，也要打满最后一秒。

　　金秋气爽，简嘉投了一个三分球，结果球撞到了篮板之后反弹了出去。这本来是球场上惯有的事情，只是刚好碰上校长经过篮球场。眼看这个球就要砸到老人家脸上，一只大手忽地截住了它，准头好得让人佩服到五体投地。

　　简嘉和一众同学脸色由白转红，通通松了一口气。

　　校长看到这些小兔崽子的脸之后，高声呵斥："都要上课了还在这儿打篮球！几班的？都给我回去！"

　　简嘉暗暗叫不好。校长目光一转落在他身上："简嘉？你一个学生会主席，带头逃课是吧！"

　　"报告校长，马上就回教室了。"简大主席当然是以身作则。

　　"等等。"校长忽然开口，"你过来。"

　　简嘉一头雾水地过去，才看清刚才截住他篮球的年轻人——西装革履，一看就是个成熟的社会成功人士。

　　在十六岁的简嘉眼里，只有大人才会穿西装。

　　"这是陈黎，陈总，理京分部的总经理。"陈黎那时候还没有接任副总裁的位置，正在被他爸拎到分公司磨炼。

校长又介绍他："简嘉，任市长的儿子，咱们学校的年级第一，学生会主席。很优秀的孩子。"

哦。原来是牵线搭桥的。

简嘉没少因为自己这个"市长公子"的身份，被来附中的各路领导轮番造访。

陈黎饶有兴趣地问他："简 jiā？jiā 是哪个 jiā？"

简嘉一点儿也不怯场，落落大方，爽朗道："'嘉奖'的'嘉'，我妈给我取的，'嘉'是光明灿烂，未来很美好的意思。"

"好名字。"陈黎笑着说，"你篮球打得挺好的。"

简嘉来劲儿了："你也挺好，刚才那个球截得还挺帅的。"

他那时候在附中简直是个到处嘚瑟的小显眼包①，恨不得快点长大和所有的大人物结交，并成为其中的一员。少年意气风发的张扬在十六岁的简嘉身上体现得淋漓尽致，他转了圈篮球，桃花眼笑得弯起来："来打一场不，哥？"

他后来才知道，那天陈黎来学校，是替一个亲戚办理转学手续。据说此人刚从国外的高中回来，不知道为什么非要在高二的时候回国参加高考。具体的，因为时间太过遥远记不清了，梦境到这里也就戛然而止。

简嘉醒来的时候，已经是第二天早上八点。闹钟尽职尽责地响，他才记起要跟方天请个假。他得去一趟公安局报案，免得这些追债的人阴魂不散。

简嘉没想到的是，陈泊生今天也没上班。他到客厅的时候，中岛台上已经放好热腾腾的早餐，是现买的。

"师哥，你今天不去上班吗？"简嘉愣了下。

陈泊生点头，示意他："先吃早饭。我下午去上班。"

简嘉想起来了。恒游是弹性工作时间，只需上满八小时。像陈泊生这个技术水平和地位，完成工作就行。领导才不管他什么时候下班，有时候去公司点卯打卡，上级都睁只眼闭只眼。

---

① 显眼包：网络流行词，即外在形象或性格特征引人注目的人。

知道早餐是买给自己吃的，简嘉也不客气，"咕嘟咕嘟"地喝豆浆。跟陈泊生认识了这么久，他心里早就把对方当好友看待了，更何况对方还帮了他那么多次。简嘉再对他客气，多少是有点儿不尊重他俩的交情了。

"师哥，我一会儿要去一趟警局……"

"我陪你去。"

好吧。简嘉闭嘴，感觉自己不用再问。

简嘉去云京新城区的公安局比回自己家都熟练，轻车熟路地找到了胡警官，把昨晚上的事情开门见山、三言两语地概括了一遍。

末了，简嘉问道："胡叔，短时间之内能抓到他们吗？"

"不好说啊，你这个情况。"胡叔叹气道，"主要是抓到了也判不了什么，最多拘留个几天，而且麻烦的是怕这种人伺机报复你。我说小简，你考虑过搬家吗？"

搬家……简嘉内心滞涩了一瞬。他才刚刚有个家，又要他搬到哪里去呢？

"没事。"简嘉轻快道，"我躲着点儿他们就行了，说不定过几天他们找不到我就不来了。"

话是这么说，在走出警局的时候，简嘉还是感觉到心口压着一块大石。又闷又堵，让他在宽敞的大马路上都有点喘不过气。心绪不宁地走了两步，简嘉感觉自己被猛地拽住。

陈泊生抬眼，淡淡地示意他："红灯。"

"哦哦。"简嘉连忙回过神，"我都忘记看红绿灯了，不好意思啊师哥。"

陈泊生没拆穿他，垂着眼睫，问他："接下来准备去哪儿？"

"先回家吧。"简嘉摸了下鼻尖，尽量让自己语气轻松，甚至还能调侃一句，"怕他们找不到我人，撬门进去把我东西给砸了。"这种事，那群人也不是干不出来。

"那你呢，"陈泊生反问他，"准备怎么办？"

还能怎么办？小简同学心想走一步看一步，再说吧。

陈泊生忽然又拽了下他。

"怎么了，师哥？"他问。

"简嘉。"陈泊生顿了下，慢条斯理道，"你要不要，和我住一起？"

"啊？"简嘉在他说完这句话之后，就愣住了。

陈泊生重复了一遍："我说暂时跟我住在一起。"他太坦荡，好像在陈述一件再普通不过的事情，"你不是没地方住吗？"

这话说得……简嘉心想自己听起来还怪惨的。陈泊生坦荡的态度倒让他有点不好意思。不过话说回来，自己也确实没有地方去。和园小区现在指不定被那群人蹲点了；林棠姑娘一个，他肯定不能跑人家家里住；去酒店，他也得有那个钱啊。想来想去，确实只有住在陈泊生家里是最好的打算，况且，自己儿子还在人家家里。

"……谢谢你啊，师哥。我能再想想吗？"简嘉摸了下鼻尖。他其实顾虑得还挺多的。

陈泊生没多问，也没让他立刻做决定，"嗯"了一声。

"不着急，你好好考虑一下。"

简嘉一考虑，就过了三天。这期间，贝贝嘴馋，不知道从哪里扒拉出一枚尾戒，在地上玩了一会儿之后就"咕噜"一口吞下去了。连着"母鸡蹲"了两天，简嘉终于发现这小肥猫的情况有点不对劲。凌晨两点钟，在陈泊生的陪同下，简嘉带着贝贝去了一趟宠物医院。一查才知道胃里有异物，要做手术，从检查到后期住院，零零散散花了八千左右。

事关这小肥猫的小命，简嘉一刻都不敢耽误。交了钱之后，这几天下班都先来看猫。

贝贝做了手术，在医院的 VIP 笼子里住院挂水，一天点滴加住院的费用就是五百。简嘉交完今天的住院费之后，看着支付宝里逐渐变少的余额，发了愁。屋漏偏逢连夜雨，说的就是他最近这个状态。

是不是应该去财神庙拜拜哪？简嘉这人不管遇到什么困难，只拜财神。某种意义上，他认为自己百分之九十九的困难都可以用钱来解决。如果还解决不了，那就是钱不够多。

微信"嗡嗡"振动了一声，简嘉划开屏幕，是中介高哥的语音消息：

"小简哪,你这个事情不好办啊。主要是都签过合同了。你现在要退房的话,房东那边说押金肯定是不给退的,而且还得补他一个月房租,大概加起来是六千,你看看行不行?"

简嘉听完之后,心里叹了口气。他用电脑回复的微信,键盘打得噼里啪啦响:好的,麻烦高哥了,实在不好意思。我再想想吧。

"还没走呢,小简?"方天端着咖啡出现在他身后。

简嘉眼疾手快地将微信聊天框最小化,调出工作页面,熟练地像已经打了十年工。

方天乐道:"哟,和谁聊天呢,神神秘秘不给看?放心,都下班时间了,你摸鱼哥也当作看不见。"

"没啥,方哥。"简嘉有点无奈。

六点刚过两分钟,《第十区》的工作区域基本就空了。没过一会儿,整点就跑路的两个女同事又狼狈地跑了回来。方天跟简嘉聊天的时候还抽空跟人搭话:"怎么又跑回来了?欢迎两位美女来主动加班哈。"

"别了吧,方总,放过我们!"其中一个说,"刚走到园区大门口就下大雨了,我们回来拿伞!"

"下雨了?"方天和简嘉均是一愣。一转头看向落地窗外,夜幕中适时出现一道闪电,暴雨倾盆而至。

"天哪。"方天脸色变了。

恒游什么都好,唯一不好的就是集团选址离最近的地铁站有一公里远。走过去累得要死不说,那条马路的排水系统还做得特别差,一下雨直接从马路变河流,走过去得把裤腿卷到膝盖才行。

方天还没买车,赶地铁最怕遇到这破事。他正发愁,忽然灵光一闪看向简嘉:"嘉,我记得你是住和园小区的,是吧?"

方天上回还去过简嘉的家里吃火锅。

"对。怎么了哥?"

"我看外面下这么大雨,去坐地铁实在是太麻烦了,正好我也是住和园附近的,要不咱俩打个车拼一下?"

这倒是个好主意。不过简嘉犹豫了一下,还是委婉地拒绝了:"可以是可以,不过方哥,我今晚可能要加会儿班,晚点回去。你能等吗?"

方天一听到对方要加班,瞬间就打消这个念头了。简嘉是个卷王,他可不是,难得的周五,他还想晚上回去点个外卖小酌一杯呢。

简嘉看方天放弃这个想法之后,松了一口气。

电脑微信的标识再一次闪烁起来,简嘉点开,是陈泊生的微信消息,一如既往的高冷简短。

华山菠萝吹雪:下班没?

一十:还没有,要加班。(大哭的表情包)

发过去之后,简嘉还拍了一张工位的照片,顺便继续跟陈泊生摸鱼聊天。

一十:师哥,今天要不你先走,别等我了?

是的。简嘉之所以拒绝跟方天一起拼车回家,加班是其中一个理由,最重要的理由还是,他这几天住在陈泊生家里,几乎天天都是跟陈泊生一起回家的。不知道出于什么原因,简嘉莫名地不想让同事知道他跟陈泊生走得很近。每次下班,他都是故意磨蹭到最后一个走,等同事都走完了才鬼鬼祟祟地坐电梯到地下车库,跟陈泊生会合。

发完这条消息之后,简嘉没有等陈泊生回复。他越是经济困难,就越是专注工作,希望可以多绘几张爆火的卡面,多赚一点奖金。

渐渐地,《第十区》的工作区域人越来越少。

恒游集团的公司内部设计走的是工业化风格,整体色调灰色冰冷。一层楼占地面积几千平方米,分布着好几个不同的工作室和工作区域。很快,《第十区》就只剩下简嘉一个人。

简嘉勾线勾得眼睛有点疲劳,才扔了笔,滴了两滴眼药水。抬起头,大楼空荡荡的,灯光虽然明亮,却也衬托得他的背影格外孤寂。

一看时间,九点半了。外面的暴雨还没停,电闪雷鸣就像世界末日。

简嘉发现自己其实已经习惯了这种孤单的状态。任书禾去世之后,再也没有人会在深夜里发一条短信给他,问他一声"饿不饿"。

就在他思绪发散的时候,闻到了一股食物的香气。简嘉心想不是吧，饿出幻觉了吗？紧接着，一盒热腾腾的鸡腿培根饭落到自己工位上，还有一杯生椰奶冻。

简嘉愣了一下，下意识抬头，撞上了陈泊生的视线。

后者居高临下地站在他身侧："看我干什么？"

"师哥，你没走啊？"简嘉一脸蒙。

"给你发微信消息，你没回。"他顿了下，挑眉，"还是你没看？"

简嘉："……"他点开微信一看，只见陈泊生后来果然又给他发了几条信息。

"我画画呢，忘记看了。"简嘉有点心虚，"下次一定秒回！"

"嗯，我真的信你。"陈泊生阴阳怪气，他点了点下巴，"赶紧趁热吃。"

虽然知道这些夜宵多半是陈泊生买来给自己的，但是从对方嘴里说出来的那一刻，感觉还是不一样的。

简嘉瞬间热泪盈眶："师哥，你人真好！"

陈泊生哂笑了声："发'好人卡'是吧。"

简嘉拆开夜宵准备吃，结果发现只有一双筷子，简嘉抬头问："师哥，你不吃吗？"

陈泊生拽了把椅子过来，姿态懒散地瘫坐着。

简嘉觉得那些说自己动不动就瘫倒的同事真应该过来看看陈泊生现在的姿势，比他更过分好吗！只不过，大帅哥就算是瘫坐在凳子上，姿势也有种痞帅的感觉，姿势好不好看果然看脸。

"嗯。"陈泊生好像在玩消消乐，手速快得简嘉都看不清他划了哪几排。

简嘉注意到，陈泊生的右手手腕上有几圈缠得很紧的护腕。他好像没看陈泊生把护腕摘下来过。每个人都有自己的秘密。简嘉就当作没看到，自然地用筷子分了一半夜宵给陈泊生："一起吃点儿呗，师哥。我一个人吃多没劲儿。"

陈泊生看了眼他，又看了眼食物，兴趣不是很大的样子。

简嘉发现了，陈泊生这人有点厌食。小朋友一样的坏习惯。

饭菜都送到嘴边了，大少爷盯着看了几秒，才勉为其难地接过筷子张口吃了一点。就这样，还嚼得十分缓慢，让他吃东西比要他命都困难。真的，只吃一点点，马上又拿起手机开始打游戏。

算了。简嘉只能接受他沉默的抗拒，认命地把剩下的炒饭塞进肚子里。他忙到现在都没吃晚饭，也是真的饿了，一碗炒饭很快见底。收拾残局的时候，简嘉没找到外卖小票，袋子是干干净净的，一点雨水都没沾。一看就是专门去店里打包的，送到简嘉手上的时候甚至还有些烫手。

十点整的时候，这场突如其来的暴雨还没有停，电闪雷鸣比一个小时前更加嚣张。事业三部的工作区空荡荡的，只有陈泊生的消消乐游戏还在发出赞叹音效。

明明什么都没有变，简嘉在这一刻却觉得，自己好像没有想象中那么习惯忍受孤单。

周六上午，简嘉觉得自己心里的答案已经清楚了。他跑到楼下的打印店里面，把这几天自己写好的合租协议打印出来。回到家里的时候，陈泊生刚起床。

简嘉发现陈泊生在家里还挺注意自己形象的。每天早上起来第一件事情就是洗头洗澡，等简嘉起床的时候，陈泊生已经收拾得很体面了，有点微卷的黑发毛茸茸的。虽然还是简单的短袖跟长裤，但他这个身材穿上，怎么看都像杂志封面的模特。

简嘉把合租协议放在桌上，趁陈泊生打完一把游戏，开口道："师哥，你现在有时间吗？"

"怎么？"陈泊生看了他一眼。

"我跟你聊一下合租的事情。"简嘉声音有点犹豫。

半晌，陈泊生坐直了身体。下一秒，他把游戏手柄一扔，扯着椅子就坐到了简嘉对面，抬了下巴，看起来心情不错的样子："要聊什么？"

其实也没什么，就是关于合租之后，房间的打扫、厨房的使用，还有他每个月的房租等一类的东西。

"你先看看这个，师哥。"简嘉把协议书推过去，"上面我都写好了，有什么不合适的可以提出来。"

陈泊生在看的时候，简嘉就在一旁做补充说明："关于这个房租，我是这样考虑的。因为你这个房子的地段是云京最好的，而且还是豪华装修，所以我没找到可以参考的房租定价。按照云京的租房市场的价格，我再往上加一些，算我七千一个月，行吗？"

简嘉说完，内心是忐忑的。说实话，陈泊生这房子要是真的往外租，每个月租三万都有人抢破了脑袋想要，属于有市无价的类型。简嘉原先租的那个单间是三千五，大约有三十个平方，他尽可能让自己的活动范围缩小在客卧的话，七千是他能接受的最高价格了。毕竟他的实习工资才一万三。说到底，贵是贵，起码安全有保障，可能不会那么轻易地被那群人找上。正好昨天晚上有一笔两万左右的商业画稿稿费到账，他才敢开这个价。

陈泊生看了两眼就把合租协议扔茶几上了，悠悠开口："房租有点儿问题。"

"哦哦。"简嘉心里咯噔一声，心想果然自己还是想得太美了，有点尴尬，也尽量地故作轻快道，"其实我也觉得这个房租开得有点……"

"少了"两个字还没说出来，"多了"两个字就从陈泊生的嘴里轻飘飘吐出。

"啊？"简嘉一时愣住，没回过神。

"你之前的房租不是三千五吗？"陈泊生说话像往常那样冷冷的。

"对……对啊，师哥，怎么了？"简嘉还在发蒙的状态。

陈泊生道："你现在是跟我两个人合租，所以只需要付一半的房租就好。"他一锤定音，"一千七，懂？"

"哦……"乍一听似乎没什么不对的样子，但是不对劲，绝对不对劲。

"等等！"简嘉回过神，哭笑不得，"不是，师哥，你这样算不对。"

陈泊生反驳，冷冷道："那你翻一倍的算法就是对的吗？"

简嘉小声道："那是因为你的房子太好了……总之，不行，师哥。"

简嘉的态度难得强硬,"我已经占了你很多便宜,你这样我没办法住的。"

"那就按照原来的三千五吧。"陈泊生勉为其难的样子。

"要不五千吧……"三千五住市中心均价三十万一平的大平层,天上掉馅饼也没这样的好事吧!

"三千。"陈泊生还越报越少了。

"不行。"简嘉无奈了,哪有陈泊生这样报价的?不知道的,还以为是陈泊生租房。没见过老板主动把价格往下压的。这大少爷以后可千万不能去做生意,不然赔的老婆本都要没了。

简嘉还想说什么,就见陈泊生再次开口了,大少爷心情很不好。

"简嘉。"陈泊生看着他,也提醒他,"我是你的朋友,不是中介。"

简嘉被他说得再一次愣住,半晌,才无奈地吐出两个字:"好吧。"换位思考一下,如果是陈泊生需要他的帮助,简嘉也做不到收对方的房租,甚至陈泊生需要的话,免费让陈泊生住都行。朋友之间太斤斤计较,就没有必要了。

简嘉心里有点高兴,从陈泊生嘴里得到已经是"朋友"的认可,说实话还挺爽的。

简嘉收起桌上的合租协议,想到了最后一件重要的事情。

"总而言之,我只有一点要求。"

简嘉正襟危坐,竖耳聆听。

陈泊生淡淡道:"你住在这里期间,不准随便带外人回家。"

简嘉顺着他心意点头,心想自己也住不了多久。等工作稳定,转正之后,简嘉就打算带着贝贝搬出去,不麻烦师哥。

解决完心中的一件大事,简嘉心上的石头彻底落了下来。贝贝的病情也好转了,周日上午出院的时候,胃口跟精神状态都回到了手术前。虽然脖子上套着伊丽莎白圈,也不影响它在整个客厅里乱窜。

第二次搬家,比想象中来得更容易。简嘉没叫人帮忙,就跟陈泊生两人到和园小区来退房。中介一看又是他俩,那眼神止不住地上下打量。

简嘉在和园都没住多久,好多行李打包了没来得及拆,索性就直接连箱子一块儿搬走。只花了几个小时时间,房间又变得空荡荡。把所有东西都整理好,才中午十二点。

正好是午饭时间,简嘉也没来得及买菜,想想也算是一次搬家,就跟陈泊生提议去外面吃。

陈泊生在吃的方面不讲究。如果可以,简嘉怀疑他更喜欢直接进化掉吃饭这个本能。

简嘉挑了一家云京北郊的餐厅,是之前"种草"的一家挺有名的私房菜。当然这不是最重要的,最重要的是北郊区的山上坐落着整个云京最有名的财神庙。简嘉想起自己最近一段倒霉的经历,觉得自己应该找时间去拜拜财神了。

吃完午饭,简嘉装作才发现这里有财神庙的样子,在收获陈泊生一个无语的表情之后,简嘉厚颜无耻地继续演,跟陈泊生提议去山上的财神庙逛逛。

这边都是自然风景区,一到节假日就车水马龙的,陈泊生也没事,就跟着简嘉到处晃。路上人太多,简嘉怕走丢,连忙到前面去买了上山的缆车票。

陈泊生瞥了眼,问道:"你不是要去拜财神庙吗?"

"对啊,师哥。"简嘉把票塞给陈泊生,"拿着,能不能逆天改命就看这个了。"

"我以为是爬上去,你们这种拜神的不是都讲究一个虔诚吗?"

"说实话我也很想爬上去,但北郊区的山号称云京最高的山,财神庙在山顶。"简嘉坐下之后,忍不住感慨,"我怕带着师哥爬上去,咱俩在这三十多度高温的天气里,就可以真的去见财神了。"

简嘉在熟人面前就比较放松,以前那股少年的爱耍嘴皮子的劲儿会时不时地冒头,一本正经道:"而且坐缆车怎么就不能算虔诚了?师哥。你想想我们坐缆车是不是要比爬山快,是不是代表我们着急见财神爷,诚心诚意的。"

陈泊生笑了下,态度极为敷衍:"嗯,我真的信。"

"是的吧。"简嘉来自信了,又胡扯道,"一会儿我们下山的时候,就不坐缆车,走下山,说明我们舍不得财神爷,依依不舍。"

"我还得夸你是吧？"陈泊生觉得挺离谱，似笑非笑地看着他，似笑非笑，"跟财神的感情拉扯算是被你玩明白了。"

"还好吧。"简嘉很谦虚，"这事的完成情况主要还得看小简的帅脸。"想了想，他又补充，"现在还有师哥的。不得了，双帅合璧。"

陈泊生又笑了下，跟刚才那两个阴阳怪气的嘲笑不一样。这次是那种很自然的笑，很浅的梨涡昙花一现。

北郊区的财神庙很灵验，在整个云京都很有名。缆车停在山顶上，人已经越来越少了，来拜神的还是虔诚派多一点，估计都还在半山腰爬呢。

简嘉走出缆车，迎面是清凉的山风。太阳比刚才小了一点，从缆车售票处出来要爬一截山阶才能看到财神庙入口的石碑。

山阶两旁很陡峭，直接垂直下去就是万丈悬崖。头顶上古老的斑驳的房檐挂着一排小小的青铜铃铛，风一吹就丁零零响，让人的心情不由自主变得宁静起来。

"师哥，是不是觉得这里还挺让人心静的？"

"嗯。"陈泊生难得没反驳他。

简嘉真诚地叹了口气："我每次来到这里，心里什么杂念都没了。"他比上一句更真心，"满脑子就只剩下钱。"

陈泊生："……"

简嘉走进财神庙后，虔诚地跪在蒲团上求财的时候，比高考背英语单词还认真，嘴里还念念有词的。陈泊生向来不信这些，一副大少爷的姿态单手插兜等人。

陈泊生本来还在想这小财迷得求多大的数额，愣是在蒲团上求了三分钟，感觉财神不给他开个几十亿的支票都打发不走他。结果凑近了才听到，简嘉在那儿念念有词的是自己的身份证号码。

"……零六二一，这是我的身份证号码，打钱不要走建行，建行每日限额五万块，财神爷爷要是给我发钱麻烦走农行，信男农行不限额，号码是九六六七……"

陈泊生听完，神情微妙地愣了下。

说他不够虔诚，他又很严谨，仿佛真的能收到这笔天降之财似的。

简嘉又像是想起什么事,转头问道:"对了,师哥,我能报你家里的地址吗?"

"怎么,怕财神找不到你家?"陈泊生虽然语气挺酷,但是也挺配合。

"不是。"简嘉迟疑了一下,"我怕神界没开通支付宝,万一走现金流怎么办?"

陈泊生现在对他彻底改观了。这小财迷是有点虔诚和迷信在身上的。

简嘉求完了之后,转头问了句:"师哥,你怎么不求财?"话音刚落,突然反应过来,也是啊,陈泊生都那么有钱了,自己做财神爷都绰绰有余。

陈泊生看他一眼:"也不是不想。"他回了一句,"就是不知道财神有没有开通海外业务,管不管混血。"

简嘉愣了下,好奇道:"师哥,你真的是混血啊?中俄混血?"其实他早就想问了。

"嗯。"陈泊生也没什么不好承认的,"不算混血。我妈才是中俄混血。"

难怪论坛说陈泊生是四分之一的俄国血统,简嘉恍然大悟。

"怎么了?"陈泊生偏头问他。

"没怎么。"简嘉对他笑,桃花眼弯成月牙的形状,"就是觉得又了解了你一点,跟你更熟了。"

"简嘉。"陈泊生忽然开口,"你想要再熟点也可以。"他语气淡淡的,有一种平静又执着的感觉,"你想要了解我可以直接来问我,多熟都行。"

"啊?真的吗,师哥?那我可以知道前天偷偷把炒胡萝卜丝全都倒掉的人是谁吗?"简嘉眨了眨眼。

"……不行。"

难得出来玩一趟,简嘉不想那么早回家。小简同学就是那种出门玩要拍八百张照片,立志留下各种来过景点证据的人,充满了旅游的仪式感。

财神庙外面的院子里有一棵需要三个成年男人合抱才能抱住的银杏树。因为大树早就枯死了，被砍得只剩下半截，上面挂满了同心锁，都是小情侣在这儿挂的。

简嘉看到了之后非要也挂一个，花了二十块买了一把锁过来。

陈泊生不能理解："你要跟谁挂？"

简嘉忙着写名字，没听到这句话。写好了之后，还转过头问了句："师兄，你要把名字跟我们写一起吗？"

陈泊生被气笑了。怎么，让他也参与游戏吗？陈泊生冷哼了一声，一转头就看到了那把同心锁上写着：简嘉爱财神爷爷。

陈泊生："……"

简嘉还在催促，挺兴奋的："怎么样，师哥，还能再写一个名字，你要来加入我们这个家吗？"

陈泊生沉默了两秒，然后点了点头，一言难尽道："写吧。"

那天从财神庙回来之后，不知道是不是真的得到了财神的庇佑，接下来的几周，简嘉的生活终于再一次步入了正轨，上下班两点一线，过得风平浪静的。

周五下午，一周的工作内容完成得差不多了。方天伸了个懒腰，在群里发了个外卖共享的链接，请大家喝下午茶，赢得了众人的欢呼声。

在享受下午茶的这半小时里，美术组的同事显然无心工作，纷纷打开了微博无所事事地刷着。

"哎，最近娱乐圈好无聊，都没有什么劲爆的新闻看了。"美芽捧着奶茶叹息，"之前盛嘉老板娘那个新闻，那叫一个精彩。现在内娱再爆什么料，我都觉得索然无味。"

"话说回来，怎么好久没看到陈黎上热搜了，他跟之前那个'顶流'分了没？"小千也加入了这个话题。

"早就分了！"美芽八卦道，"你说奇了怪了，怎么这回三个月不到就分了啊？陈黎这个京圈大浪子竟然也没有无缝衔接下一个？"

"我知道我知道。"小千一本正经补充道,"我还看营销号爆料了,听说陈黎的那些情人以前都分得挺体面的,这回就闹得特别难看。好像连"顶流"的朋友都没放过,有个叫什么简星洋的,下场也特惨,啧啧!"

小千还在微信群里分享了一张营销号的爆料:"看见没,狗仔拍到简星洋在理京门口,连门都没进去。"

"我的天,这不像陈黎的风格啊!"

"确实,感觉他情人换是换得快,但是对每一个都挺好的。这回这个是干了啥啊,把他惹成这样?"

话题不知道怎么延伸到了简嘉这里。

美芽装作不经意的样子把话题引到简嘉身上,企图和他搭话:"简大帅哥,你怎么看?"

简嘉喝了一口奶茶,无奈道:"我哪儿知道怎么看。"他继续,冷不丁冒出一句,"不然就直接用眼睛看?"

美芽她们被简嘉逗得笑了两声。

三十分钟的下午茶时间很快结束,众人又收了心回到工作状态中。只有简嘉的电脑页面还停留在小千发的那张营销号图上。

陈黎就是那样的人。对人好的时候天上的星星也给摘,翻脸起来给他提鞋都被嫌手脏。简嘉叹了口气,关掉了营销号截图的页面。

想起上次陈黎在微信里说想跟他聊聊的事情,他有预感,这件事迟早会来。果不其然,下班的时候,简嘉就收到了陈黎的消息。对方是一小时前发的,自己那时候估计在忙着赶稿子,没注意。内容也很简单,很平常地问了一句简嘉几点下班,他准备过来接简嘉去吃个晚饭。

简嘉之间在聊天框上犹豫了一会儿,最后还是发了一个"好"过去。他回复完陈黎之后,又找到陈泊生的聊天框。简嘉很少给人备注姓名,但最近跟陈泊生聊得太频繁,几乎每天没断过,没翻两下就找到了。

这段时间他一直都是等陈泊生下班一块儿回家的,习惯这个模式之后,简嘉此刻突然有一种抛弃合租搭子,一个人出去吃独食的心虚感。

一十：师哥，晚上我有点事，你先回去吧，不用等我。（暗中观察的表情包）

陈泊生看起来就在摸鱼，秒回他：加班？

一十：不是。

心虚的感觉越来越强烈了

一十：晚上去吃个饭。

华山菠萝吹雪：团建吗？

简嘉斟酌打字：和一个朋友。

陈泊生大概有一两分钟没有回复。简嘉那股诡异的忐忑心理也越来越强烈。直到对方回复了个"嗯"，他才松了口气，有一种如释重负的感觉。

简嘉忍不住又发了一句：师哥，我会早点回来的。

对方这次是秒回：好。

陈黎挑的餐厅是简嘉没怎么听说过的一家。陈黎吃的私人餐厅基本是会员制，不对外开放。说实话，简嘉没觉得这种几百块一小碟菜的餐厅味道比外面的高级多少。可能就是吃一种有钱人的氛围感。

六点整，简嘉准时下班。他给陈黎发的定位在距离公司五百米左右的咖啡厅附近。简嘉不想被人看到自己下班之后坐上一辆豪车离开，都不知道该怎么解释。

再一次看到陈黎，简嘉没有想象中尴尬。

司机下车来开车门："简先生，请。"

简嘉对这种做派依然不习惯。坐上车之后跟陈黎的视线撞到一块儿，简嘉下意识挪开。

"不认识我了？"陈黎忽然开口，声音低沉。

简嘉无奈地嘀咕："你别给我来这一套啊。"

"还以为这么长时间不见，你已经忘记还有你哥这么个人了。"陈黎半开玩笑。

"没有。就是最近刚工作,有点忙。"简嘉随口找了个理由。

车厢内陷入沉默,陈黎开口:"能抽支烟吗?"

简嘉点头,然后习惯性地把窗打开了一点。

"简嘉,对不起。"

静谧的空气中,陈黎的声音和袅袅烟雾一同出现。他再一次道歉,比微信的语音听起来更加严肃,也更加认真。

"我不知道简星洋拿了密码去梧桐府。"陈黎看着简嘉的双眼,低声解释,"那天我在国外出差。"

"我知道。"简嘉移开视线,开口,"我没有别的意思。"

"这件事情是我的错,以后不会再发生了。"陈黎的声音近乎许诺。

简嘉在心里叹了口气。其实说不上来是什么感觉。简嘉知道自己是不可能跟他闹翻的,那样太难看了。他和陈黎都是成年人,有些事情做错了,一方做了让步,另一方就要顺着台阶下,接着就可以假装无事发生。工作和生活已经很累,再多的情绪内耗,只会让自己反复咀嚼痛苦。

陈黎帮了他太多,和那些比起来,简嘉几乎没有什么立场去指责他。

他翻开菜单,嘀咕了一声岔开话题:"要不还是先上菜吧,饿死了。"

陈黎看了他一眼,笑了声:"行。"

气氛又回到了还算融洽的程度。

简嘉也是真的饿了,每道菜都尝了一口。

陈黎随口问道:"后来你找到贝贝了吗?"

"找到了。"简嘉实话实说,"没跑太远,就是淋了点雨。"

"什么时候把它接回来住?"陈黎又问。

简嘉顿了一下:"到时候再说吧。一直放在你那儿也不方便,之前本来就打算寄养到我找到工作为止。现在我已经在外面租房了,索性就自己养。"

陈黎有点惊讶:"你在外面租房?什么房?方便吗?我在恒游

附近有套闲置的，你可以随时搬进来。"

"不用。我现在住得挺好的。"简嘉咬着筷子婉拒，"而且是跟人合租，搬来搬去的也不方便。"

"合租？"陈黎眉头蹙着，显然不是很满意，"和谁？"

"嗯。"简嘉犹豫了一下，"我的一个师哥。"

"这就'我师哥'了，还挺亲热。这么多年怎么没见你喊我一声哥？"

简嘉抬头，目光落在陈黎的脸上时，稍稍愣了一下。蛮奇怪的，以前都没仔细注意过，他感觉陈泊生的眉眼跟陈黎的还有点像。错觉吧。毕竟陈泊生是混血来着。

这顿饭吃了大约半小时。陈黎挺有赔罪的态度，平时和简嘉吃个饭要打五六通工作电话，今天显然是把手机静音，专门空出时间陪他。倒是简嘉，一顿饭的时间看了不少次手机。

解锁页面被他划了一遍又一遍。手机终于才舍得"嗡嗡"振动一下。简嘉抓起手机看了眼，是微博推送的消息。微信一点动静也没有。

快结束的时候，陈黎才接了个电话。简嘉作为一个卷王，一向认可陈黎对待工作的态度，也习惯他电话不离身。对方和他打了个招呼，简嘉就点点头比了个"OK"，熟练地坐在座位上玩手机等待。

百无聊赖地刷完了微博动态和微信朋友圈，陈黎的这个电话还没打完。简嘉又切换到好久没登录的企鹅号，随手刷了一下空间动态。

临近六月的毕业季，空间动态关于毕业的内容忽然多了起来。简嘉刷到了好几个毕业短视频，其中还包括云京电影学院的。他就顺手转发了一下云影学生会出品的毕业视频。

刚转发，就有人给他评论了。简嘉看到熟悉的企鹅号，有点惊讶——是陈黎他弟，"陈佳佳"同学。

宇宙最强小学生评论了一个问号。问号来得莫名其妙，简嘉也回了一个问号。

宇宙最强小学生一定很无聊，空间聊天也能秒回：你怎么在刷空间？

简嘉心想这话说的，仿佛他刷空间多么罪大恶极一般：怎么了？

宇宙最强小学生：哦。

"陈佳佳"脾气不小。

宇宙最强小学生：还以为这个点你应该在家里睡觉了。

不知道他在强调什么，好像他现在还没回家，也是一件罪大恶极的事。

一十：在外吃饭呢。

简嘉回了一句，他甚至因为"陈佳佳"这句话去看了一眼时间——才八点钟，回家睡什么觉。

不过联想到"陈佳佳"的年纪，简嘉估计他们小学生都是这么早睡的，也没多疑。他对小朋友一向有些糊弄。聊了两句之后，简嘉就觉得差不多可以结束话题了。没想到"陈佳佳"锲而不舍，又发来消息。

宇宙最强小学生：你要跟谁告白？

简嘉看得一头雾水。"陈佳佳"又把他刚才转发在空间的那个毕业视频发了过来。简嘉刚才只转发，压根没点开看。现在打开瞄了一眼，原来视频内容是跟毕业季告白相关的——色彩斑斓的大标题出现在视频的前两秒：毕业了，你敢向你的"TA"告白吗？

简嘉哭笑不得：我都没点开看，想什么呢，陈佳佳小朋友。（鄙视的表情包）

简嘉一本正经地教育他：而且你年纪还小，不要总是想着情情爱爱的，别早恋，知道吗？

"陈佳佳"沉默了一会儿，发来消息。

宇宙最强小学生：你在跟我哥吃饭？

简嘉被他问得莫名其妙，感觉"陈佳佳"的语气带着一股"弟弟查亲哥岗"的质问。但仔细一想，他又不是没跟陈黎吃过饭，而且之前还跟他们一起打过游戏，有什么好质问的。

怎么了？跟你哥没带你，你不乐意啊？

宇宙最强小学生：没。

"陈佳佳"很酷的样子：就是想提醒你。

简嘉心想你个小学生有什么可以提醒我这个大人的。

宇宙最强小学生：你少跟我哥玩。

一十：什么？

这突如其来的话题转变，让小简同学尴尬住了。他回复的问号被"陈佳佳"默认为问"为什么"。

下一秒，"陈佳佳"的消息发了过来，语气冷酷得要命。

宇宙最强小学生：因为靠近我哥，会影响你的财运。

陈黎这通电话打了十多分钟，回来的时候他看了眼腕表："时间还早，要不要在外面逛一会儿？"

八点钟，云京市中心的纸醉金迷的夜生活甚至还没有开始。夜幕低垂，繁华的购物中心已经车水马龙，即便没到双休日，放眼望去依然人头攒动。陈黎选的这家私人餐厅正好在波光粼粼的沧江边上，高楼耸立的金融大厦下的步行街大气宽阔，铺着大片大片的石板。两旁的奢侈品购物中心遥遥相望，宽敞的步行街延伸出去就是沧江边，是充满艺术和人文的博物街。

陈黎开口："我记得你好像有个很喜欢的画家，他最近在博物街那边办了个画展。正好你现在有空，我带你去见他一面？"

简嘉知道陈黎说的是谁。国际上赫赫有名的印象派大师，在他口中仿佛是一个随时可以约出来的朋友一般。如果换成别人站在他面前说这句话，简嘉一定会觉得此人在吹牛。但说这话的人是陈黎，简嘉毫不犹豫地相信，只要他现在一句话说想见，陈黎就真的干得出把人家大师叫出来的事情。

"不了吧。"简嘉摸了下鼻子，"现在挺晚了，要不今晚我就先回去了。"

"晚？"陈黎仿佛听到了什么不可思议的形容，笑了声，"你们年轻人现在把九点不到叫作很晚吗？"

简嘉心想跟你是不能比的。对游戏人间的花花公子来说，凌晨才是夜晚真正的开始。再说了。你那亲弟弟"陈佳佳"小朋友，可是觉得八点钟不回家睡觉就该天打雷劈了。

简嘉在心里默默地腹诽了一句，解释道："以前是读书，现在不一样了嘛。你这个有钱人是理解不了我们打工人的。"

陈黎也没多问，大概是接受了他这个回答。

"走吧，送你回家。"

简嘉开口："送我到地铁站就行。这会儿堵车估计一两个小时都到不了，地铁快一点，半小时就到了。"

陈黎的脚步顿了一下，声音低沉："你那合租室友，给你定门禁了？"

"啊？"简嘉都没回过神，心想这跟室友有什么关系啊。

"没什么，走吧。"陈黎没有追问，只是送他到地铁口的时候，问了一句，"吃饭的时候见你一直在看手机，是不是在等什么消息？"

简嘉边解安全带边回："一直看吗？没有吧？"

陈黎今晚上问的问题都挺奇怪。

简嘉一头雾水："陈黎，怎么了？"

"没什么。"陈黎点了支烟，笑了声，"可能是我多想了。去吧，早点休息。"

简嘉有点困惑地点了点头："好。"

上地铁的时候，简嘉戴上了耳机。晚上八点多的地铁还挺空的，他还能找到一个位置坐下。

简嘉下意识拿出微信看了眼。新消息都是群消息，有剧本杀的，也有团购宠物用品的——简嘉加了挺多这种折扣优惠群。他也不是真的缺钱到这个地步，就是习惯性地精打细算。

翻完了群消息，简嘉点进了朋友圈，心不在焉地刷了两条。

半小时前，徐谦发了一条在KTV拍的照片——跟几个漂亮女生和男同学的合照。

徐谦是陈泊生的朋友。简嘉也是前段时间才加上的，还是对方自来熟来加的自己。跟陈泊生高冷空荡的朋友圈不一样，徐谦一天要发十几条动态，恨不得二十四小时直播自己丰富多彩的生活。

陈泊生在一条合照的动态下面评论了一句"我超帅"。徐谦先是回了他一个问号，然后又回了一句"大哥你看看你自己在合照里面吗？"。

陈泊生觉得理直气壮，坦荡荡回复道：没有，只是单纯地感慨自己很帅。

谦虚使人进补：……

谦虚使人进补连发了三个大拇指点赞的表情包。

谦虚使人进补：自恋死你算了兄弟。

简嘉忍不住笑出声，给徐谦的这条动态也点了个赞。继续往下翻朋友圈的时候，简嘉发现陈泊生竟然在半小时前发了一条动态。

只有一张图，背景是中岛台。照片一看就是现拍的，他那骨节分明的手被什么利器割破了一条口子，正沁出一排血珠。

简嘉吓了一跳。评论区也沸腾了。

美芽：哇，男神你怎么了？

瞿瑞：受伤了吗？

谦虚使人进补：天哪天哪，难得看到大校草发朋友圈啊！

许子意：怎么了呀，学长？

……

简嘉一看熟人还挺多。他原以为陈泊生这种高冷的大神很少加别人，结果后来才发现他那微信谁想加都可以。一排留言看下来，留言人几乎囊括了云京大学城所有院系的花儿草儿、女神男神之流。简嘉甚至还看到了电影学院的校花留言。

只不过询问的人那么多，陈泊生却一条没回。

简嘉也不抱什么希望，随口问了一句：怎么了啊？

陈泊生秒回：出血。

简嘉愣了一下。往上看了眼给这大少爷留言的各路神仙，都被晾在一边。他心想师哥不会是回复错了吧，没给自己备注吗？

简嘉暗示了一下：师哥，我是说怎么会出血啊？

叫陈泊生"师哥"的人应该挺少的——大部分人都叫学长，要是真的回错了，也能反应过来了。

华山菠萝吹雪：做饭弄得。

陈泊生又是秒回。简嘉确认了，陈泊生就是回复他的。于是他直接点开了陈泊生的聊天框。

一十：为什么忽然在家里做饭啊？

一十：家里的药箱里面有创可贴，在第二格。师哥你伤口处理了吗？

华山菠萝吹雪：没找到药箱。

简嘉直接发语音："就在客厅旁边的柜子里面，拉开就能看到了。"

发过去没几秒，陈泊生的语音电话就来了。简嘉都快习惯他动不动就打电话的行为了。

"找了，没有。"陈泊生有点冷淡的声音从手机那头传来。

"没找到吗？"简嘉记得当时自己就把药箱放在柜子里的啊。

陈泊生"嗯"了一声，漫不经心道："不然你回来找一下？"

简嘉正想说什么，只听对方继续道："如果耽误你吃饭的话就算了，伤口流会儿血自己会止住的。"

简嘉心想那还得了，连忙开口："没事，我回来帮你找吧。"

"没事吗？"陈泊生那边有衣料和沙发摩擦的声音，像是靠在沙发上。简嘉都能想象到他那个懒散的姿态。

"对啊，我刚吃完饭，已经在回来的路上了。"简嘉解释了一句，随后问道，"师哥，你今天怎么想到自己做饭啊？"

恒游作为互联网大厂，模式有点类似大学校园。园区内就有自己的食堂，还有专门可以打包的地方。简嘉跟陈泊生合租一起的这段时间，几乎同进同出，一起吃晚饭。有时候人少，会直接在食堂里吃。有时候加班，就打包两份回家。

所以他一问完，大概就知道原因了。估计是今晚自己出去吃了，大少爷懒得打包公司快餐，又不想在家里吃外卖，准备自己动手丰衣足食。

也不想想他那少爷命有没有做饭的天赋，一不小心就给自己手上来了一口子。

过了一会儿，陈泊生那边果然开口，悠悠道："我饭搭子不在啊，学弟。"

要命了。饭搭子简嘉同学忽然觉得负罪感好强烈。

"还有多久到家？"陈泊生换了个话题。

"……半小时吧。"简嘉看了眼时间,迟疑道,"师哥,你吃晚饭了吗?"

"还没,懒得吃。"陈泊生应了一句。

"啊?"简嘉心想这人是真的不把生存当本能啊。

简嘉迟疑道:"师哥,那你等我一会儿,我可能要去一趟超市。"

回去的时候已经是九点钟。简嘉第一句话就是问他的伤口。

"你伤口好点儿了吗?"

陈泊生伸手,食指已经贴了一个创可贴:"好了。找到药箱了。"

"找到啦?"简嘉本来打算自己再找一下呢。

"嗯。刚才没看到,后来又找到了。"陈泊生面不改色。

"那就好。"

简嘉放下书包,把刚买的蔬菜都放到中岛台上。等陈泊生洗完澡出来的时候,桌子上已经有两菜一汤,热腾腾的。

陈泊生脚步稍微顿了一下,盯着桌上的饭菜看了几秒,诧异道:"这是你做的?"

"我偶尔会自己做饭,怎么了?"简嘉回了一句。

"我知道。"陈泊生点了点下巴,道,"你饿了?"

"啊,对。"简嘉难得在人眼皮子底下撒谎,有点紧张,"晚上没吃饱。"

陈泊生站在原地,慢条斯理看着他。

简嘉慢吞吞地开口:"这么多,我一个人吃不完。"他有点忐忑,"师哥,你要一起吃点儿吗?"

问完这句话,房间里就安静下来。

简嘉其实心里没底。虽然跟陈泊生熟悉的时间不长,但是通过日常观察发现,陈泊生整个人都过得非常随便,有一种过一天算一天,过完今天不想明天的颓废感,私底下完全就是一个"丧系"大帅哥。很多时候吃东西对他而言不是享受,而是一种活下去的生存需要。搞不好国宴那种级别的饭菜送到大少爷嘴边,他都不一定赏脸吃两口,更别说简嘉自己做的简简单单的清汤小菜。

结果没想到,陈泊生直接坐在桌前。简嘉露出了意料之外的表情。

陈泊生开口:"看我干什么?"

"有点受宠若惊。"简嘉实话实说,"我本来还以为你会不喜欢吃来着。"

"想什么呢,我又不傻。免费的晚餐为什么不吃?"陈泊生拿起筷子,点评道,"挺好吃的。"

"真的假的?"得到一个挑食者的夸奖,简嘉有点儿高兴,嘀咕道,"师哥,你别是给我面子骗我的啊。"

"没骗你。"

陈泊生果然没骗他,几乎大半的饭菜都进了他的肚子。简嘉是那种生活里有芝麻大点儿破事都会记录下来的"小文青",和陈泊生完全相反,他不仅享受美食,还享受做美食带来的成就感。陈泊生此举无疑极大地满足了小简同学做饭的快乐。

大少爷主动洗了碗。简嘉胆大包天,忽然从口袋里摸出了一颗糖扔给陈泊生。

"师哥,这个给你。"

陈泊生接住白桃味的水果糖,神情微微一愣,抬眼:"什么意思?"

简嘉眨了眨眼,开口:"给挑食的小陈同学,今天终于肯好好吃饭的奖励?"

陈泊生看着糖,笑了声。

简嘉这才意识到自己干了什么胆大妄为的事情。他尴尬地想要再说两句找补,就听陈泊生开口:"我明天也好好吃饭呢。"

男人慢悠悠地问:"能要点儿不一样的奖励吗?"

简嘉还以为陈泊生真的要点儿什么不一样的奖励。当天晚上他回到房间睡觉,翻出自己的微信余额跟支付宝余额,认认真真地计算了半小时,然后把截图甩给陈泊生。

陈泊生那头回了个问号。

简嘉含蓄道:师哥,你要的奖励,贵到什么程度呢?

陈泊生那头发了一张木头的照片过来。

简嘉礼尚往来回了一个问号。

一十:师哥,这是什么?

华山菠萝吹雪：一块昂贵漂亮但是缺乏趣味的木头。

一十：哦哦。

一十：小简同学恍然大悟。

其实简嘉压根就没懂，陈泊生怎么一时兴起给他科普起木材来了。唉，少爷的心，海底的针。

简嘉无聊去网上搜了一下这种木头大概要多少钱。结果搜出来就是普通木材。

陈泊生发了条语音过来："不要你钱。"他冷淡地点评一句，"财迷。"

一十：……哦。

简嘉又慢吞吞地发消息过去，很严谨地补充。

一十：要命也没有。

"也不要你命，行了吧。早点儿睡。"陈泊生的声音里透着一股浓浓的倦意。

简嘉点点头，想起对方看不见，就想发个表情包过去结束这个对话。结果不知道想到了什么，换成语音："师哥晚安。"

果不其然，对面也回了一句："嗯。晚安。"

他就知道，大神真的有点儿睡前晚安的仪式感在身上的。

从这晚上之后，简嘉忽然养成了做饭的习惯。一个原因是他本来就挺喜欢做饭的，做完之后还会拍照发朋友圈记录；另一个原因是合租的大少爷实在是太给面子了，每次给他打包的中餐和晚餐，他都能吃得一粒米不剩，全方位地满足了小简同学一颗当米其林大厨的虚荣心。

而且大少爷还很懂事。无声地遵守了做饭的人不洗碗的原则，每回都主动地去洗碗，完美解决了简嘉最讨厌的劳动之一。

就这么变着花样做了一个多月的饭，简嘉某一天上体重秤的时候发现，这段时间足足长胖了五斤。不过他的体重本来就偏轻。林棠以前老说他抱起来就只剩下一把骨头了。现在长了点儿肉之后，脸颊的线条明显圆润了一些。他本身就是比较端庄俊秀的长相，这会儿看着更加沉稳大气，换套西装就能当主持人了。

再一次回学校的时候，林棠看到他都惊了："草儿，人家说工作使人消瘦，你怎么还长胖了不少！说好的大家上班都痛苦呢，你一个人在偷偷快乐？"

简嘉笑了声："也没有胖很多吧，真的很明显吗？"

林棠都怕多说两句等下这卷王又去减肥了，连忙摇头："还好还好，你以前太瘦了，现在这样好多了！"

两人大概有大半个月没见。这一次一起回学校，也是因为马上就要到毕业典礼了。

云京电影学院的毕业典礼在六月十二号。十号跟十一号是毕业作品展，简嘉提前跟方天请了假，这几天都在学校里忙。

简嘉布置毕业展的时候，林棠刷到了一个视频，转过头分享欲爆棚："对了，草儿，你知道你最近在短视频上火了一把吗？"

"什么？"简嘉最近忙得很少刷手机，不太关注。

"就这个视频！你看。"林棠把刚刷到的视频怼到简嘉脸上，"就是你之前在给学校拍宣传片的花絮。"

简嘉眯着眼看了两秒，忽然想起是有这么回事。

宣传片的导演组有个学姐很沉迷给他剪花絮。前几天学姐确实来问过他，能不能把他的一段视频发到她的主页上面去。简嘉随口就同意了，没想到短短十五秒的花絮彻底火了。

视频的内容是简嘉站在篮球场上，有人叫了声他的名字。他回头的时候，脸上还有一丝诧异。看清楚来人之后，忽然绽开一个有些纵容和无奈的笑容。视频里简嘉穿着白衬衫，视频色调做得很老旧。再加上最近毕业季来临，短视频平台莫名火了一个话题叫：白月光的杀伤力有多强。

于是，简嘉这段视频在该话题之下点赞最高——足足有一百四十多万。

评论也是一片尖叫声——

"三秒钟之内我要知道这个男人的全部资料！"

"你知道的，我还没有男朋友……"

"啧啧，这男的要是我高中同学，我高低要暗恋三年！"

"好像小说里女主那挂恋多年的白月光。（哭泣的表情包）"

"这段镜头拍得好绝啊，感觉自己真的完全带入暗恋者视角了。"

"天哪，这不是云影数媒的简嘉吗！"

……

简嘉扫了几眼评论，笑道："没想到雨姐的拍照技术这么好。"雨姐就是他们对那学姐的称呼。

"不是雨姐拍的。"林棠解释道，"这段花絮是陈泊生拍的啊。"

"啊？"简嘉还真不知道。

宣传片拍摄期间，陈泊生在他的认知里还是传说中的云大计算机系大神。两个人压根没说过一句话。

要不然怎么说生活多奇妙呢，谁能想到短短几个月，自己都搬到人家家里住去了。

林棠还在感慨："哎，要是大神能来给我们拍毕业照就好了。"

快毕业了，大学城周围牛一点的摄影师早就被抢完了。林棠正在为自己毕业照找谁拍的事发愁。

"嘉宝贝。"林棠忽然看向他，"你是不是跟陈泊生挺熟的？"

"……还行。怎么了？"简嘉莫名有些心虚。他还没告诉林棠，自己现在正在跟陈泊生合租。要是被这个姑奶奶知道了，第二天整个大学城都会知道。

"你能不能让大神帮我们拍下毕业照？"林棠双手合十，"求求了。我按照市面价三倍给！不对，算了，像大神这种人，给十倍都不一定给拍。"她说得倒也没错，陈泊生确实不缺钱，做事全凭自己喜好。

"我帮你问问？"简嘉试探地说了一句。

"啊啊啊啊啊嘉宝贝你太好了！"林棠直接开心到想飞。

"我先说好我就是帮你问一下，到时候他来不来我不能保证。"简嘉对她也是无奈。

"嗯嗯！"

晚上吃饭的时候，简嘉多做了一道菜。陈泊生没说话，安安静静吃完了菜，又去洗了碗。回到客厅的时候，见简嘉还没回房间。

这倒是有点稀奇。简嘉这人每天生活中不知道在忙什么，总停不下来，像个小陀螺。陈泊生有时候在沙发上坐半小时，能看到小简同学一会儿去阳台浇他那宝贝花，一会儿拆快递，一会儿下楼扔垃圾，一会儿又开始给贝贝做减肥训练。他的生活丰富多彩又充满奇思妙想。

"怎么没回房间？"陈泊生挑眉。

"哦，师哥。"简嘉开口，"我榨了两杯果汁，你要喝吗？"

陈泊生坐在沙发上，没接过果汁，意味不明打量他一眼："干什么小财迷，无事献殷勤非奸即盗。你要问我借钱？"

"那也没有吧，要是借钱我还能再殷勤一点儿。"简嘉摸了下鼻子自我调侃一句，干脆开门见山，"就是想问一下，六月十二号的时候你有没有空？"

"毕业典礼？"

"对。"

"刚好调休，怎么了？"陈泊生随口一句。

简嘉一愣，这么巧吗？

"没太大的事，就是想问师哥要是空闲的话接摄影单子吗。"

"你要拍毕业照？"

"不是我。是林棠。"

"哦。"陈泊生漫不经心地问，"你不拍？"

简嘉也挺想拍照留个纪念的，毕竟人生就一次大学毕业的体验。只是拍一个人就已经够麻烦陈泊生了，简嘉不好意思再提多的要求。

"我那一天都挺有空的。"陈泊生的声音懒懒的，"考不考虑包一整天？"

"这不太好吧，总觉得你的出场费应该挺贵的。"简嘉是那种别人跟他开玩笑，他能完全不怯场反过来开别人玩笑的类型，"我要是倾家荡产了怎么办？"

"给你个友情价？"

"师哥你真好。"简嘉感动。

"九九折。"陈泊生补充一句。

"师哥你的好是不是有点太不经夸了？"简嘉无声谴责。

"骗你也信啊。"陈泊生忽然笑了声，站起来，"要之前那个特别的奖励。但是没想好要什么，等我想好了再兑现，懂？"

"……哦。"

隔天是周六，简嘉打算炖个汤。结果早上的时候陈泊生忽然跟他打了个招呼，要回家一趟。这还是陈泊生第一次提到自己家里人的情况。

简嘉跟他住在一起这么久，两人不知道为何都很默契地没有询问各自的家庭情况。当然，这对简嘉而言是好事。他家那点儿事，说起来真的三天三夜都说不完。简嘉只知道陈泊生家里应该挺有钱的。

陈泊生到陈家老宅的时候是五点钟。云京这种有点儿家底的有钱人都习惯将老宅安排在市中心，占据着最好的地段，还能闹中取静。

今天是陈敬辞的生日宴。陈泊生实在跑不了，被他爸抓了回来。

"你能不能让我省一点心？放着家里的集团不管，跑出去打工。"陈敬辞一抓到他，就把人拎到书房骂，"二十多岁的人了，搞那游戏是正经的工作吗？"

"您说的我听都听烦了，您还没说烦啊！"陈泊生靠在沙发上。

"你就不能跟你哥学一下？"陈敬辞恨铁不成钢。

"同样性格的儿子为什么要生两个？"陈泊生这张嘴说得他爸也毫不落下风，冷冷道，"要不你再生一个，然后站一排就能直接玩'消消乐'了？"

在陈敬辞用烟灰缸砸他的时候，陈泊生已经很有先见之明地滚出了书房。关上门的那一刹那，"哐当"一声，烟灰缸砸得门板震天响。

得亏老头子舍得花好几百万买梨花木门，不然这一下，门早给他砸散架了。陈泊生低下头，甩了甩头发。

"泊生，今天没加班？"转过身，陈黎站在书房门口，仿佛早就在等他一般。

"没。"陈泊生淡淡地回了一句。

"爸就那个脾气，你别放在心上。"陈黎拍他的肩膀，一副好兄长的模样。

"我知道。"

两兄弟好久没见面,说的话却不热络。助理站在一旁,偷瞄了一眼兄弟俩的模样,他跟着陈黎也有好几年了,豪门家族里的事听了一耳朵,陈家这对兄弟他是有所耳闻的。同父异母不说,大少那弟弟好像还不是从小养在身边的。听闻这个陈家二少到了十五岁才被接回国,此前一直养在英国。不知为何,从二少被带回家之后,他母亲就成了陈家的禁词,谁都不敢当着陈敬辞的面提。

陈敬辞一共有两任妻子,陈黎出自原配,陈泊生出自续弦。说来也奇怪,陈家的这两位少爷应该斗得死去活来,但意外的是,陈黎跟陈泊生的关系还不错。虽然称不上亲密无间,但至少看着兄友弟恭。

"早让你回家继承家业了,非要去找个班上。"陈黎调侃了他一句。

"对老头的那点儿家业没兴趣。"陈泊生按了下后颈,不置可否。

"你这话当着我的面说就好,被爸听到你就完了。"陈黎笑了声。

"嗯。"

话到这里,就没了。陈黎像是尽到了做哥哥的义务之后,很快就接待起陈家其余旁亲。

陈泊生懒得碍他的眼,说了句:"我不留下来吃晚饭了,你帮我跟爸说一声。"

"怎么?"陈黎转头看着他,"晚上有事吗?"

"没。"陈泊生顿了下,道,"家里有人炖了汤,等我回去。"

"不像你啊。什么人?"陈黎挑眉,难得感兴趣问了句,"你什么时候这么听话了?"

"我老板,不敢不听。"陈泊生伸了个懒腰,语气很淡,"刚花了大价钱雇用我。"他挥了下手,姿态散漫地往前走,肩宽背阔,却透着一股懒洋洋的气质,"我早点儿回家挣个表现分。"

毕业典礼那天,云京电影学院一改几个月的萧条,变得热火朝天。五十周年校庆也放在十二号这一天举办。除了毕业典礼,最热闹的就属大礼堂那边的红毯仪式。往年从云影毕业的各大明星都回到母校露个脸,半开放的校园里,不只有学生凑热闹,还有不少粉丝。

宣传片正式播出之后,作为男主角的简嘉在校园里稍微小火了一把。

昨天晚上大学城论坛里就有个热门帖子:暗恋简大系草的姐妹们要抓紧时间了,机不可失时不再来,明天就是合影和告白的最好机会,冲!

于是,简嘉从上午九点露脸开始,直接被当成了人形移动景点,想跟他合照的学妹从大一到大三排得整整齐齐。他脾气是出了名的好,对合影的小姑娘称得上是来者不拒。一上午下来,简嘉不只站得腿酸,笑得脸也酸。

还是陈泊生的电话打过来,才把简嘉从莺莺燕燕中解救出来。简嘉说了句"不好意思,有事先走",连忙脱身,跑到西门去接陈泊生。他抬起头,都不用怎么找——这大帅哥在人群中一向是焦点,站在西门短短几分钟,简嘉就看到他没什么表情地劝退了几个要微信的女生。

"师哥!"简嘉挥了下手,笑道,"挺受欢迎啊。"

"没你受欢迎。"陈泊生轻哼了声。

"还好吧。"简嘉谦虚了一句,"等很久了吗?"

"没有,刚来。"陈泊生问他,"怎么走,带个路?"

"先去操场拍吧,林棠在那儿等我们。"

简嘉自己的回头率就很高了,带着陈泊生一起走在路上,简直像黑夜里两个一千瓦的大灯泡。路上投过来无数好奇、打量的目光。简嘉摸了下鼻尖,带陈泊生走了一条人少的小路:"师哥,我带你从这儿绕吧。"

"怎么?"陈泊生道,"这条路近一点吗?"

"不是。这条路人少一点。"简嘉解释。

陈泊生脚步一顿,语气多少是有点儿阴阳怪气:"跟我走在一起这么让你丢人?"

"我哪儿敢。"简嘉吐槽了一句,真诚道,"师哥,你逛过我们大学城的论坛吗?"

陈泊生开口:"没有。和上面的问题有什么关系?"

简嘉叹了口气,竖起三根手指:"我在那上面,被捏造了四段匪夷所思的情感故事,其中还涉及三个可怜的孩子。"

陈泊生:"……"

简嘉委婉道:"要是再在大路上走一会儿,咱俩的名字今晚就都要在论坛上挂起来了。"

空气安静了一秒。简嘉不动声色地心想,颤抖吧酷哥,你根本不知道校园里看着青春靓丽、天真烂漫的大学生在网上能有多疯狂。

半晌,陈泊生冷不丁问道:"抛弃孩子的都是谁?"

……大哥,你这重点抓得歪到了英吉利海峡啊。

"不知道。"简嘉老实回答,一秒入戏,义愤填膺道,"像这种管生不管养的垃圾,不配让小简同学知道他们的名字。"

"嗯。"陈泊生竟然还很认真配合地点点头。

简嘉快乐死了。但陈泊生下一秒说的话就让简嘉笑不出来了。

陈泊生用懒洋洋的腔调一本正经地说:"我不一样,我一定会好好照顾孩子的。"

简嘉差点儿一个仰倒。大神,倒也不必这么入戏!

简嘉跟陈泊生到操场的时候,林棠已经换好了学士服。除此之外,在升旗台站着的还有杨俊明和他女朋友乐绵。听闻这次毕业照是陈泊生大神亲自出山,杨俊明厚着二皮脸就来了。

陈泊生倒也没不乐意。说好的,他今天被简嘉雇了。

在操场拍毕业照的这段时间,又有不少女生来找简嘉合照。其实她们也看到陈泊生了,红着脸你看我我看你,愣是被陈泊生那张冷淡的脸吓退二里地,最后谁也没敢鼓起勇气上前问他要一张合照。

拍完一组图之后,林棠就迫不及待地坐在升旗台上选图。没了林大校花站在简嘉身边,在足球场徘徊了好久的学妹终于捧着礼物走到升旗台这边。

"学长,这个送你,毕业快乐。"好几个穿短裙的大三学妹把礼物递到简嘉面前。

"啊？给我的吗，受宠若惊啊。"简嘉笑了声，他扫了一眼袋子里的包装，不是香水就是腕表，总而言之他肯定是不能收的。

简嘉从小姑娘抱着的捧花里抽了一支出来，桃花眼弯起来，说："送我一枝花作为毕业礼物吧，我只要这个，行吗？"

小姑娘愣了下，茫然地点头，同手同脚地走出了三米远，然后尖叫："啊！我开心死了！"

然后简嘉就听到旁边这位大帅哥冷哼了一声。他理解，自己当着陈泊生的面抢了风头，大神肯定不爽。简嘉也就今天心情好，嘚瑟一会儿。陈泊生是没见着这小显眼包以前在附中的样子——恨不得在每一层的每一间教室显摆。

简嘉干咳了一声，转头向陈泊生伸手，一本正经道："师哥，我的毕业礼物呢？"他这会儿倒是厚颜无耻起来了，"你不会没准备吧？淡了淡了，感情真的淡了。"

简嘉纯属闲得没事在太岁头上动土，随口这么一逗。结果没想到，这位竟然真的从身后拿出了一个四四方方的盒子，抛给自己。简嘉下意识就双手接住，愣住了一秒。

"拿着。"陈泊生下巴一点。

"师哥，你真准备了啊？"简嘉震惊了。

"嗯。"陈泊生按了下后颈，"顺手买的。你不要？"

"那不能。"简嘉连忙拽着礼物盒子，好奇道，"我能拆开看吗？"

"随你。"

简嘉二话不说就拆开了。一款停产了很久的男士香水，前调有点儿中药的微苦，尾调是带着无花果味的木质香。

"不喜欢？"陈泊生看他没说话，漫不经心问了一句。

"没有。"简嘉感动得不行，"太喜欢了。师哥你真的，我想哭。"

还有心情在这儿说俏皮话，陈泊生被他逗得笑出了声。

"没什么回礼。"简嘉把刚才抽出来的那支洋桔梗放在陈泊生手里，"借花献帅哥一下。"

乐绵在一旁，看到简嘉被众星捧月的场景，感慨了一句："没想到简大校草魅力不减当年,跟以前在附中一样受欢迎。"

杨俊明道:"对哦,绵绵,你以前是附中的,你跟草儿是校友啊!"

简嘉闻言一挑眉,没想到在这儿还能遇到老同学。

杨俊明与有荣焉道:"我们草儿高中也是一枝独秀?"

"毫不夸张地说。当年我们附中至少有一半女生暗恋简嘉。"乐绵开口。

"这还不夸张啊。"简嘉乐道。

"不是还有一半吗?"杨俊明一头雾水。

"还有一半暗恋陈泊生。"乐绵脱口而出。

简嘉突然有些紧张。他之前在永固巷就试探过这大少爷一次,结果对方对他们高中同校的事情毫无记忆。这乐绵又提了一次,不知道陈泊生能不能想起来。

"天哪天哪!"杨俊明炸开了,"你俩?草儿,你跟大神是校友啊?"

"嗯……好像是有这么回事。"简嘉不知道自己在莫名其妙较什么劲儿,状似无意地问了句陈泊生,"师哥,你还记得?"

"记得。"陈泊生懒懒道。

简嘉差点儿没靠住升旗台。记得你上回装什么不熟!好玩儿吗?!

"站好。"

"你真记得啊,师哥。"简嘉小声嘀咕,"那你上回跟我装什么不熟?"

"不是你先的?"大少爷很酷地回了一句。

"我还得夸你有仇必报是吧。"

"也没完全骗你。"陈泊生慢悠悠地解释,"我高二才转到国际部,就读了一年。"

附中当年分为普通部和国际部。顾名思义,普通部的学生就是走国内高考流程,国际部的学生则是从高二开始准备出国留学。像陈泊生这种,从国外转到国内的,很是少见。两个学部教学内容天差地别,几乎只有在大型校庆或者元旦晚会的时候,才会有交集。

简嘉忍不住又问:"那你以前在附中的时候,见过我没有?"

陈泊生垂眸，过了会儿开口："见过。"

简嘉一愣："什么时候？"

"忘了。"

简嘉不依不饶，很真诚地发问："那在什么地方呢？"

陈泊生挑了下眉，故意装出想了几秒的样子，然后遗憾道："也忘了。"

简嘉叹了口气："没爱了师哥。我那么大一个帅哥在附中，你是一点儿也没瞧见啊。"

"嗯。"陈泊生倒是真情实感地阴阳怪气起来，"你瞧见过我？"

简嘉："……"简嘉是真没瞧见，所以也是真的心虚。

"哈哈。时间好像不早了，师哥你拍完林棠了吧？要不现在顺便帮我拍一下？"简嘉十分生硬地岔开话题，也不管陈泊生有没有准备好，随手抓起一件学士服就走向了操场。

"高三誓师大会的时候见过你。"陈泊生忽然开口，"你在三楼扔纸飞机。"

简嘉脚步一顿。

附中高三的誓师大会有个不成文的传统，不知道是从哪一届流传下来的，每一年誓师大会之后，高三的学生都喜欢跑到校前广场三楼的露台上，撕下空白作业本的一页，写下自己的心愿折成纸飞机，用力地抛向远方。好像这样一来，心愿和理想就会先一步在未来等着他们。

"都是普通部瞎闹着玩儿的。"简嘉摸了下鼻尖，"我都快忘了我写的是什么了。国际部也有类似的活动吗？"

"有个差不多的。"陈泊生回忆了一下，"写毕业寄语，然后邮寄出去。"

"啊？"简嘉有点好奇，"师哥，你写的毕业寄语是什么啊？"

按照这酷哥的嚣张态度，不会是什么"附中第一帅到此一游"吧？

"你想知道？"陈泊生挑眉。

"嗯嗯。"简嘉洗耳恭听。

"我呢，也忘了。"陈泊生语气欠揍得要死。

简嘉："……"记仇你是第一名。

简嘉走了两步到操场,不想跟陈泊生就陈年往事扯皮了。轮到他拍毕业照的时候,盛夏的热浪翻滚,天空一碧如洗,湛蓝一片。简嘉穿的还是那件白衬衫,干净得像给晴空点缀了一朵云。

他跑得有点儿远,朝着陈泊生挥手:"师哥,站这里行吗?"

陈泊生淡淡地比了个"OK"。

云影的广播站忽然切了一首五月天的《我们不曾相遇》,此刻的简嘉,身影仿佛在一瞬间和附中那个站在三楼扔纸飞机的少年重合了。按下快门的一瞬间,陈泊生想起自己在毕业寄语里写的那句话,其实他一个字母都没忘——

For you, for me, for future, thousands of times.

为你,为我,为未来,千千万万遍。

记忆里的纸飞机纷纷飞起,轰轰烈烈地飞向操场。

给简嘉拍完毕业照,云影那校长不知道怎么打听到陈泊生在他们学校的操场。估计也不用打听,陈泊生在大学城这边本来就出名,来了没多久论坛里就都是他在云影的消息了。闲聊板块里面都是学妹偷拍他的照片。

简嘉翻了两下心说长得高就是好啊,人家那身材比例,偷拍照都帅得跟杂志封面似的。

云影校长打算跟今天来的领导合影,遇到到陈泊生在这儿,直接一个电话就把他叫走了。

简嘉上一秒还在跟陈泊生有一搭没一搭地聊天。他问起陈泊生什么时候学的摄影,只得到了对方之前在英国做过自由摄影师这一丁点零星的消息。简嘉想起看他朋友圈里拍的照片哪国的都有,估计没少四处旅游。最后简嘉只能总结一句:有钱真好。

下一秒,简嘉就目送他师哥去找校长了。

毕业典礼一直折腾到晚上。到后来,除了林棠,之前拍宣传片的导演组几个跟他们玩得好的学长和学姐也来了。人一多,林棠就提议去隔壁大悦城玩。

云京电影学院坐落在市中心,大悦城离学校不太远。楼下就是一条夜市小吃街，看林棠的意思估计是去大悦城玩了之后，还得再到楼下玩。

大悦城最近新出了一个摩天轮的项目，就在七楼的楼顶，高度有好几百米，可以俯瞰整个云京市中心的美景。

说到这里，简嘉才有一点心动。他倒不是对摩天轮感兴趣，他是对"打卡"那种新开的门店跟活动项目很感兴趣。对他而言这活动就像完成一种生活的仪式一样，记录下来会让他很有满足感。

简嘉不知道在哪儿看到过一句话：生命本身没有什么意义，生命的意义就在于去创造意义。等老得走不动了回顾这一生，也不算白来人间一趟。

简嘉他们来得早，摩天轮要八点钟才营业，现在都没几个人排队。林棠主动去给大家买票。简嘉翻出微信顺便就把自己的门票钱转给林棠。结果刚打开微信，陈黎的电话就来了。

他之前还给自己发了几条消息。今天毕业典礼又忙又乱，简嘉没看到。对方估计也是耐心耗尽，才直接一个电话打了过来。

简嘉走到安静一点的地方接电话。

对面开门见山："在哪儿呢，这么吵？"

"在外面。"简嘉问了句，"有什么事吗？"

"没什么事不能跟你打电话？"陈黎语气吊儿郎当的，又带着一点成年男人的松弛感，"现在过来，还赶得上参加你的毕业典礼吗？"

"你现在过来吗？"简嘉有点惊讶，"我已经不在学校了？"

"地址。"陈黎的意思是非过来不可。

简嘉知道他做的决定，别人很难说服他更改，于是叹了口气，说："我跟同学在大悦城这边呢，你到的时候跟我说一声。"

见简嘉挂了电话，林棠就凑了过来："谁啊？"

简嘉没说话，林棠瞬间就懂了："小心猜测大胆求证一下，陈哥哥？"

"我说我们今天毕业典礼，他说过来看一眼。"简嘉随口和她聊天。

"我觉得你也确实该做个了断了。"林棠毫不犹豫道，"你自己也知道,人不能老在过去走不出来吧。不管之前他帮你多少,对你多好,这些年对你的伤害也是真的。草儿,你其实不欠他什么,对自己好一点吧。"

其实这种话,林棠这几年也没少说。简嘉也不是完全听不进去,他怔怔地发了一会儿呆,笑了声:"再说吧。"

"又是再说吧。"林棠恨铁不成钢。

陈黎到的时候,简嘉刚好在摩天轮的检票口。他隔着隔离带开口:"要不你等我会儿?玩一圈也就十五分钟。"

天气有点热,陈黎穿的还是一套西装,像是刚从理京总裁办出来——外套被他脱下来挽在手上,上身是一件被熨烫得极为板正的白衬衫。往人群里一站,跟演霸总电视剧一样。

"不请我上去坐一下?"

"你真要坐这个吗?"简嘉有点惊讶,毕竟摩天轮这种东西,在他看来就是小孩才感兴趣的。

"怎么,这儿有规定二十八岁以上的成年人不让坐是吧?"

"……倒也没有。"简嘉心想没看出来你还有这爱好。

不过想想也是,虽然夕阳西沉,但六月的天,温度逐渐攀升。摩天轮的座舱里有空调,比让人站在暑气中等十五分钟强。

简嘉又扫码给陈黎买了票,太子爷想体验平民项目也得老老实实排队。

随着队伍分流,简嘉渐渐地跟林棠他们走散了。检票员按照门票上的编号,把简嘉分到了九号座舱。他买的是双人票,跟林棠一起的,主要的作用是免费给对方当自拍杆。所以当他踏进座舱,看到座位上是陈黎的时候,愣了一下。

在简嘉准备探出头去问检票员是不是弄错位置的时候,陈黎拽了他一把,说:"不用问。票是你那朋友跟我换的。"

他就知道。简嘉无奈地又坐回来,转头看向窗外。林棠不知道什么跑到了隔壁座舱,还给他比了个"宝贝加油"的手势。

"陈黎,我不是故意的。"简嘉解释了一句。

"跟哥坐还挺不乐意了你?"陈黎挑眉,"我伤心了啊。"

"你少给我装可怜啊。"简嘉笑了声,说话的声音挺轻的。

座舱震动了一下,摩天轮缓缓升起。简嘉不再跟陈黎聊天,转而拿起手机专心致志地录制摩天轮慢慢上升的过程。

云京的景物在屏幕里越来越小,高楼大厦尽收眼底。夜幕低垂,楼顶亮起的霓虹灯,像摘了天上的星星去点缀。简嘉在无边温柔的夜幕中,忽地有一瞬间的恍惚。

又是一个六月的毕业季,又是一段人生旅程的结束。在莫名安静旖旎的氛围影响下,有些话就如同呼吸一般自然地流露了出来。

"陈黎。"简嘉没看他,视线依然落在远处。

"怎么了?"陈黎的音色低沉得像大提琴,姿态随意地靠着。

"你……你是把我当弟弟的是吧?"简嘉转过头看向他。

陈黎什么都没说,目光落在他脸上,只是慢慢坐直了身体。

"怎么了?"同样的语气,比之前更加轻柔。这种安抚,无端给人一种错觉,仿佛接下来不管说什么话,他都能容忍和理解自己。

简嘉定定地望着他,嘴唇开合了几次。半响,他听到了自己的声音,生涩极了:"陈黎,那我……我能成为被你依靠的家人吗?"

十五分钟的时间一晃而过。摩天轮缓缓从最上空下落,然后停在了他们在最初排队的地方。"咔嚓"一声,检票员打开舱门。

陈黎弯着腰走下来,几乎是习惯性回头,伸出手扶了一把简嘉。简嘉借着他的力量,轻松地从高一阶的台阶上跳下来。

林棠紧张地注视着眼前这一幕,大气都不敢出。

"看我干什么,"简嘉抬头看见了她,笑了声,"怕我摔着啊?"

"没。"林棠表面风轻云淡,内心急死了。

"别说你们年轻人爱玩,坐上去往下看的时候,风景确实不错。"陈黎在一旁补充了一句。

"得了吧,哄小孩呢。要是你没有私人飞机的话,我就真的信了。"简嘉顺势就回答了,好像什么事都没发生一样。

林棠越看越困惑。

"晚上还有个会,我先走了,不打扰你们年轻人玩儿了。"陈黎笑着说,"省得我在这里,你们放不开。"

"嗯。"简嘉也没留他,"那你开车慢点儿。"他想了下,补充了一句,"哥。"

陈黎脚步一顿,但很快挥了下手:"行。知道了。"

男人像以前无数次一样,强势又温柔地提醒:"别玩得太晚,到家给我发个消息。"

"嗯。"

"天哪,你俩怎么回事啊宝贝?"陈黎一走,林棠就憋不住了,原形毕露地狂摇简嘉。

简嘉被这姑奶奶晃得头晕,扶着旁边的电线杆子:"大小姐别摇了,我脑浆都被你摇匀了!"

"草儿!给你姐一个准话,你到底都说了什么啊?!"林棠紧紧握着他手。

"别趁机占我便宜啊,什么时候又成我姐了。"简嘉无奈地反驳了一句,"什么都没说。"

林棠花了足足一分钟才消化这句话的含义,诧异道:"真的假的啊……"话虽如此,但她觉得是真的。

因为简嘉这个人对待在意的人一向认真。只要他做出了决定,那就是最终的结果了。

"怎么突然想开了?"林棠的声音都低了几度,小心翼翼的。

"也不是突然想开,其实想了有一段时间了。"简嘉和她闲聊一般,"我之前看到过网上一个说法,说人与人的相处是在走下坡路。如果你走得很平稳,那是因为其中一个人在脚下提前垫了很多砖头。如果一路上开怀雀跃,那大概就是有谁把你扛在肩上了。"

"但我跟陈黎这种。"简嘉顿了下,"属于我给他用砖砌了座万里长城。但现在我不想忙活了。"

林棠听了之后,停顿了几秒,真诚地开口:"草儿,听不懂。你的比喻好高深,你的决定我支持。"虽然没怎么听懂,但简嘉这个意思,算是彻底放下过去的意思了。

"没事!"林棠猛地拍他的肩膀,"还是值得庆祝的,晚上请你去唱歌!"

"饶了我吧。"简嘉叹了口气,"今天拍照都快累死了,后天还得上班呢,我打算早点回去休息。"

林棠没注意到他情绪的变化,大大咧咧道:"那也行,上了班确实是不一样了,想约一次都好难。"

"草儿!晚上我们去唱歌,把大神也叫上!"杨俊明在不远处挥手,他还不知道简嘉要提前回去的事。

"我帮你问问吧。"简嘉也没拒绝,低头给陈泊生发微信,边走边回杨俊明,"我刚跟小棠说了,晚上不去了,后天还要上班。"

杨俊明一脸遗憾。

"嗡嗡"一声,陈泊生的微信消息来了。

简嘉有时候挺好奇的,陈泊生是二十四小时住在微信里吗?怎么每一次都能秒回?

华山菠萝吹雪:你晚上去吗?

一十:不去了,我打算回家。

华山菠萝吹雪:在哪儿?我来找你,一起。

一十:不用。

简嘉想自己走走,随便走哪儿去都行。结果下一秒,微信再一次跳出消息。

华山菠萝吹雪:那你抬头。

简嘉一愣,有所预料一般地抬头——陈泊生就站在不远处的人群中,耀眼得让人一眼就能看见,好像天生的主角。隔着一条街道,熙熙攘攘的人群仿佛都变成陪衬的虚影。

"师哥?"简嘉惊呆了,"你怎么知道我在这里?"

"你半小时前发朋友圈了。"

简嘉想起来确实是发了摩天轮的照片。难怪。他哭笑不得:"你还没回答我呢,杨俊明他们晚上要去唱歌,问你去不去。"

陈泊生语气淡淡的,又拽又酷:"你不是不去?"

"对啊。我说了嘛,想回家睡会儿。"

"那我也不去。"

简嘉失笑,心想你是小朋友吗?

"其实杨俊明他们还挺想认识你的,人多也热闹,真的不去啊？"简嘉试图帮杨俊明再挽回一下,试着改变陈泊生冷酷无情的决定。

"不去。"陈泊生挑眉,提醒他,"简嘉,雇了我的人是你,有点儿老板的强势行吗？"

简嘉跟杨俊明他们转达了陈泊生晚上不去的决定的时候,众人虽然面露遗憾,但也有一种预料之中的感觉。毕竟陈泊生这种传说级别的大校草,高冷得很,不来是很正常的。

告别杨俊明之后,简嘉问了句陈泊生："师哥,你是开车来的吗？"

"嗯。"陈泊生以为他要回家,回了一句,"停在地下车库,现在去？"

"不用。"简嘉顿了下,"其实我有点儿想走走。"

简嘉说完之后,摸了下耳后的位置,继续道："你要是急着回家的话,一会儿我自己坐地铁回去就行。"大悦城 B2 楼直接跟地铁连通的,回家也方便,只要不是太晚。

"我没什么事。"陈泊生很自然地往前走,"正好想散散步。"

大少爷就是大少爷。简嘉心想这不摆明了是陈泊生陪他吗,嘴上还要占个上风不承认。他笑了一声,点点头："行。那我就陪师哥到处走走。"

"到处走走"这个行为,其实就是简嘉处理情绪的方式。他养成这个习惯还是因为他不知在哪儿看到的"鸡汤"——简嘉没事的时候就会随便找点儿什么东西看,免得自己总是钻牛角尖胡思乱想。

"鸡汤"说是有一个人在控制不住自己情绪的时候,就会围着自己的房子转悠。一开始房子很小,这人就想："我的房子还这么小,我应该努力赚钱,我有什么资格浪费时间生气。"后来房子变成了别墅,这人控制不住情绪的时候依然会绕着房子打转,又想："我现在的房子都这么大了,我还有什么不满足,还有什么好生气的。"

简嘉对此深表认同。不认同别的,就是比较认同有空浪费时间,不如用这时间多赚点钱这个思路。毕竟一分钱难倒英雄好汉嘛,简嘉对此也深有感悟。

可他现在的情绪要怎么解决？没有房子，难道要和陈泊生转几圈，然后安慰自己：虽然没有达成心愿，但眼前有个大帅哥陪着自己压马路，那还有什么不满意的。想到这里，简嘉终于把自己给逗乐了。他笑了声，笑容短暂得如昙花一现，也没到达眼底。

如果外面下雨，他会选择坐在一个安静的地方沉默一天。从内部一点一点去消化那些纷乱的情绪。

但陈泊生的出现打乱了他的计划。好在对方没有问他为什么要这么做，不然简嘉一时半会儿还真想不出理由。只是他忽然发现，其实有个人陪着也挺好的。

简嘉说是到处走走，其实就从大悦城的七楼走到一楼。路过楼下一家二十四小时便利店的时候，简嘉站定："师哥，我进去买点东西。"

陈泊生没说站在原地等。简嘉进去的时候，他自然地就跟了过去。

"欢迎光临"的电子女声响起，自动门打开。

简嘉进店之后就直奔冰柜，扫了一眼后，从里面拿了两罐果酒。他的酒量其实就只有两罐。简嘉犹豫了一下之后，又拿了一罐抱在怀里。心想干脆醉个彻底。

扫码结账时，陈泊生瞥了一眼果酒。

简嘉解释道："好不容易熬到大学毕业了，能不喝点儿庆祝一下吗！"

"吃过晚饭了吗？"陈泊生意外地没有追问原因，反而问了个牛头不对马嘴的问题。

"……没有。"简嘉有点蒙。

"嗯。"陈泊生从购物架上面拿了一盒椰子奶糕，眼疾手快地结了账，"那喝酒前先吃点东西，不然伤胃。"

大悦城的对面是一条七八米宽的小河，两边有很多网红咖啡店。平时一到晚上，河边散步的人就特别多。今天不知道怎么回事，冷冷清清的。简嘉很快就找到了一条空着的长椅。他坐在椅子上，什么话都没说。

陈泊生也没问他到底要干什么，只是和他并肩坐着。

简嘉打开了一罐果酒，仰着头就喝了一半。他的酒量差得要命，这样一口气灌进去半瓶，几乎立刻就感觉头晕。

陈泊生提醒了一句："喝慢点。"

"我知道。"简嘉把易拉罐拿在手中，喃喃道，"师哥，你怎么不问我为什么要坐在这里喝酒？"

"不是因为毕业了要庆祝吗。"陈泊生拿他的话回他。

简嘉往后一靠："骗你的，你也信。师哥我发现你这人真的没什么心机。"

"对。"陈泊生厚颜无耻地附和了一句，"那你想说吗？"

"说什么？"

"为什么在这里喝酒？"陈泊生开口。

简嘉怔怔地望着不远处，视线因为酒精的作用，渐渐地有些恍惚。他也不知道为什么，刚才林棠问他的时候，他不想说。但此刻跟陈泊生待在一起，竟然真的有了几分想要倾诉的欲望。

"不想说也可以。"

"没什么不能说的。"简嘉轻声道，"我今天拥有了一个哥哥，也失去了一个哥哥。"

好一会儿，两人之间都没有声音。陈泊生忽然从椅子上拿了罐酒，一声不吭地打开，面无表情地灌了两口。

"算了。说了你也不懂的，师哥。"简嘉叹气。

"为什么？"陈泊生挑眉。

简嘉笑了声："像你这样的人，怎么会理解家人对我的含义。"

半晌，陈泊生说："也不一定。你怎么知道我不懂？"

简嘉又笑了下，感觉陈泊生肯定是为了安慰自己才说这种鬼话。

"好好好，你懂的师哥，你什么都懂。"简嘉把喝空了的易拉罐捏扁，扔到旁边的垃圾桶里。他转头去开第二罐，一口气喝完。

简嘉以为喝醉了可以忘掉一些事情，没想到反而让原本模糊的记忆越来越清晰。他甚至连陈黎当时看向他的眼神都记得一清二楚。那不是他想象中很严厉的眼神，在他说完那句话之后。

摩天轮的轿厢内，安静得只剩下机器转动的声音。

陈黎似乎愣了一秒，轻声问道："小嘉，你……"

"嗯。"

又是漫长的沉默。半晌，声音似乎从很远又很近的地方传来。陈黎说："小嘉，你是一个知道分寸的好孩子。"

简嘉说不出这一刻是什么感受，尘埃落定之后，他反而有一种果然如此的感觉。就像一本书上说的那样，一个人遇到强盗时足足有半小时会被吓得呆若木鸡，但最后刀架在脖子上时，人反倒不会害怕。简嘉现在的状态就有点类似这种。

男人走到他面前，是一个单膝点地的姿势，放下高高在上的姿态，这是一个接近安抚的态度。

"小嘉，你已经是我的家人了，不需要再向我确认。"陈黎开口，音色像大提琴一样低沉，"但你和他们不一样，你比他们更加珍贵，我并不想失去你。

"你是一个很好也很懂事的孩子，我希望你可以安分一点，现实一点，这样或许才能长长久久地留在我身边。你知道的，很多时候，我也有自己的身不由己。"

简嘉不知道怎么形容此刻的心情，他只得乖乖地点了点头，故作轻松道："好吧，我知道了。"

陈黎愣了下。简嘉见状问了句："怎么了？"

陈黎笑道："还以为你会哭。"

"想什么呢。"简嘉不服地嘀咕，"小简同学可是堂堂一米八的大男人……"

"不是一米七八吗？"

"……别吧，哥。"简嘉说，"我都这么难过了，你还要嘲笑我的身高。"

简嘉用最轻松和最无所谓的语气开着玩笑，仿佛一切还是最初的样子。

"咣当"一声，第二罐果酒也被简嘉喝完，扔到了垃圾桶里。

简嘉已经酒精上头，整个人晕晕乎乎，思维跳跃得不行，悠悠地叹了口气："唉，要不怎么说人还是得多赚钱。人家心情不好了可以坐在五百平的豪华城堡里哭。我呢，我就只能坐在小河边迎风流泪。"

"你想坐在城堡哭？"陈泊生忽然问了句。

"啊？"简嘉反应慢了半拍，心想陈泊生抓重点的本事一向很离谱，难道听不出来他想表达的意思是想发财吗？但他已经没有多余的理智去分析这件事了，随口道："算是吧。"

"行。"

简嘉被陈泊生拽起来，迷茫地问了句："怎么了师哥？"

"带你去个地方。"

"……啊？"简嘉感觉跟陈泊生住到一块儿后，每天吃惊的次数直线上升。

简嘉上车之后就感觉困得不行，看着窗外倒退的风景和熟悉的高架桥，下意识以为陈泊生是带他回家。想着那也没什么事，就打算睡一会儿。差不多过了四十分钟，简嘉迷迷糊糊中感觉车停了。他睁开眼跟跄着下车，嘴里嘟囔道："我记得大悦城离永固巷不远啊，怎么开了这么长时间……"

结果话说到一半，简嘉愣住。他抬起头，看着眼前的场景——一座巨大的游乐园，还是云京很有名的那种，理京集团旗下开发的"欢畅园"项目。最有名的是这里的烟花，每天晚上九点开始燃放。其次是矗立在园区里的城堡，那是园区标志性的建筑物。

"……师哥。"简嘉愣了足足三分钟，才转过头看着陈泊生，"你带我来这里干什么？"

"不是你说的？"陈泊生回了一句。

"我说什么了我……"简嘉想反驳，紧接着想起自己刚才坐在河边喝酒的时候，随口扯的那一句想坐在城堡里面哭。简嘉看了眼游乐园中心的标志性城堡，顿时觉得事情有些让他哭笑不得，他开口："不会是我说想坐在城堡里哭的那句吧？"

陈泊生没反驳。

简嘉哭笑不得："师哥，我跟你开玩笑的！"

"嗯。"陈泊生道，"但我容易当真。"

简嘉还想说什么,但最后还是没说,只是忍不住感慨了一句:"师哥,有没有人跟你说过,你真的特别单纯?"

"没有。"陈泊生笑了声,似乎觉得有些离谱,"你是第一个,怎么了?"

"没什么。"简嘉摇头,"别人随随便便说的话,你都当真了,万一以后被人骗了怎么办?"

人单纯钱还多。简嘉真担心他以后会被坏人骗得连条裤衩子都不剩。

"也对。"陈泊生点点头,"我这么单纯的人被骗了是会哭的。"紧接着话锋一转,"所以你刚才说想在城堡哭是骗我的吗?"

"……"简嘉喝了酒就算再迟钝,也能看出这是陈泊生安慰自己的方法。说实话,内心没有一点感动是假的,他是一个从来不忍心践踏别人真心的人。

夜晚的游乐园比白天时更加绚烂梦幻。简嘉走在园区里,见到工作人员照常上班,他感慨了一句:"师哥,你怎么知道云京游乐园开了夜场啊?"

游乐园开夜场还挺常见的。之前隔壁城市一座网红游乐园,就一直以夜场的鬼怪游街活动闻名。

陈泊生"嗯"了一句,随口道:"之前偶然在朋友圈刷到的。"

简嘉点点头,对此不置可否,因为他也经常在朋友圈刷到一些云京新开的活动。其实他只要再仔细一点,就会发现整个园区除了他跟陈泊生,就只有"忙碌"的工作人员。简嘉只当作夜场刚刚开始,游客还没有那么快进入园区。

简嘉喝了酒,过山车和大摆锤这种刺激性项目就与他无缘了。不过他还是挺高兴地把游乐园里面能玩的项目玩了一个遍。喝下去的酒劲儿到现在才反上来。简嘉越玩越兴奋,从碰碰车上下来的时候,白皙的额头上都沁出了细细的小汗珠。

"师哥!"简嘉在前面招手,"去不去城堡?不知道夜场有没有烟花看!"

"应该有?"陈泊生挑眉,看了眼手机,"估计在零点左右吧。"

简嘉看了眼手机:"那跑一会儿?看谁先到城堡。"

简嘉果真小跑起来,到城堡前的时候,烟花正好在这时绽放。他气喘吁吁,抬起头双眼亮晶晶地盯着满天的烟花,下意识拿出手机记录起来。直到烟花放完,简嘉终于后知后觉感到一阵疲惫。

陈泊生问他:"还想不想玩?"

"不了,这下是真的玩累了。"简嘉摆手,"想回家睡觉。"

"那就回家。"

"师哥。"

"嗯。"

"好晕。"简嘉默默地吐出两个字。

陈泊生似笑非笑地看着他。

游乐园去停车场的这段路很远,两旁的路灯安静地矗立着,把两人的影子拉得很长。

"师哥,谢谢你。"简嘉冷不丁开口,声音闷闷的,带着点鼻音。

"嗯。"

"师哥。"喝醉的小简同学是一个话痨,"其实我还是挺难过的。"

"嗯。"

"但我要是当着人面哭了,那岂不是很丢人?"

"嗯。"

"我只是……我只是……"简嘉忽然说不下去了。他站在陈泊生的后面,极其压抑地哭出了声。

简嘉不知道自己哭了多久,迷迷糊糊中听到陈泊生忽然问他。

"简嘉,你还记得不记得你欠我一个奖励?"

"什么?"简嘉嘟囔道,"好像是有?"

"我现在能跟你要吗?"

"可以啊,师哥。你想要什么?"简嘉昏昏欲睡地歪着头,回答的声音越来越小。

陈泊生开口,声音低沉冷冽:"把你的眼泪留给自己,然后你别再为任何人难过了。"陈泊生轻声问他,"行吗?"

回答他的,是简嘉安静的呼吸声。

第四话 ☆

勇敢小简，团建汪眼 ☆

#04

简嘉第二天早上五点钟醒来了一次，喝了整整一杯水，头还是痛的。他很快又迷迷糊糊睡去，再一次醒来，已经是上午九点。头疼的感觉没有凌晨那么强烈了。

简嘉从被窝里爬出来，头发睡得乱成一团，东一撮西一撮。他足足发了一分钟的呆，才猛地回过神，下意识从枕头底下摸出手机，检查自己喝醉之后有没有乱发信息。还好这次依然没有。

和上次一样，简嘉喝了超过两罐的量，就会直接断片到什么都不记得，脑海中只有一些零星的片段闪过——坐在河边喝酒的画面，站在游乐园痛哭的画面……

好丢脸。简嘉捂着脸，直接把自己埋在被子里想一辈子不出来。喝酒误事。喝酒是真的误事。

简嘉缓了好几分钟才勉强接受这个现实，然后又陆陆续续想起昨天发生的事情。其实哭过之后，简嘉的心情反而爽了不少。他是那种放下之后就会往前走的人，毕竟人不能永远停留在过去。

比起处理自己的心情，简嘉更担心他等下怎么走出门面对陈泊生。他真的这辈子再也不要喝酒了。

简嘉跳下床听了一下门口的动静。客厅里有脚步的声音，由远到近，似乎走到他门口了。简嘉吓了一跳，连忙狂奔上床，假装睡着的样子。

脚步声又慢慢走远。

简嘉坐起身。不行，要不等陈泊生出门了，他再出去洗漱？犹豫不决的时候，简嘉的手机振动起来。他怎么也没想到，宿醉后的第二天，给他发消息的人不是陈黎也不是林棠，而是"陈佳佳"小朋友。

宇宙最强小学生：嗯。

一十：怎么了？

一十：你一大早干什么？

一十：今天没上课吗？

他还抽空看了眼日期，周日。那确实没什么课。

宇宙最强小学生矜持地回复：没事。

宇宙最强小学生：就是想确认一下，我有没有被你拉黑。

简嘉脑中冒出一个问号来。

但仅仅过了两秒，简嘉忽然就明白过来怎么回事了。估计是昨天那事，"陈佳佳"小朋友可能知道了，现在来试探自己的态度。简嘉觉得又好气又好笑。他还觉得很奇怪，陈黎也不是那种大嘴巴的人啊，怎么自己这种丢人的事还到处说啊！

不过简嘉也没有特别介意"陈佳佳"知道。虽然丢人，但也正常。他坦坦荡荡的，没什么不能说。

简嘉的思维一发散，就忘记回复"陈佳佳"了。那头也沉默了很久，开始给他不停发消息。

宇宙最强小学生：不是。

宇宙最强小学生：我觉得你可以恨我哥，但这件事跟我没有关系。

宇宙最强小学生：我跟我哥不一样，我哥和我的共同基因在我这儿，主要是重在参与。

简嘉被消息的振动唤回神，低头看了眼，忍俊不禁。

一十：本来就跟你没什么关系。

一十：小朋友想这么多干什么？

而且，这段话怎么莫名眼熟。简嘉内心有一秒的迟疑。

"陈佳佳"又发了一条消息。

宇宙最强小学生：那你以后还能带我上分吗？

哦。原来如此。

简嘉被他给逗乐了。原来是纠结这个问题。小朋友就是小朋友。

—十：……

—十：上上上。

—十：你期末考要是能考第一。

—十：我免费给你当陪玩行吧。

打发完"陈佳佳"小朋友之后，简嘉抓了把头发，悄悄来到门口。听了下客厅没有动静，他打开一条门缝，扫了一眼。确认没人之后，简嘉悄无声息地溜进了卫生间。

花了七八分钟完成洗脸漱口，简嘉想故技重施回到房间。结果推开洗手间的门，就跟客厅里的陈泊生撞了个正着。对方好像在用企鹅号聊天，抬起头看看他。

两两相望，简嘉沉默了好几秒，败下阵来："……师哥。"

"早。"陈泊生仿佛无事发生，"胃不疼了？桌上是早餐。"

"谢谢师哥。"简嘉心虚地来到中岛台，咬了一口奶黄包之后，他开口，"师哥，我昨晚喝醉了，没做什么吧？"

"没有。"陈泊生坐在沙发上在玩手机，闻言看他，"你还想做点儿什么吗？"

"不敢。"简嘉觉得这对话也莫名眼熟，闷声道，"我以后真的再也不喝酒了。"

"倒也不至于。别在外人面前喝就行。"他顿了顿，慢条斯理道，"你喝多了之后，话都这么多吗？"

简嘉浑身僵硬："……"

"师哥。"简嘉咬牙，"你给我个痛快吧，昨晚上，我都说了什么？"

"你确定要听？"

"师哥，你这么严肃，搞得我也有点紧张啊。"简嘉倒吸了一口冷气，忐忑道，"我不会把我银行卡密码告诉你了吧？"

陈泊生："……倒也没有。"

简嘉松了一口气。

陈泊生马上继续道："你就是跟我发了个誓。"

"发誓？"简嘉一愣。

"嗯。你说你从今天起,要做人生大男主,要斩断七情六欲,一心只为工作,生是恒游的人,死是恒游的鬼,要为你的伟大事业抛头颅洒热血。如果违背了这个誓言,自己这辈子都发不了财。"

简嘉听得又倒吸一口冷气,喃喃道:"……我这么狠的吗?"

陈泊生冷冷地点头:"嗯。"

虽然特别狠,但简嘉想想又有点不确定,因为感觉很像自己会说出来的话。难道他喝醉之后真的断情绝爱了?毕竟陈泊生也没有什么理由编这么一段离谱的话骗他。

简嘉迟疑道:"……那,谢谢师哥告诉我?"

"不用谢。"陈泊生道,"毕竟事关你的财运,你最好重视一点。"

简嘉严肃地点点头,随后似乎想起什么,开口道:"对了师哥,之前拍毕业照那事还没谢谢你。加上昨晚的事情,要不你挑个时间,我请你吃饭?"

陈泊生看着他,问道:"和其他人一起?"

"这次不了。"简嘉笑了声,"就请你一个人吃饭。"

简嘉原本约了陈泊生周五晚上吃饭,结果一场突如其来的团建打乱了他的计划。

方天是下午在群里宣布团建活动的,整个《第十区》工作室的同事们顿时沸腾了。三十几个人刷屏起来,群里的聊天记录滚动快得简嘉都来不及看,实在眼花缭乱。

之所以这么兴奋,是因为这次团建跟组内团建不一样。像美术组他们五个人出去吃饭叫小团建,本次团建是恒游整个事业部的年度团建活动,包括事业一部、二部和四部。

团建的方案也有好几个,分别是燕城爬山、宁城划船、云京郊区露营烧烤,以及去万山群岛风景区看海。

简嘉以前在别的互联网大厂就听说过,恒游的团建是出了名的豪华。方天他们在群里说,前年的时候,事业一部的团建是去北海道钓鱼。要不是出国手续办起来麻烦,高低得去泰国转转。

"来来来,朋友们,投票了啊!"方天在办公室里一呼百应,"链接发群里了,去哪儿自己选哈,还是跟往年一样,人多的说了算!"说完,他偏过头,"嘉宝贝,你想去哪儿?"

方天不知道什么时候改的叫法,自从听林棠这么叫过他一次之后,也学着这么叫他。

"我正在纠结。"简嘉实话实说。露营烧烤跟去看海他都挺感兴趣的。

"别呀。"方天搂着他脖子,"你知不知道,你的选择,至少能决定百分之五十女同事的选择!"

"啊?"简嘉有点不好意思。

"咱们一部和四部加起来好几百个人呢,你以为大家都真能选到一个地方啊?那当然是各去各的了。"

"我们不跟一部一起吗?"

"那得看运气。"方天摸了摸下巴,"毕竟一部的女同事去哪儿……得看陈泊生决定去哪儿。"方天拍拍他的肩膀。

简嘉哭笑不得。

"你不是跟大神挺熟的吗?要不问问他,看他能不能跟我们一起?"

简嘉心想也没能熟到左右大神的想法吧。但是看方天亮晶晶的眼睛,他不忍拒绝:"行,那我问问。"

简嘉拉开KOKO,找到陈泊生:师哥,在忙吗?

陈泊生:怎么?

简嘉:方天想问问你团建打算去哪儿?

陈泊生:方天?

简嘉:嗯嗯。

陈泊生:不想说呢。

简嘉:……

怎么感觉阴阳怪气的?简嘉心平气和、正大光明地套话。

简嘉:那小简同学能问问你团建去哪儿吗?(可怜的表情包)

陈泊生:你去哪儿?

简嘉想了想,打字:其实我有点儿想去玩卡丁车。

那就是去燕城爬山。

陈泊生：那就去。

陈泊生：跟你一起。

收到回复的简嘉回头跟方天说："陈泊生说去燕城。"

"嘉宝贝，你别说，感觉大神对你是真的挺好的。"

简嘉顿了下，回答："那不是挺正常的吗？"小简同学马上变成一个显眼包，"因为我值得。"

方天："……"

行。挺好的。

确定好去燕城之后，讨论的重点就只剩下过去的交通方式。恒游虽然有班车，但是事业部大家基本投票自驾游。简嘉没有车，理所当然地和其他两个没车的同事分到了方天的队伍里，蹭一下他的小奥迪。

团建一共是两天一夜，酒店安排在燕城有名的风景湖边上。简嘉一早就来到公司跟方天会合，颇有一种高中秋游的感觉。和他一起蹭车的一个是美芽，一个是隔壁建模组的实习生弟弟，还在读大三，嘴特别甜，见到谁都喊哥喊姐。对简嘉更是热情，又是帮简嘉拿包，又是帮他带早餐的，弄得简嘉有点儿不好意思。

"哥，没事，方哥说他去车库开车，到门口等我们。我们直接去园区外面。"实习生弟弟热情地带路。

"行啊，我没问题。"简嘉敷衍了一句。他低下头在微信上给陈泊生发消息。

一十：师哥，我准备去园区门口出发了。

简嘉顺便翻了下前面的聊天记录。陈泊生之前问他跟不跟自己一起走。简嘉那时候刚好被分到方天的队伍里。他不太好意思拒绝组长单独行动，于是就跟陈泊生分开走。

陈泊生没回他，简嘉也没放在心上。估计对方现在已经开车上高架了。

方天在不远处招手："嘉，这儿上车！"

"来了。"简嘉小跑过去。

还没坐上车,简嘉余光一瞥,看到保安亭站着一个熟悉的身影——陈泊生穿着一件黑色的短袖,懒洋洋地靠着。

简嘉愣了下,跑过去:"师哥,你怎么还没走?"

陈泊生收起手机,漫不经心道:"早上来的时候车引擎坏了,没开过来。"

"那你怎么走?"简嘉问了句,"你同事呢?"

"早走了。"陈泊生按了下后颈,"差不多半小时了。"

陈泊生看了眼他身后:"要不你先走吧,不用管我。"

"……那怎么行。"简嘉嘀咕一声,犹豫了一下,"要不然你跟我们一起走,行吗?"

"可以吗?"陈泊生语气淡淡的,"我还能有位子吗?那个热情似火的实习弟弟坐哪儿?"

对于陈泊生的忽然到来,方天举双手双脚欢迎。他对事业一部有一种迷之崇拜感,连带着对陈泊生爱屋及乌。

简嘉直觉陈泊生有点不高兴。但其他人没怎么察觉,毕竟在众人眼里,这酷哥每天基本上都是张臭脸,没见他给几个人好脸。他要是忽然对人笑才可怕呢。习惯就好。

有方天这个活跃气氛的话痨在,再加上某人口中"热情似火的实习生弟弟"也是个能言善道的。车内的气氛很快就活跃起来。上了高架之后,方天甚至还有心情点了一首《晴天》来放松心情。

简嘉难得有些心不在焉,视线无意扫过陈泊生。大少爷一上车就抱着手机打游戏,消消乐都快给他打到六千关了,他愣是不抬头看外面的风景一眼。

好冷酷一男的。

简嘉这人在某些方面,其实意外地坦率直接。一想到陈泊生可能真的在闹他意想不到的别扭,他就浑身都不舒服。过一会儿换一个姿势;再过一会儿假装看窗外风景——总想弄出点儿什么动静吸引陈泊生。

折腾了半天,简嘉第三次绕过陈泊生抽餐巾纸之后,陈泊生终于摁住了乱动的他:"别动。"

"师哥。"简嘉见好就收,马上开口,"你肯说话啦?"

那双桃花眼笑盈盈的,让人有气也被笑没了。

简嘉迟疑地问了一句:"你是不是有点不高兴?"

"没有。"

"对啦。"前面开车的方天忽然侧过头问了句,"嘉,大神不是自己有车吗,你跟他关系那么好,干吗不一起走啊?我还以为这次你要跟生哥坐一辆车呢。"

简嘉感觉自己忽然找到了问题的关键所在。

"他车引擎坏了。"简嘉连忙敷衍了方天一句,转头看着陈泊生,"你在生这个气啊,师哥?"

陈泊生:"……"

还真猜中了。简嘉有点惊讶。仔细想想,其实早该发现。陈泊生从昨天自己说跟方天他们一辆车的时候,就没回复他了。

简嘉内心有点感动:"师哥,我真没想到。"

"你没想到什么?"

"没想到在你心中,我是这么重要的——"陈泊生一顿,只听简嘉脱口而出,"兄弟。"

"……嗯。好兄弟。"陈泊生笑了声,"那我就直说了。其实我这人有点儿'兄弟宝'。"

简嘉:"什么?"听说过妈宝①,兄弟宝又是什么人设?

"我呢,就喜欢天天跟兄弟混在一起,爱把自己行程汇报给兄弟。"简嘉有点迟钝地点点头,心想那确实有一点儿。陈泊生平时晚回家半个小时,都会提前跟简嘉打招呼。

陈泊生继续道:"所以呢,我希望,作为我兄弟,最好也把行程天天汇报给我,去哪儿都跟我说一声,最好是跟我一起,知道吗?"

"行。"简嘉想了想好像也不是什么难事,答应得很快,但完全没听出来其中的阴阳怪气和讽刺。

---

① 妈宝:网络流行词,本意是指妈妈的好宝贝,后来引申为那些对妈妈言听计从的人。另一种引申义为对妈妈过于依赖,不会独立生活,没有自主思想的人。

"还有。"陈泊生开口,"简嘉,我有这么见不得人吗?"

"啊?"简嘉愣了一下。

陈泊生控诉他的罪行:"在公司里见到我也不打招呼,出去团建也不跟我一辆车,怎么,认识我是很丢人的事情吗?"

"误会啊。师哥。"简嘉嘴上喊着冤枉,心里却"咯噔"一声。还以为自己藏得挺好的,没想到被陈泊生一眼识破。其实他在公司里是有点儿刻意避开陈泊生,因为不太想让大家知道他们俩在合租,总觉得会给陈泊生带来很多麻烦。

"既然是误会,那你狡辩狡辩?"陈泊生干脆连游戏都不玩了。

"……"简嘉觉得有点头疼,情急之下,他干脆满嘴跑火车,"就是,你不觉得这样挺有意思的吗,师哥?"

陈泊生挑眉,给了他一个问号的表情。

"像谍战片。"

云京开车到燕城要一个半小时。陈泊生把消消乐刷到了六千关之后,就压着帽子补觉去了。

简嘉发现陈泊生的人生两大爱好——打游戏和睡觉。感觉不工作的时候,陈泊生就是一条英俊的"咸鱼",能不翻身就绝不翻身。

大约开了半小时,车才进入燕城高架。又过了一会儿,车渐渐驶入燕城郊区。秀美的风景区和连成一片的湖泊出现在众人眼前,湖面波光粼粼,美不胜收。

简嘉录了一段小视频发朋友圈,一不小心把靠在车窗的陈泊生给录进去了。不过也就入镜了一个帽檐,简嘉觉得没有太大的问题。结果发出去没多久,徐谦就在他朋友圈底下评论了。

谦虚使人进补:小学弟,你跟大佬在一起啊?

简嘉看到消息的时候还有点惊讶。就这么一顶帽子,徐谦都能认出来是陈泊生?这感天动地的友情。

—+:对呀,学长。

简嘉顺势点进徐谦的朋友圈,发现他也刚发了个在燕城郊区的定位,好像也是公司团建——互联网大厂的团建时间基本差不多。徐谦在盛嘉飞讯工作,也是云京首屈一指的大集团。

谦虚使人进补:大佬在开车?

一十:没,师哥在睡觉呢。

谦虚使人进补:哦哦。

谦虚使人进补:你们也团建啊?

一十:是的,也在燕城。

一十:师哥没跟你说吗?

简嘉惊讶一瞬。

谦虚使人进补:啊。

谦虚使人进补:大佬青春叛逆期持续到现在,已有三天没有回复他哥我的微信了。(微笑的表情包)

一十:啊?

徐谦发语音过来:"咋了小学弟?"

简嘉犹豫地打字道:我还以为师哥跟你说了,他不是说他是兄弟宝吗?

按道理来说,徐谦跟陈泊生的关系应该更铁一点吧?陈泊生作为兄弟宝难道不应该把自己的行程先告诉他吗。

谦虚使人进补:什么?

谦虚使人进补:兄弟宝是什么鬼?

简嘉压低声音,把陈泊生刚才跟他说的那一段解释了过去,然后就收到了徐谦发来的省略号。

谦虚使人进补连发了三个大拇指点赞的表情包。

徐谦最后发来一句语音,欲言又止:"小学弟,你不要大佬说什么是什么,太相信他了对你不好。更何况,以他的毒舌水平,把你骂得体无完肤,还能让你觉得在夸你。"

简嘉连忙解释:不会的学长,师哥人很单纯的。

至此,小简同学依旧没有发现陈师哥对自己刻意避嫌的讥讽。

下车之后,简嘉就跟陈泊生分开走了。事业一部和三部住的酒店楼层不一样,要按照工作室的分配去大厅里领房卡。简嘉晚上跟方天一间。除了拿房卡和签到,还要拿一些恒游准备的团建礼物之类的,礼盒里面有丝巾和香水。

领了房卡之后,第三事业部的总监翟瑞让大家先到酒店大堂拍集体照。

拍完之后,美芽开口:"方总,晚上吃了饭之后是自由活动,咱们美术组有什么安排啊?"

方天问了句:"你们想去干什么?"

美芽道:"不如去唱歌,怎么样?"

"简嘉去吗?"方天问出了至关重要的一句。

话音一落,不少女同事的目光都悄无声息地打量了过来。

"去吧。"简嘉笑了声,"我又不能脱离组织搞个人主义啊。"

于是方天就拍板晚上吃过饭之后去唱歌。

除了美术组的几个原画老师,隔壁文案组还有建模组的人也来凑个热闹。最后方天统计了大约有十六个人,订了个大包厢一起唱歌。

简嘉去KTV的路上时,想起陈泊生的"兄弟宝"属性,便提前给他发了个行程,还把KTV的地址也给他了。他估计事业一部还在忙着吃饭敬酒,所以发出去之后就关了微信。

简嘉先去酒店放了行李,到的时候方天他们已经玩了一会儿。桌上放了好几箱酒,杯子也摆了四五个,地上还有几个空瓶子。

"来来来,部草来了!"方天喝得有点醉了,跟简嘉打招呼。

"部草是什么鬼?"简嘉哭笑不得。

"事业三部的部草啊,刚给你封的!宝贝你实至名归!"方天吼道。

"那我谢谢你啊,方总。"简嘉随口问了句,"玩儿什么呢?"

"酒桌游戏,真心话大冒险,来不来?"回答简嘉的是实习生弟弟。

"行啊。"简嘉也没拒绝。

团建活动本来就是为了增强公司凝聚力的。简嘉既然来了,肯定不会拒绝大家的提议。

"不过我先说好,我不能喝酒,有饮料吗?"简嘉补充道。

"咋了？什么情况？"方天问了句。

"我刚发过誓再也不喝酒了。"简嘉补充。

小插曲过后，真心话大冒险提上了行程，一起玩的除了美术组就是建模组，包厢里气氛很好。简嘉运气好，转了四五次都没转到他头上。游戏作罢，众人又开始勾肩搭背地唱歌。

没多会儿，陈泊生按照简嘉给的地址找来。

"在聊什么？"

"一个小说网站。林棠喜欢在上面看文。你可能不知道。"简嘉随口一问，"师哥，你不看小说的吧？"

"不怎么看。"

话题聊到这里的时候中断了一下。实习生弟弟依旧充满热情，站在KTV的舞台上招手："哥！会唱歌吗！来唱一个！"

陈泊生冷哼一声。

简嘉摆手："不了。你们玩吧。"他顿了下，问陈泊生，"师哥，你好像不是很喜欢这个实习生？"还专门发了微信来说人家呢。

"是啊。"陈泊生大方承认了，"你不准跟他玩。"

简嘉失笑了一句："师哥，你是小学生吗？"

这是什么小学生式宣言——因为你是我的好朋友，所以你不准跟我讨厌的人玩？奇怪的是，陈泊生顶着这张绝世大帅哥的脸，做出这种幼稚的举动，竟一点也不违和。

简嘉装模作样地点点头，很配合他的幼稚："行。那我以后就不跟他玩了。"

方天刚在上面唱完一首声嘶力竭的《精忠报国》，看得出来他喝得真的很上头，一路连蹦带跳地来到简嘉身边，采访他："嘉宝贝，来一首嘛！来一首！"

简嘉心想这么热情邀请，小简同学也盛情难却，简单露一手也不是不行。他骨子里其实还保留着少年时那股天不怕地不怕的意气和骄傲，从来不吝啬于告诉这个世界他的肆意。

话筒拿到手里，简嘉不知道怎么看了眼陈泊生，起了点儿逗他的意思："师哥，那我能跟方总一起玩儿吗？"

大少爷慵懒地靠在卡座里,勉为其难地点点头:"行吧。"

方天一脸惊诧,你们的友情还有限制啊小简同学。

"师哥,想听什么歌?"

"《最爱》。"

简嘉愣了一下:"周慧敏的?"

陈泊生:"怎么了?"

"没怎么。"简嘉打了个响指,夸张地说,"一不小心挑到天王小简的拿手金曲了。"

"喔!"

"简嘉!部草!唱一个!唱一个!"

因为简嘉要来唱歌,KTV再一次爆发出一阵惊人的欢呼声。门口路过的服务员都被吓了一跳,里面的声音差点儿把包厢顶掀翻。简嘉还很配合地做了个安静的手势,像个开演唱会的巨星一般。同事们十分配合,全都屏气凝神地期待。

翟瑞看到了,啧啧感慨:"简嘉这个小年轻性格还蛮有意思的,刚来恒游没多久吧,人缘当真是好得离谱,少见的。你看看,上去这个气场,一点也不怯场的,人气高的哦,比明星也差不了多少的。"

好像只要站在那里,就会像太阳一样发光,一瞬间就夺去所有人的目光。

"他一直都这样。"陈泊生回了一句,打开手机视频给他录像。

在镜头中,简嘉坐在包厢内唯一一架钢琴前面。一束追光打在他身上,让他看起来闪闪发光。流畅的钢琴音符流淌,是周慧敏《最爱》的那一段前奏。

简嘉干净温柔的声音也缓缓响起。

或许是时隔多年之后,简嘉再次唱了这一首歌,陈泊生忽然想起他在附中与简嘉的第一次相遇。那年,陈泊生从英国回国,正式转入附中的国际部。

附中分为普通部与国际部。因为是百年老校,普通部和国际部颇有点儿互相瞧不起的意思——普通部的学霸们参加国内高考,瞧不上国际部这种有几个钱出国留学的;国际部的学生则标榜着国际范儿，看不上普通部循规蹈矩的埋头苦读。

其实附中整个学风都是比较开放的，鼓励学生们在追求学习进步的同时，更多地培养和开发自身的特长和兴趣爱好。所以当时整个附中的课外活动很丰富，除了各类竞赛和社团之外，最出名的就是元旦会演。这是少有的，普通部跟国际部一起合办的节目。两个学部都暗暗较劲儿。

陈泊生就是在这个时候听到简嘉的名字的。

不知道是谁在班里吼了句："Ulani，你男神简嘉要唱歌欸！"

他们班那个一向眼高于顶，看不上任何人的班花 Uani 忽然抓起桌上的一叠资料，红着脸骄蛮地砸向好事者："你再给我胡说！"

"噢哟，别害羞啊，要不找普通部学生会那边的策划给你开个后门，到时候你给你男神上台献花去！"

Ulani 被好事者调侃得耳根通红，满教室地追杀对方。

陈泊生那时候趴在桌上正在睡觉，听到这名字的时候抬起头，问了一句："简嘉是谁？"

他同桌是个中英混血，秉承着混血儿帮助混血儿的友好态度，对陈泊生格外照顾："你不知道简嘉啊？也是，你才刚来。"

"普通部的学生会主席，校草。"中英混血的同桌说，"帅得很，你来之前他在附中一枝独秀！几乎全校的女生都暗恋过他。"

"嗯。"陈泊生换了个姿势准备继续睡。

"你别'嗯'啊！"同桌好不容易抓到这个大帅哥感兴趣的话题，继续八卦道，"你知道咱们国际部看不上普通部吧，水火不容的那种！"

陈泊生懒得理他。

同桌说："那你肯定没听过那句在我们国际部流传得很广的话。"

"什么话？"

"你可以瞧不起普通部，但你不能瞧不起简嘉。"

"为什么？"陈泊生忽然有点好奇。

"因为说瞧不起简嘉，"同桌唏嘘，"显得我们在嫉妒。"

"……"

心潮

"你别不信啊兄弟,说实话我感觉他们普通部唯一能拿得出手的也就只有简嘉了。往年我们国际部男的全被他一个人压着打啊,但是今年不一样了哥们。"

"今年我们国际部有了您这颗冉冉升起的新星……怎么也能跟简嘉打个平手吧?"

同桌的八卦还在继续,但是陈泊生已经没心情听了,重新趴回桌子上睡觉。

转眼间到了元旦会演的这一天。Eva让他们提前搬好凳子去操场。国际部是按照出国留学的地区分配的,他们这一个班都打算去英国留学,有三十多个人。

从国际部教学楼的旋转楼梯下楼的时候,陈泊生听到Ulani和她闺蜜的声音。

闺蜜打趣她:"简嘉秒回你欸,还说他对你没意思!"

"你要死啦,真的不是。他对每个人都秒回的,他人其实挺好的。"

"啧啧啧,还没怎么着就胳膊肘往外拐了,以后要成了主席女朋友怎么办哦!"

"哎呀,你真的烦啊!"

两人打打闹闹地往前跑,装着满满的少女心事。

后来陈泊生按照老师安排,随便找了个位置,坐在队伍的末尾。他对身边的一切事务都不关心,也无所谓,在大家都期待着元旦会演的时候,只有他一个人盖着校服在后面睡觉。直到主持人报幕的声音响起:"接下来是高二一班简嘉,为大家带来歌曲《最爱》,让我们用最热烈的掌声欢迎!"

那掌声真是排山倒海的热烈。元旦会演似乎变成了这个清俊的少年的个人演唱会现场。连国际部的学生都站了起来。学校发的人手一个的鼓掌器被他们拍得报废了一大堆。

震耳欲聋的起哄声吵得陈泊生戴着耳机都睡不着,他无语地坐直身体,然后就看到了舞台中间的少年。

简嘉只带了一个话筒,两旁的大屏幕上投影着他的脸,张扬明艳,像一棵肆意生长的白杨。

混血同桌说:"看到简嘉了吧,真帅啊,本人输给他输得心服口服!"

陈泊生没再躺回去睡觉,摘了耳机,双手插着口袋,低声地"嗯"了一声。他的改变太微小,以至于没有人发现。校园的夜空只有简嘉干净温柔的声音,随着伴奏的响起,桃花眼弯成两道小桥。他唱的是流利的粤语,姿态从容意气。

最后 Ulani 也没能给他献花。一首歌结束的时候,跑上台的那个少女是十六岁的林棠——烫了个特别可爱的羊毛卷,听人说是简嘉的发小。

简嘉抱着花站在学校的舞台上,站在不算太拥挤的人群里,站在足够闪耀的舞台灯下,站在千万人的目光里。

回忆像潮水一样退去,陈泊生垂眸看着包厢里那个已然长大的少年。

简嘉似乎注意到了他的目光,扫了一眼过来。看到陈泊生在录像,还"显眼包"似的摆了个好看的姿势,比了个"耶"。

包厢内的音乐轻柔,他依然在唱,和那时年少一样。

第二天一早八点,团建的户外活动正式开始。

众人先到大厅里签到,然后去酒店的自助餐区域吃饭。简嘉跟方天一起下来,这人昨晚喝到断片,对后来发生的事情一概不知。

简嘉一边啃奶黄包一边逗他:"看不出来方总喝醉了这么奔放,不要命啦,陈泊生的腹肌也敢看?"

"还好昨晚没有看到大神的腹肌!"方天唏嘘。

简嘉:"你知道就好,昨晚咱俩差点儿一起没命。"

方天感慨道:"要不然今早我就断片忘掉,多可惜!"

简嘉:"……"

"但没关系。"方天打起精神来,"今天团建有水上漂流,到时候眼睛擦亮一点,搞不好可以看到大神的腹肌!"

简嘉被他逗乐了:"那我祝你成功。"

方天当然不可能成功——今天的团建活动有好几种,卡丁车竞速赛、乘坐热气球、水上漂流，还有电玩城打电玩。陈泊生一看就是那种会去室内电玩城消磨时间的。

倒是简嘉挑了半天，最后选了自己心爱的卡丁车竞速赛。方天看他选了竞速赛，只好遗憾地放弃了漂流项目。用他的说法来说，既然看不到大神的腹肌，漂流就没有了存在的意义。

让简嘉意外的是，陈泊生竟然没有去打电玩，而是拿着一部手机，站在卡丁车竞速赛的观众席，正百无聊赖地举着。

简嘉刚领了号码牌，轮到他还有三轮，见状，他拿着两瓶水就过去搭话了："师哥，喝不喝？"

陈泊生接过来。简嘉趴在栏杆上，问："你怎么没去打电玩？"

陈泊生懒洋洋道："帮人拍照。"

简嘉一抬头，就看到恒游高层那堆领导——这个王总、那个张总、刘总吴总等各种总，携妻儿家眷，朝着陈泊生挥手："小陈，来来来，等下我们一家开过终点线的时候，你一定要给我们拍好看点啊！我都听翟总说了，你专门学过摄影的！"

卡丁车有双人和三人的，甚至还有家庭亲子组合。

简嘉看了眼陈泊生冷酷点头的表情，"扑哧"一声笑出来。

陈泊生阴阳怪气道："再笑大声点儿。"

"不敢。"简嘉笑够了直起身，拍他的肩膀，"师哥，这就叫作能者多劳。"

陈泊生懒得理他的风凉话："你几号？"

"二一六。"简嘉晃了下号码牌，"还有好几轮，师哥，你要不要跟我一起？"

"懒得开。"大少爷开的都是百万豪车，不开这种造价不足万把块的卡丁车。

"好吧。"简嘉忽然道，"师哥，那你等会儿也给我拍几张呗？"

陈泊生转过头，沉思了一会儿，道："行。"

"那你，给我拍帅点儿？"

"那我有什么好处吗？"

"好处就是小简同学的口头表扬。"简嘉能屈能伸，"求你，世界上最英俊的师哥。"

陈泊生礼尚往来："行啊。保证把你拍成全场最漂亮。"

简嘉心想"漂亮"这个形容词是不是有点儿不对啊,小简同学难道不应该用英俊威武来形容吗?

来不及细想,卡丁车的检票处已经开始录号了。简嘉朝着陈泊生挥了挥手,翻过栏杆就检票去了。冲过终点线的那一刹那,简嘉路过陈泊生的镜头,十分显摆地将双手脱离了方向盘,在过减速带的时候向上扬起,风吹起他的头发,张扬极了。

跟他一起过终点线的还有刚才凑在一起的张总和王总。几个中年领导艰难地从卡丁车下来,一把骨头都快玩儿散架了。但想到刚才过终点线时,风吹地中海,扬起三缕青丝,也颇有一种回到年轻的感觉。

几个人三两结队地朝着陈泊生走来："拍得怎么样啊,小陈?"

"还行。"陈泊生把手机抛给他们,"我有事,你们慢慢挑。"

王总满腔热血地打开自己手机相册,然后就看到相册里多出来的一百多张照片——简嘉招手、简嘉过弯、简嘉比"耶"、简嘉耍酷、简嘉过线、简嘉摘头盔、简嘉……

王总十分困惑,等等,他的温馨亲子三人照,忆往昔峥嵘岁月稠呢?

团建结束之前,简嘉还是没有逃过方天的魔爪。赶在回去的路上,被抓去玩了一次漂流,弄得他浑身都湿透了。

晚上七点左右,团建正式结束。简嘉换了身衣服,搭方天的车回去,陈泊生也理所当然地跟他们一起。不过大少爷一上车就压着帽檐补觉去了,简嘉则是把这两天一夜的团建照片拼了个"九宫格",准备发朋友圈。

秉承着发朋友圈之前的习惯,简嘉戳了下陈泊生。对方懒散地靠在座椅上,撩起眼皮。

简嘉把照片给他看："师哥,你觉得好看吗?"

没错,发朋友圈之前必须先问问朋友的意见。

陈泊生翻了几张，除了风景照之外，就是两张他拍的。一张是卡丁车竞速赛夺冠的，一张是跟方天漂流的。

"这张删掉。"陈泊生开口。

"啊？"简嘉看了眼，觉得这张还挺好看的，"不好看吗？"

"没有。"陈泊生张口就来，"这张构图有点问题。"

"哦哦……"专业的东西，简嘉也不懂。他换掉那张漂流的图，换了另一张上去。然后将所有照片放朋友圈，点击发送。

简嘉发朋友圈很少分组屏蔽，加上以前加的朋友也比较多，一发出去消息就闪个不停，点赞马上就到两位数了。他刷新了一下，发现陈泊生也给他点了个赞，再刷新一下，陈黎也给他点赞了。

简嘉指尖一顿。

陈黎给他点赞之后，还评论了一句：在哪儿玩？

他犹豫了一下，回复道：公司团建，哥。

回复了这条消息之后，就没下文了。简嘉还以为按照陈黎的性格，会给他打个电话问一下。结果他电话没响，隔壁大帅哥的电话响了。

屏幕亮起，简嘉礼貌地挪开视线不看，只余光模糊地瞄到是一串手机号，没有备注。

"师哥，你电话。"简嘉提醒他一句。

陈泊生睁开眼，拿起手机看了眼，才慢悠悠地接起："喂？"

简嘉拿出耳机戴上，表示自己绝对不会偷听。他一套动作行云流水，看不出任何做作之处。

"听也没事。"陈泊生突然开口道。

"什么？"电话那头的陈黎问了一句。

"没什么。"陈泊生收回视线，"有事吗？"

"之前忘了问你，阿生，你在恒游事业几部上班？"

"一部。"

"那你认识简嘉？"

"怎么？"陈泊生顿了顿，慢悠悠道，"认识啊。"

"刚才看到他发朋友圈，你点赞了。"陈黎直接说。

"专门打电话过来就为了跟我说这事？"

"倒也不止这一件事。"陈黎道,"你如果跟小嘉在一个公司的话,帮哥哥多照顾一点他。"

陈泊生问了句:"为什么?"

"没有为什么,算你哥欠你的人情。"陈黎那头似乎有事要忙,补了一句,"还有,别让他知道你是我弟弟。"

"嗯。"

"对了。"陈黎又问了句,"我记得,你高中跟简嘉都是附中的,是不是?"

陈泊生"嗯"了一声。

陈黎似乎还想说什么,喃喃了一句,最后道:"算了。先挂了,我开个会。"

"嘟"的一声,电话挂断。

简嘉摘下耳机,好奇地问了一句:"谁啊,师哥?"

"我哥。"陈泊生把手机往口袋里一塞,闭眼道。

什么是打工人,打工人就是周日团建到晚上,周一早上八点要去上班的人。

简嘉从被子里爬出来的时候,真的有一种自己死过一回的感觉。脑袋里基本把能编出来的病假理由全都想了一遍,什么感冒发烧肠胃炎、胃痛骨折内出血,最后还是凭借常人难以想象的顽强意志力起床。

洗脸刷牙的时候人清醒了,灵魂还没醒。还好不止简嘉一个人这样。放眼事业三部,周一早上八点几乎没有一个人在工作。大家都处于一种灵魂游离在世界之外的感觉。

到了中午,简嘉才勉强精神一点。因为翟瑞到办公室里来宣布,《第十区》找了个总策划,周五入职,到时候晚上抽空简单地举行一个欢迎仪式。

简嘉之前就听说《第十区》做兑了一杯冰美式,回到工位就开始喝,喝完了接着画画。不知道是不是冰美式的冰块放得太多,喝得太快,简嘉感觉喝了没多久就有点头晕眼花。他也没当回事,只以为是咖啡喝多了后的正常现象。

晚上下班的时候,陈泊生要加会儿班。简嘉原本想等他,但想起自己今天要去楼下拿个快递,于是就打算先回家。他站起来的时候晃悠了一下。方天看过来一眼。

"嘉,你是不是有点不舒服啊?脸色好苍白啊。"

"没。"简嘉揉了揉胃,"可能是下午咖啡冰块弄多了,一会儿就好。"结果这个一会儿比想象中漫长好多。

简嘉拿了快递回家之后,头晕眼花的感觉不仅没好,还增加了头重脚轻的新症状。他估计自己可能有点感冒,于是从客厅的药箱里拿了一盒药,直接送水服用了两颗。以往他都会顺便洗掉杯子,但今天难受得直接钻进了被窝里,没过多久就睡了过去。

陈泊生到家的时候已经是凌晨三点——游戏行业加班起来就是这样,三点能到家都算是早下班。

他一进入客厅就感觉到不对劲——客厅的灯是关着的。在他的印象里,简嘉是个很会照顾和体贴别人的人。因为原生家庭骤然破碎,简嘉对于"家"这个概念特别执着,坚定地保留着如果合租室友晚回来,那就一定要留灯的习惯。

陈泊生打开客厅的灯,发现桌上还有半杯没喝完的水以及拆了的药盒。

简嘉的房间门半掩。陈泊生直接敲了敲门:"简嘉?"无人回应。

他直接三步并两步跨进卧室,在看到床上鼓起的被子时松了一口气。凑近时,才看到简嘉泛着不正常潮红的脸颊,皱起眉头。

简嘉发烧了。陈泊生轻轻摸了一下他的额头:"简嘉,你发烧了?"

"唔。"简嘉似乎被动静吵醒,"……师哥,你回来了啊。我吵到你了吗?"

陈泊生哂笑了声,心说这小财迷都烧糊涂了,明明是他把他吵醒了。

"没。"陈泊生问他,"难受吗?吃了药没?"

"吃了。但还是难受。"

"我带你去医院。"

"不要。"简嘉突然否决,紧接着缓缓补充,"不去医院,行吗?"

陈泊生盯着他几秒,拿出手机。

简嘉紧张道:"师哥,你不会要叫救护车吧,不至于。"

"想什么呢。"陈泊生被他气得没脾气,"叫私人医生上门。"

"……哦。"

两人之间忽然安静。

"怎么?"陈泊生坐在床边问他,语气冰冷,"叫私人医生你也不满意?"

"没有。"简嘉摇头,天马行空地来了一句,"什么家庭条件啊师哥,竟然还有私人医生。你好像那霸道总裁。"

什么"脑回路"。

"我是霸道总裁,那你是谁?"

"总裁身边的万能助理?"简嘉几乎脱口而出。

"我开玩笑的,师哥。"简嘉连忙补救一句。

陈泊生懒得理他。

简嘉估计是吃了药稍微好了一点,在被子里动来动去。

陈泊生按住他:"老实点,别乱动。"

简嘉就露出一个脑袋在外面:"师哥,你能不能帮我跟方天请个假?"

陈泊生没理他,拿着手机摆弄。

过了一会儿,简嘉不死心,又开始蛄蛹:"陈总?在干吗呢?"

陈泊生瞥了他一眼,很入戏地说:"你说呢。在给我那万能但柔弱不能自理的助理写请假条呢。"

陈泊生没有方天的微信,所以是在KOKO里面找的他联系方式,直接把简嘉明天请假的事情发了过去。

没多久,方天就秒回了一长串问号,然后又秒回一条:我点开了您的KOKO头像看了十遍,想来确认一下,您是陈泊生本人吧?

陈泊生回了一个问号。

和简嘉善良的问号不同,陈泊生的问号,那就是表达"你脑子有问题"。

哇哦，还真的是陈泊生。方天抱着手机惊呆了。

方天：大神，怎么是你来给简嘉请假？

陈泊生：他在我家。

方天震惊完了之后，才问了句：简嘉生什么病了啊？好点儿了吗？

陈泊生：发烧，已经叫医生了。

方天：那你俩好好休息。（拥抱）

方天：注意身体哈！

简嘉躺在床上，动来动去得累了。

私人医生来的时候，已经是半小时后。医生给简嘉做了个简单的检查，量了下温度是三十九度左右，就给简嘉挂了瓶退烧的点滴。

挂好点滴之后，简嘉看了眼陈泊生，开口："师哥，你去睡吧，我自己看着点滴就行。"

"不困，不想睡。"陈泊生打定主意待在这里，顺着刚才的戏继续，顿了顿，"总裁亲自照顾助理，怎么样，敢不敢动？"

简嘉没想到这波霸道总裁的即兴表演还能有后续，愣了一下之后笑出声，竖了个大拇指："感动了。陈总霸气。"

床头柜的闹钟发出滴答滴答的声响，房间里安静得连根针落在地上的声音都能听见。简嘉以为陈泊生会玩游戏打发时间，结果他手机都没拿。只是坐在床边的沙发上，时不时地抬起眼皮，盯着点滴。好像生怕一个没注意，简嘉就能出什么事一样。

除此之外，陈泊生的视线偶尔会落在简嘉的房间里——简嘉的房间和他的房间风格几乎完全相反。明明是同样的装潢，但陈泊生房间只有黑白两色，像个精致华丽的牢房。反之简嘉的房间，仅仅住进来三个月，就被布置得焕然一新——松软暖色系的羊毛地毯，落地的零食架和画架，床头柜上的香薰蜡烛，床头按照贝贝那肥猫外形定制的专属抱枕，还有阳台上的绿植和角落里的小夜灯，组成了一个满满当当、温馨又安全感十足的小世界。

陈泊生窝在单人沙发里，霸占了贝贝平日里的宝座。贝贝只好忍辱负重地趴在陈泊生脚边，两只猫爪搭在他拖鞋上。

陈泊生习惯性沉默寡言。简嘉可受不了独处时候的沉默。没多久他就努力挑起话题："师哥，你不打游戏啊？"

"通关了。"

"……好吧。"

简嘉用没扎针的手摸了一下鼻尖，不知道怎么，忽然开口："师哥，谢谢你。"

"怎么了？"陈泊生看向他。

可能是夜色太温柔，简嘉其实是擅长自我悄悄消化情绪，很少情绪外露。今晚却不知道怎么回事，再一次有了倾诉欲，喃喃道："我妈去世之后，好久都没有人在生病的时候陪我了。"

这是简嘉第一次主动提起他的过往。陈泊生很安静地听。

"师哥，你以前是附中的，可能听过一点我的事情？"

"嗯。"

陈泊生没有否认。毕竟当年任书禾遇害的事情，几乎在整个学校传得沸沸扬扬。

简嘉依然记得那是一个阴沉沉的天气，天空似乎在酝酿着一场大雨。第一道惊雷炸开的时候，班主任老赵来敲门，几乎是有些狼狈地打断了他们的物理课。

简嘉从黑板上收回视线，落在班主任蓄着眼泪又惊慌的脸上。他听到老赵一向理智的声音颤抖着："小嘉，老师有话跟你说。你妈妈……"

"轰隆"一声，第二道闪电几乎要撕裂天空，苍穹破开一个大洞，暴雨倾盆而至。简嘉脸上的血色褪尽，连灵魂都苍白无比。那么大的雷声都没有压过赵老师低声的啜泣声："你妈妈出事了。"

简嘉有时候觉得自己记不清当时发生了什么。心理医生在引导他的时候曾经告诉他，他的大脑为了保护自己，强行抹去了一段他最不想回忆的记忆，也就是所谓的创伤后应激障碍造成的失忆。

但有时候他回想起那些碎片，却感觉自己连任书禾倒在地上的时候，睫毛上沾着几颗血珠都数得清楚。

云京的官方网站上依然能搜到那天的新闻。只有短短的一句话：我市市长任书禾同志在下午四点回家取文件的时候，遭遇入室偷窃，任书禾同志不幸遇害身亡。

就这么简单，入室偷窃。被突然回来的任书禾发现之后，盗窃者因为过于紧张，直接杀人灭口。甚至，这个小偷都不知道任书禾的身份。

他或许只是因为今天缺钱，随机选了一户人家偷窃。像书里说的那样，最残忍的案犯往往有着最简单的犯罪动机。一个疯子偶然的念头就可以毁掉一个家庭。

"有时候想想，也想不通。"简嘉叹了口气，说出了那句他在脑海中曾经偏执地反复质问了自己一万遍的话，"为什么是我？世界这么大，为什么偏偏是我呢？"

陈泊生沉默，半晌才开口："简嘉……"

简嘉已经笑了起来，轻快道："不过这都是过去的事情了。我就是今天生病，才老是想起一些往事。"

卧室里又安静下来。点滴起了作用，简嘉感觉自己有点困。打了个哈欠，眼眶湿润了一圈。

他开口，喃喃道："怎么回事？气氛好像被我搞得有点严肃了……"

"师哥。"简嘉忽然耸了下肩膀，说，"其实也没么严重。"

简嘉最不喜欢沉重的氛围，他轻松道："事情过去就过去了。你知道在我最困难的时候，有一个人告诉我的一句话，支撑着我度过了许多煎熬的时刻。

"你想不想知道是什么？"

陈泊生抬眼："是什么？"

简嘉叹了口气，很虔诚地开口："就是，算命的说，我以后一定会发财的。"

沉重的氛围被他三两句打破。简嘉向来擅长这种四两拨千斤似的用玩笑处理痛苦，他不喜欢任何形式的示弱。

陈泊生："……"他笑了声，无语道，"好的财迷。快睡吧。

"我会陪你的。"

简嘉挂完点滴的第二天,一早就退烧了,不过请假都请好了,他索性就待在家里再养一天身体。

陈泊生一大早就起来在厨房瞎折腾,噼里啪啦的声音听得简嘉心惊肉跳,生怕这大少爷一不小心就把厨房给炸了。

他忐忑不安地坐在客厅,时不时看一眼厨房。

上回陈泊生送了他一瓶香水做毕业礼物,简嘉查了一下还挺贵的。于是他就在网上买了个洗碗机摆在厨房里,就是他昨晚提前回来拿的快递,算是还陈泊生的人情。

吃过饭之后,简嘉想起自己好像答应了粉丝今晚直播。他连忙登录上了自己的微博,发了条请假动态。

简单说两句:生病啦,晚上跟大家请个假不播了。(哭泣的表情包)

这回微博终于没有给他限流。三十万粉的浏览量可观,很快就破万,一刷新就有几十条评论。

"没事没事,简宝注意休息!"

"最近好多人生病哦,摸摸。"

"简宝贝,我发现《第十区》最近出的卡面画风跟你好像!"

"啊啊啊啊啊我最喜欢的两个博主怎么都暂停了直播啊!我恨!"

最后一条还有回复。

"姐妹,盲猜一个,另一个暂停了直播的是不是R神?"

看到这条,简嘉愣了下。一刷新微博,发现Rodya果然也发了一条微博,内容酷得不行。

Rodya:不播。

和简嘉小天使一般的评论区不同,Rodya的评论区堪称鸡飞狗跳。

"什么?"

"你浑蛋。"

"行,又放我们鸽子是吧。"

"你是R神,不是鸽神,懂?"

"你小子最近不对劲,你算算你放我们多少次鸽子了?"

"盛世 TV 的直播时长你凑够了吗?(微笑的表情包)"

"呵呵……恨你……"

"R 神,下个月的海城漫展你去不去呀?(可怜的表情包)"

Rodya 回复了最后一条:不去。

又有人回复:是不去还是不敢去,怕自己长得太丑了吓到粉丝?

Rodya:怕太帅吓到你们。(微笑的表情包)

简嘉"扑哧"一声笑出来。陈泊生从手机中抬起头,问:"笑什么?"

"没什么,没事,刚才看到一条很好笑的微博。"简嘉本来想把这条微博分享给陈泊生的,但是考虑到自己异于常人的笑点,他感觉分享过去可能会得到尴尬的冷场。

简嘉的指尖在微信聊天框内停留了一会儿。忽然改变主意,心血来潮地给陈泊生添加了一个备注。

于是,除了陈黎之外,陈泊生成了他微信里第二个有备注名的好友。下一秒刷新微信,"华山菠萝吹雪"变成了"陈老板"。

简嘉的身体第三天就好得差不多了,不得不说年轻就是好。一大早上班的时候,方天看到他在工位上专心画图,都震惊了。

"你怎么来上班了?!"

"这话说得,方总。"简嘉放下画笔,笑了声,"我不就请了一天假吗,要不我现在回去,今天的工资你给我发?"

"不是。"方天上下打量了一下简嘉,忽然凑近压低了声音,"你这小身板,只休息一天能行吗?"

"什么?"简嘉的表情出现了一丝离谱。

方天道:"什么什么?不是陈泊生跟我请假说你发烧了,大半夜还惊动了私人医生。"

"……什么鬼?"简嘉怎么觉得方天说的每个字他都听得懂,但连起来就听不明白了呢?

"还装。"方天说,"话说你是不是住陈泊生家里了?看不出来小简,你小子有点儿东西,这么快就打入大神的大本营了!老实交代！"

简嘉终于听懂他在说什么了，然后哭笑不得："方总，我觉得你可能有点儿误会。"

简嘉没想到，陈泊生是用KOKO跟直接跟方天请假的。

简嘉花了好几分钟时间跟方天解释自己真的只是单纯的感冒发烧，反正和陈泊生合租的关系也瞒不住了，索性就直接跟方天坦白了。

转眼间就到了周五。

中午的时候，方天就在KOKO群里提了一句晚上有《第十区》的团建，跟文案策划还有建模组一起。

恒游集团别的不行，但是团建吃饭的活动特别多。不仅如此，人事那边还会绞尽脑汁地搞点儿花样出来——隔三岔五就弄一波下午茶，长桌在工作区摆了十几米，上面各种熟食奶茶点心，摆得满满当当，生怕没把员工给喂养好，导致大家集体辞职。要不然怎么说恒游还有个别名叫恒游大食堂呢。

方天他们平时搞的小团建就是美术组的五个人。今晚的团建是为了欢迎《第十区》入职的新项目经理。

《第十区》之前的PM[①]被恒游的老对家公司挖走去做新的竞品游戏了，事业三部这边招人招得急，听说入职的策划之前在传世游戏干过项目经理。但不知道为什么，翟瑞没有直接给他PM的位置，而是挂了个代理经理的头衔。但就算是代理项目经理，入职之后也是他们策划、美术和程序三个部门的领导，地位仅在翟瑞之下。

HR下午五点出发去商场吃饭的时候，又在群里提了一句，清点了一下人数，不准任何人以任何理由请假不去。

方天看了眼PM的简历，说了句："传世过来的啊。对了，嘉，你之前实习的时候是不是在传世？"

"嗯。"简嘉应了一声，"大三的时候实习过。"

他没多说这段实习经历，方天也没有多问。

晚上吃饭的时候，HR定了个大包厢，众人终于见到了这位经

[①] PM：项目管理（Project Management）的简称。

理——是个方头方脸的中年男人，叫郎凯，CN[①]叫孤狼——事业部游戏组大家多少都喜欢"二次元"，文案和画手之间也基本会称呼CN。

此人穿着一件polo衫，一进门就道："久等了久等了，不好意思。"看到所有人都坐着，郎凯又开口，"怎么，我不值得大家站起来欢迎一下吗？"

此话一出，众人面面相觑，茫然了半晌，才陆陆续续站起来。HR带头鼓掌，尴尬得不行。

一坐下，简嘉就感觉自己裤子口袋里的手机消息提示振个不停。

美术组除了在KOKO里面有个工作群之外，他们五个人还有个微信小群，叫"挣的就是窝囊费"。

美芽：搞什么？

美芽：这男的在做什么？还孤狼，傻狗一条吧！

方天：真没见过这种第一天入职让大家列队欢迎的。（破碎的表情包）

小千：啊啊啊啊好崩溃，妈呀，刚才站起来鼓掌的时候我都快尴尬死了。（感到窒息的表情包）

小千：他不会觉得自己很帅吧？

一十：我也……（破碎的表情包）

郎凯坐在正上方，开口就十分自信："我就不用自我介绍了吧。只要是混游戏圈的，应该没有人不知道我吧？呵呵……不过你们也不用觉得我很厉害，等你们到了我这个年纪，有这个成绩也是很正常的事情。"

美芽当场就翻了个白眼，偏偏HR和几个男同事对郎凯大肆吹捧，左一个"郎总大气"右一个"郎总厉害"。酒过三巡，郎凯彻底飘了。

"对了，简嘉来了吗？"郎凯问了一句。

莫名其妙被点名的简嘉抬起头。

HR已经直接指向他："来了来了，小简在这里。"

---

① CN：扮演者姓名（Coser Name）的简称，二次元圈子昵称。coser，是由cosplayer演化而来，意为角色扮演者。

郎凯呵呵笑道："我今天看到你的 KOKO 证件照，还以为你照片是修过图的呢，没想到本人比证件照更好看。"

简嘉："……"想说点儿什么，但这话他真没法儿接。

郎凯做作地继续说道："有这么好看的下属陪着吃饭，就是赏心悦目哈，我看着饭都能多吃几口。"

简嘉也真是被他恶心得吃不下饭了，甚至还有点反胃。

后半程全都是这个郎凯的个人秀，还有几个捧他臭脚的男的。美术组的小群消息不停，美芽跟小千发了十几排翻白眼的表情包，表达了极其无语的心情。

说到后来，郎凯喝高了之后，不知道怎么提到了陈泊生。有一种神奇的现象，一部分中年男人对年轻有为的后辈总是特别在意，好像不点评两句就不是真男人一样。

简嘉对陈泊生的名字还挺敏感的，毕竟两人现在是室友，关系也越来越好，几乎在听到的一瞬间就抬起了头。

郎凯马上就注意到简嘉的视线，顿时中气十足道："说实话你们一部的那个陈泊生，还是太年轻了。不是我说，我吃过的盐比他走过的路都多，他也就在游戏开发上有点儿天赋了，除了比我年轻点儿，还有什么优势？"郎凯说着说着看向简嘉，"对吧。我知道你们年轻人，都崇拜成熟大叔。"

"不是吧。"简嘉今晚第一次搭腔。

郎凯可激动坏了："小简，怎么说？"

简嘉慢条斯理道："陈泊生除了比你年轻之外，不是还比你帅，比你有钱，比你职位高吗？"他看了眼郎凯的头顶，继续道，"头发也比你多好多。"

郎凯没想到简嘉会一点面子都不给他，被说得脸一阵红一阵白："你……"

方天猛地站起来："好！郎经理说得好！鼓掌！"

美术组其余的同事也早就受不了郎凯，连忙鼓起掌来。饭桌上传来一阵憋笑声。

简嘉慢悠悠道："郎经理也别有年龄焦虑。虽然说长江后浪推前浪，前浪死在沙滩上。但你跟前浪不在一个赛道，你在'油田'上。

"我说怎么来的时候没看到郎经理给大家准备的入职礼物。"简嘉笑了声，"原来是给咱们一人准备了一桶油呢，太客气了，都给咱们公司把端午节的福利给省了。

"哈哈，郎经理，我跟你开个玩笑呢，您这么宽宏大量，不会跟我一个实习生生气吧？"

郎凯哽了半天，咬牙切齿："……不会。"

团建结束之后，方天还在回味简嘉在饭桌上嘲讽郎凯那一幕。

"可以啊，小简同学！我还以为你是那种温温柔柔的类型呢，没想到竟然是个呛口小辣椒！"

"'小辣椒'是什么鬼？"简嘉笑了声，"我就是觉得他挺让人无语的。"

"这人不是一进门就让人无语？一开始怎么不见你针对他？"

简嘉愣了下，心想一开始他也没针对陈泊生啊。他这人有点护短，自己可以受点委屈，但是不允许朋友吃任何亏。

"我就是有点儿看不惯他针对我师哥。"简嘉说着说着，难得有点生气，"他也配。"

"就因为这个？"

"还有什么？"简嘉一脸茫然，"郎凯今天要是针对你的话，我也会帮你骂他的。"

"行，太感动了。"方天叹了口气，推着他往前走，"走，就冲你这句话，哥带你去吃夜宵。被这油腻男搞得我团建都没吃多少东西，饿死了！"

方天挑了一家商场附近的美食街，是一条挺有名的网红街道——做成了上下两层的步行街，上面是火锅，下面都是串串摊位。这个点刚好赶上夜宵，露天的餐桌上都坐满了。

简嘉跟方天在找座位的时候，还遇到了一个意料之外的人。

徐谦今天正好跟大学同学在这边组局，刚从上一场聚会出来继续第二场。长桌前十几个人，年轻的男女各占一半，热热闹闹。徐谦这人爱交朋友，这种人多的局也就只有他攒得起来。他人脉广，来的人其中还有个姑娘大晚上都戴着口罩和墨镜——云京电影学院的大校花。

"就我们这些人多无聊，不然你问问陈泊生来不来？"校花漫不经心地开口，明眼人都能听出她此行的目的。不止她，桌上听到陈泊生名字的女生们，或多或少都抛来了期待又羞涩的目光。

徐谦心说，校花妹妹不是我不帮你约啊，是你男神我的臭弟弟已经二十四小时没回我消息了，我也很难办啊！

"老陈没回我，估计不出来了。"徐谦道，"他宅男一个，约他出来比登天还难。"

校花幽幽叹了口气："要不你再试试？好久都没见面了，出来聊聊也不行吗？"

徐谦说这还真是不行。他了解陈泊生，这个点能把他约出来，除非是有什么神仙显灵。刚想说不可能，结果徐谦余光一瞥，忽然愣住。

校花问："怎么了？"

徐谦说："不得了，真是神仙显灵了。"

"简嘉！"徐谦猛地站起来招手，"哈喽！看这里！"

简嘉跟方天原本在挑烤串店，闻言看过去。

"你认识？"方天转头。

"认识。"简嘉有点惊讶，"陈泊生的同学。学长！"他回了句。

徐谦道："你们来吃烤串儿啊？拼个桌一起？"

"行。"

徐谦连忙给陈泊生发消息。

谦虚使人进补：出来吃夜宵。

陈泊生忽略徐谦二十四小时之后，终于记起来自己还有个兄弟，懒散地回了句"滚"。多一个字都嫌累。

谦虚使人进补：不来后悔终生。

华山菠萝吹雪：来了我叫你哥。

徐谦发了一张图片。

谦虚使人进补：怎么说？

华山菠萝吹雪：大哥，地址发一个。（可爱的表情包）
有些酷哥倒也是能屈能伸。

陈泊生来的时候，刚好听到方天跟徐谦在聊天。方天这人话痨，见谁都有一种相见恨晚的程度，徐谦又是个特别能接话的，两人凑到一块儿简直唾沫星子直飞。

"你都不知道我们今天入职的那PM有多傻！一来就让我们列队欢迎，而且还在那儿说大神的坏话！"方天义愤填膺，表演欲望极强，"还好我们小简威武霸气，一听他说陈泊生不好，直接飞起一脚，凌空点射……"

"夸张了吧。"简嘉连忙制止他吹牛，"我哪儿凌空一脚了。"

"总而言之就是把那人骂了一顿！"

"怎么骂的？"陈泊生出现在身后，问了一句。

"就是——大神？"方天回过头，震惊了。

陈泊生晚上出来穿得比较随意，套了一件短袖，穿着一条深色的牛仔裤。难得没有戴鸭舌帽，露出了脸，在熙熙攘攘的夜市里，愣是有电影级别的画面感。

长桌上一阵骚动。校花打招呼，略带羞涩："阿生，你来啦？"

陈泊生点了下下巴，示意了一下，随后直接拉开简嘉身旁的椅子坐了下来。校花拍自己身旁空椅的动作一顿，心里有些失落。

"师哥，你怎么来了？"简嘉问了句，"学长叫你来的吗？"

"嗯。"陈泊生道，"在家待着无聊，出来透个气。刚才方天说的什么？你帮我出什么头？"

"没出头，你别听方天在那儿瞎扯。"

"不跟我说啊？"陈泊生瞥他一眼，"你做好人好事不留名？"

简嘉一愣，笑了声："倒也不是。"他干脆顺着陈泊生的思路往下走，"你也知道，小简同学不是那种贪慕虚荣的人。低调是我做人的准则。"简嘉不是那种喜欢在背后说人坏话的人，哪怕对方也确实不是什么好人。

他三言两语带过："就是我们组来了个领导，说话特别……特别'油腻'。"他想解释，又觉得麻烦，"师哥，没什么事，不说了。"

烧烤吃到一半，方天他们商量着要去玩射击。就在他们这家烧烤店的旁边，有一个大型射击的游戏场地，摊位上放着四架气步枪，五米开外的墙上有各种气球。另一边的摊位上则是摆放着各种大型玩偶作为奖品。射中一个气球就可以兑换一个小玩偶，连续射中十个则是可以兑换更大的玩偶。

徐谦带了这么多妹子出来，早就想孔雀开屏了，问了陈泊生一句："老陈，玩不玩？"

"不玩。"陈泊生没兴趣。

"嘉呢？"徐谦又问，"你玩不？"

"算了吧，我有点近视，晚上看不清。"

徐谦只好自己上去玩儿，拿枪的时候还骚包地摆了个姿势。

简嘉习惯性拿出手机拍照，很给面子地捧场："学长超帅！"

陈泊生顿了下，忽然从座椅上站起来。

简嘉望向他："师哥？"

见陈泊生走到射击场，简嘉疑惑道："你刚不是不想玩吗？"

"改变主意了，不行？"陈泊生拿起枪。

"可以的。"简嘉竖了个大拇指，"那我给你录像。"

"简嘉。"

"啊？"

"我不帅？"陈泊生淡淡道，"你刚夸徐谦，不夸我，你区别对待。"

简嘉先是愣了下，随后像是反应过来，哭笑不得："帅。超级帅！你最帅。"

受不了。师哥真是小朋友吧，怎么还突然攀比起来了？

陈泊生的帅显然是有含金量的。最明显的就是，他一上场，除了徐谦带来的女生之外，周围还被路过的妹子围了个水泄不通。

几米外都听到有人在发语音叫人："哇哦！啊啊啊，姐妹你快过来！射击场这边有个超级大帅哥啊啊啊！没看到会后悔终生的！"

简嘉录像，头一次直观地感觉到原来陈泊生这么受欢迎。他每开一枪，都正中靶心，人群中的欢呼声也一浪高过一浪。最后子弹用尽,弹无虚发。老板都快哭了,陈泊生才放下枪。

周围的人群依然舍不得离去,偷拍陈泊生的咔嚓声在夜色里格外明显。

简嘉发自内心地感慨:"师哥,你真受欢迎啊。"

方天还在那头射击,看到简嘉空了立刻挥手:"嘉宝贝,帮我拍两张照!"

"学长不是给你拍着呢。"简嘉道。

"你别提了,我真服了徐谦的拍照技术了。"方天仿佛跟徐谦认识了十年,可能这就是两个"社牛"的社交能力,"本人一米八的身高被他拍成了一米四!"

简嘉笑道:"来了来了。"

徐谦还在那儿狡辩:"哪儿一米四了,你不懂,这个角度可以完美地体现出你拿枪的那种威武霸气!"

"谁要威武霸气?"方天气死了,"给我腰拍得那么粗。"

郎凯入职恒游之后,秉承着新官上任三把火的态度,在整个《第十区》工作室里面大搞改革,第一个抓的就是员工迟到问题。

恒游的工作时长是弹性制的,只要工作满八个小时,完成任务就行。但郎凯就非得逼着简嘉他们九点钟到公司,并且完全不以身作则——员工九点到,他自己倒是十二点才来。有时候周一的周会都要为了他调整时间放到下午开。

除了这个,郎凯还喜欢外行指导内行,纯纯一个"懂王"①。他之前在传世做的是明明是页游,不知道简历里吹成什么样,忽悠到了翟瑞,过了HR那一关,跑来《第十区》做乙女手游。

原画组这边还好,画画的东西他也说不了两句。策划组简直被他折腾得暗无天日。原本写好的文案通通被打回不说,郎凯还很喜欢自己在那儿加戏。

《第十区》乙游里面有个人气很高、总裁设定的男主傅司寒。人设是温柔严谨,偶尔有点毒舌的性格,结果郎凯非说这样不够霸道,

---

① 懂王:网络流行语,表示口无遮拦、过度自信,经常对很多领域表示"非常了解"。

把他的"女人你这是在惹火""丫头是我你不满意"等发言当作优秀素材参考,硬要加到傅司寒跟主控的互动里面。文案小姐姐都疯了。

"啊啊啊!"吃饭的时候,文案姐姐抓狂,"你都不知道这人多傻啊,天,他还说他自己跟傅司寒很像,我的妈呀,我真想把他的傻发言挂到超话里面去,让网友们把他撕碎!"

"消消气我的瑶。"方天安慰道,"你要想,幸好周会的时候翟总没给他过,保住了傅司寒的人设。"

"我真的对他无语。"文案策划说,"你知道他还说要去参加跟海城漫展的线下互动呢。"

"他去干什么?"方天困惑。

"享受那种自认为高人一等的感觉呗,漫展那么多漂亮小姑娘,他不得乐死。"

比较有名的游戏线下都会有各种各样的宣传活动,《第十区》也不例外。作为国内较为知名的乙女游戏,《第十区》线下的咖啡展和快闪店办了不少,这次海城漫展策划那边也给出了活动方案,还是跟往年一样做个商业展,也当是线下宣传。

"哎,嘉,你去不去漫展啊?"方天忽然转头问了句正在喝汤的简嘉。

"不去,怎么了?"简嘉放下碗,开口,"我没什么要买的东西。"

这是实话。简嘉也看动漫,但基本看的都是人尽皆知的那种,比如《航海王》。漫展二次元元素过多,简嘉就是去也是到处走走看看,或者拍照留念啥的。

"哦没事,我就是听说这次漫展的门票难抢,你要是去的话我让策划那边帮你留两张参展证,到时候你就不用排队了。"

"谢谢方总。"简嘉道,"到时候我要是想去了,一定找你。"

这话简嘉只当作方天是客气,他说完之后就把这件事情忘到脑后了。结果周四下午的时候,林棠忽然在微信上联系他,问他家里还有没有地方。

简嘉看下班时间还早,给她回了个电话:"怎么了?"

"没怎么?"林棠那边吵吵闹闹的,"就是我接了个网红汉服工作室的活，要去一趟海城漫展，明早六点的飞机。你不是住和园那边吗，我看五号线直达机场，就想先把行李放到你家。"

林棠作为小有名气的平面模特，基本什么活都接。有杂志模特，也有这种漫展上的汉服走秀。她家里其实不怎么缺钱——父母都是云京的大学教授，家里在市中心也有两套房子。但林大小姐的人生目标是靠自己勤劳的双手致富，赚一套自己的小平层。在打工攒钱的爱好上面，和简嘉保持高度一致。

"你要来我家？"简嘉一愣。

"不方便吗，宝？"

不是不行。简嘉忽然忘记，他好像还没跟林棠说自己早就搬家了。

"没有。"简嘉声音顿了下，"不是不方便，就是有件事我忘记跟你说了。"

"啥事？"

"我之前搬家了，现在不住和园。"

"嗯？"

简嘉犹豫了一下，缓缓开口："我现在住在永固巷。"这件事也瞒不了多久，他索性直接一口气坦白，"我跟陈泊生合租。"

林棠："什么？"

看到翟瑞忽然走了过来，简嘉眼疾手快地挂断电话，假装出在认真工作没有摸鱼的样子。

什么叫作死党，那真是简嘉一挂电话，林棠就猜到是他领导路过他工位。但这依然没能阻止林大美女在微信里对他狂轰滥炸。

林棠：我的草儿？你什么情况？

林棠：我没听错吧你现在跟陈泊生在合租？

林棠：你什么时候背着我在外面交别的朋友了？

林棠：你变了！

简嘉发了个表达无语的表情包。

一十：合租而已，之前出了点事，和园的房子我退了。

一十：小简同学没白住，按时付房租的好吗！

一十：你别想多了。（内心苦涩的表情包）

林棠：懂了，我的草儿。你受苦了。

简嘉跟林棠说，放行李的事情可能要问一下陈泊生。陈泊生那头回得也很快，表示没什么问题。

原本这件事应该就这么解决了。结果简嘉下午跟方天拿参展证的时候，聊到了这件事，他才知道方天还是林棠的粉丝——林棠在微博上是一个挺有名的模特，拍过一组很出圈的魏晋风格的写真，被营销号到处转发。

世界就是这么小。

方天说什么都要去一睹女神的真容。简嘉也只好先答应下来，并表示要问问室友。此事不知怎么一传十十传百，还传到徐谦那里去，这哥们也要来凑热闹。

于是原本只有收留林棠行李的事，被迫演变成周五下午去简嘉的家里聚餐吃饭打游戏。

简嘉点开陈泊生的微信聊天框的时候，沉默了。敲敲打打在输入框输入了很久的字，都没发出去。

直到对面发来了一个问号，简嘉吓了一跳。

陈老板：你打什么字，要打三分钟？

什么人哪这是！二十四小时都住在微信里的吗？他怎么知道自己打了三分钟的字？

简嘉有点犹豫地开口。

一十：就是……

简嘉敲敲打打。

一十：师哥，你还记不记得之前我们签合租协议的时候，你说我不能随便带外人回家？

陈老板：记得，怎么了？

一十：我就是想问问。

简嘉求生欲很强。

一十：不随便，认真问问行吗？

陈老板：什么？

陈老板直接语音电话过来。简嘉连忙接通。

对方的声音懒洋洋的:"什么意思啊,室友?"

简嘉开门见山,乖巧懂事:"师哥,是方天跟学长,就是徐谦他们俩来。本来跟你就说了林棠过来放个行李,但方天后来又说想来我们家玩,我就来问问你同不同意。"

陈泊生没说话。简嘉有点忐忑:"师哥?"

"在呢。"陈泊生道,"你上一句说的是什么?"

"上一句?"

"嗯。没听清。"

简嘉回忆了一下,犹豫道:"就是方总说想来我们家玩……"

"现在听见了。"陈泊生忽然笑了一下,"来我们家?"

"对啊,怎么了,师哥?"简嘉心想自己说的也没毛病啊。

"没什么,我都可以。"陈泊生的心情挺好的样子,"我们家,你说了算。"

下班的时候,简嘉跟陈泊生发了一条消息,问他要不要一起去超市。既然林棠他们要过来吃饭,肯定得买点儿蔬菜水果还有零食,酒也少不了。

陈泊生晚上加了一会儿班,等两人到超市的时候,已经是七点。夏天的夜晚热烘烘的,购物中心这边人头攒动,虽然没到双休,但街上也车水马龙。

简嘉从地下车库直接电梯到二楼,推了一辆购物车之后,忽然意识到,合租这么久,这还是他们俩第一次逛超市。

简嘉推着购物车直奔蔬菜生鲜区,挑挑拣拣了半天,他每拿一样蔬菜,都会问一下陈泊生,争取让这位十指不沾阳春水的大少爷,全程参与到他们的家庭购物中。

"师哥,这个你吃吗?"简嘉晃了晃菌菇袋。

"随便。"

"明虾呢,师哥?"

"还好。"

"要不要买点水果？青提行吗？"

"都可以。"

陈泊生懒洋洋地站着，双手插在口袋里。用长辈的话来说，就是站没站姿，非得找个什么东西靠着不可。

简嘉听他说完，顿了一秒，紧接着转头看着他。陈泊生挑眉，脸上是一个询问的表情。

"师哥，这个世界上没有叫'随便'的菜，也没有叫'还好'的海鲜，更没有叫'都可以'的水果。"简嘉疑惑道，"难道你没有自己喜欢吃的东西吗？"

"没有。"陈泊生的回答在意料之中。

简嘉虽然一直清楚陈泊生这人生活得有些随便，十块一碗的炒粉和一千块一碗的燕窝在他嘴里基本没什么区别，不知道为什么，刚认识陈泊生的时候，他其实不怎么在乎陈泊生爱吃什么或是不爱吃什么。但现在就莫名有点不爽，这也不吃那也不吃，要成仙了是吧，身体是拿来这么糟蹋的吗？

"师哥，我觉得这样不行。"简嘉忽然把购物车的控制把手塞到陈泊生手里，"你来买菜。"

陈泊生："什么？"

简嘉继续："买你自己喜欢的。"

陈泊生古怪地盯着他。简嘉不吃他这套，双手抱臂，好整以暇。

大少爷明显有点不自在，推了下购物车，脚步愣是焊在原地一步没动。

"我没什么喜欢的。"陈泊生实话实说。

"是吗，我不信。"简嘉脾气见长，"师哥，不然你现在开始培养培养？"

看简嘉是来真的，陈泊生不由也认真对待起来。但说实话，简嘉其实猜得没错。陈泊生活了二十多年，只争取过一样东西，其余的，都是有也行，没有也行，似乎下一秒死去都可以，也不会和这个世界有任何的牵绊。像海中的孤船，在命运的彼岸中漂泊。他很小的时候就懂得一个道理，这个世界上没有任何一样东西是属于他的。

如果想要留下来，就只能用相机定格住那一瞬间。

"培养得怎么样？"简嘉忽然歪过头来问他。

陈泊生回过神，笑了声。两人就这么谁也不示弱地沉默。最后，陈泊生动手了，他无奈地妥协，从购物车里捡出一盒切成丝的胡萝卜，扔回了置物架。

"不要吃这个。"大少爷神情懒散，开口，"难吃，真的特别讨厌。"

简嘉"扑哧"一声笑出来。

小朋友啊你是。

开了这个口子之后，接下来的超市购物行程，简嘉终于有一种陈泊生也参与在其中的感觉。之后他们又去零食区买了一些看电影吃的零食——陈泊生家里有一间装修得特别高档的家庭影院，方天他们说什么都要来体验一下。

除此之外，简嘉还买了一些果酒和香槟，林林总总一趟下来就是五六百。刷的恒游端午节发的员工福利超市卡。

嗯，勤俭持家的小简同学怎么可能会这么大手大脚地花钱，当然是薅公司的羊毛。回去的路上简嘉正拿着小票核对金额，准备拿出手机跟陈泊生AA。打开微信的时候，发现林棠在十分钟之前给他发了消息。简嘉在车上正好没事，就跟林棠聊天。

周五下班，简嘉准时回家准备聚会要用的东西了。方天听到之后说要来帮他打下手，顺便蹭一下陈泊生的豪车座驾。他们前脚刚到家，徐谦后脚就来了，轻车熟路的。来的时候还给大家都点了奶茶，进屋就直奔猫爬架抓贝贝。

贝贝是只人来疯的小肥猫，家里来谁了它都不怕。性格脾气特别好，感觉是个人都能把它给抱走。

林棠是六点半左右来的，还带着一个戴黑框眼镜的女生。

一进门她就介绍："这是我新的小助理，小白，到时候跟我一起去漫展。"

"哈喽。"简嘉跟小白打了声招呼，"你叫我简嘉就行。"

"简嘉学长！"小白很激动的样子，"久仰大名！"

"久仰大名？"简嘉脑袋冒出一个问号。

小白更加激动："我看过你的同人文，太好看了！"

简嘉："……"以一种意想不到的方式成名了。

陈泊生在永固巷的大平层的面积十分可观。家里一下多出这么多人，也一点都不显得拥挤。简嘉在中岛台忙着切水果，方天帮忙洗菜。陈泊生跟徐谦两个完全不会下厨的被安排去剥四季豆和剥蒜了。林棠和小白享有女士特权，只需要吃吃喝喝就行，由一家之猫贝贝亲自招待。两人一"贝"坐在沙发上看综艺，发出了"咯咯咯"的笑声。

明明只是很普通的朋友聚会。徐谦剥着蒜，忽然感慨了一句："陈小朋友家里好像从来都没有这么热闹过？"

"怎么了？"简嘉正好绕过来拿番茄，问了一句。

陈泊生去楼上书房拿红酒了。永固巷的豪宅是典型的一户一层，陈泊生一个人占了两层，装修的时候上下打通了做成复式，二楼是书房和健身房，还有家庭影院以及藏酒室。

"师哥以前没有在家里招待过朋友吗？"简嘉忍不住问。

"他有什么朋友？就我这么一根'独苗'，还是哥哥我苦苦维持着友谊才没有断交。"徐谦吐槽，"老陈就是个典型的'社交孤儿'，完全没社交的。你都不知道，他闷葫芦一个。"徐谦又说，"不过自从你来了之后，他就忽然有了个活人样。"

"学长你这话说得我没法儿接。"简嘉顿了顿，感慨道，"很像那种霸道总裁小说里的管家说的，已经好久没看到少爷笑了的情节。"

"……"

陈泊生刚好拿着红酒下来，看到简嘉跟徐谦在中岛台聊天，十分自然地凑过去。

"在聊什么？"

"聊你呢，陈老板。"简嘉抛了下番茄玩，调侃他，"说你是霸道总裁小说男主角。"

"哦。"陈泊生放下酒,漫不经心,"所以你还是万能小助理?"

简嘉一哽,也没想到这个梗到现在还能续上。

晚上八点的时候,云京下起了大雨。一开始只是阵雨,等吃了饭收了桌子,阵雨变成了大暴雨,还伴随着雷鸣闪电。云京市气象局发布了黄色雷暴预警,让广大市民晚上尽量不要出门。

"我的天,这雨。"方天走到落地窗前,用手机拍了一段视频,"我是真没想到,我有一天竟然可以站在一平方米四十万的永固巷录视频。"

"啧,你们游戏行业的工资是真高啊。"徐谦表示十分羡慕。他是搞短视频的,对于毕业一年的人来说工资虽然也可观,但对于方天这种爆款游戏的主美来说还是有点不够看。

况且《第十区》只能算是女性向手游的爆款。恒游主推的那款国民爆款手游,单日流水十几亿,听说人家年终奖一人发一辆奥迪。

"开什么玩笑,比你多在职场做的那儿年难道是白做的吗?"方天录好了视频,转过头还不忘跟简嘉画饼,"嘉宝贝,你好好干,将来我进入豪门之后,我这个位置就继承给你。"

简嘉正在啃苹果,闻言乐道:"行啊,哥。"他想了想又嘴贫地补充了一句,"你这个饼画的,幸好女娲补天补得早,不然被她看到了,不得拿你给我的这块饼去补啊。"

眼看这场大暴雨还不知道要下到什么时候,吃饱喝足之后,方天他们终于想起此行的目的,吆喝起来。

"来来来,朋友们,选电影了,有没有什么想看的?"

陈泊生下来的时候,简嘉正坐在沙发上跟大家一起挑电影。

听见动静,简嘉转头问道:"师哥,你想看什么?"

林棠愣了下,压低声音问:"草儿,你背后长眼睛了啊?"

"没啊。"简嘉回了句。

"就一点脚步声,你都听得出来是谁?"

"啊?"简嘉没注意,"这不是挺正常的吗,我们这儿又没谁去楼上。"

其实陈泊生的脚步声还挺好认的。因为他有个坏习惯，就是走路时脚懒得抬起来，鞋子拖着地。简嘉怀疑要是他能像美男蛇一样在地上爬着走，这咸鱼大帅哥也会很乐意在地上乱动。

简嘉跟林棠在这边讲话的时候，凑得还挺近的。陈泊生没听清他们在讲什么，过来就十分自然地坐到了简嘉身边。简嘉也习以为常，把手机递给陈泊生。

"刚才方哥他们挑了好多电影，你看有你喜欢看的吗？"

陈泊生扫了眼，直接道："你想看什么？"

简嘉无辜："我都可以，说实话我没什么爱看的。"顿了下，简嘉又道，"方总说这种暴雨的天气最适合看恐怖片，我无所谓，但你会不会害怕？"

"什么恐怖片？"

"当当当！"方天把平板递过来，"伽椰子姐姐，经典永流传！大神，看过没？"

陈泊生看了眼电影封面，是一个小男孩。两眼瞪得像个铜铃，直勾勾地盯着屏幕外，仿佛要把人看穿。看着怪瘆人的。

"没看过。"陈泊生开口。

"师哥，你没看过啊？"简嘉道，"这个还蛮恐怖的，我记得读高中的时候，空间里都在传，说这部恐怖片特别吓人。"

"有这么恐怖啊？"陈泊生语气上扬，忽然来了点儿兴趣。

简嘉没听出来，还以为他怕了，迟疑道："你是不是有点儿害怕？"

"可能？"陈泊生声音转了个弯，挑眉，"是有点儿，怎么办？"

简嘉心说还能怎么办，大少爷发话说害怕，当然是换一部电影来看。结果没等简嘉开口说话，陈泊生忽然拽着他的衣服，用了点儿力气："简嘉。"

"怎么？"简嘉回头。

"没说要换，就看这个。"陈泊生声音慵懒。

简嘉忽然就肩负起保护大少爷的职责了。他是真没想到，陈泊生这位唯吾独尊、目中无人的酷哥，竟然还有迁就别人的一天。陈泊生都做出了为了集体的快乐，牺牲自我的决定。简嘉说什么也不能辜负他一番心意和付出。

一行人来到家庭影院的时候,他主动坐在陈泊生的旁边,还贴心地给他塞了一个抱枕:"师哥,你一会儿要实在害怕,就抱着枕头看。"

"嗯。"

"这是做什么?"

简嘉乐道:"师哥说害怕,我陪他啊。"

"害怕?"徐谦表情有点古怪,"大佬说自己害怕恐怖片?"

"对啊。"简嘉单纯得好像两百块就能把他骗走。

徐谦的表情更加一言难尽,特别是想到大学时,他们宿舍四个人一起看鬼片,这混血死卷毛可以一边面不改色地看鬼片一边写代码,正确率还能达到百分之百……

徐谦哽了一下:"……行。"

"嗯嗯。"简嘉憋着笑,电影正式开始,他转过头低声道,"师哥,听见没,一会儿害怕了可以闭眼。"

"嗯。"

一场电影一个半小时左右,看完之后,外面的暴雨已经小了很多,只剩下落地窗上的雨珠。

简嘉不知道陈泊生有没有被吓到,作为已经看过一遍伽椰子姐姐的人,再看一遍,只能说,你椰姐永远是你椰姐。恐怖惊悚的程度只增不减,反正他被吓得不轻。

简嘉站起来的时候,甚至觉得自己的双腿发软,脑子也嗡嗡的,感觉灵魂还在电影的那幢别墅里面没回来。

方天他们看了眼时间,都十点多了,也纷纷跟简嘉告辞。永固巷出门就是地铁,除了方天是开车来的,其余的都结伴去地铁站了。转眼间,偌大的复式平层里面,只剩下简嘉跟陈泊生两人。

陈泊生伸了个懒腰,像平时一样先去浴室洗澡。

不知道是不是简嘉的错觉,他以前跟陈泊生两个人住的时候,也没觉得大平层这么空旷啊,今天是怎么回事,格外的……幽静,但好像……有别的声音……

简嘉不动声色地压下这些胡思乱想。看完恐怖片肯定还是会有一点影响的，结果大少爷不害怕，自己反而害怕，被发现了，岂不是很没面子？

简嘉想着这波后劲儿应该很快就会过去。于是就没放在心上，准备洗漱睡觉了。结果他大错特错。伽椰子姐姐的后劲不但没有过去，反而随着独处的时间越长，一些经典的电影片段在脑子里像魔性画面一样挥之不去。

简嘉在镜柜前面漱口的时候，脑海中出现了小男孩蹲在桌子下直勾勾看着人的画面；简嘉站在浴室里面洗头的时候，脑海中又浮现了电影里的画面。简嘉快速穿好衣服，几乎是用落荒而逃的速度往房间跑，紧接着猛地冲上床，企图用被子抵挡住所有妖魔鬼怪。这时，脑海中浮现出让他害怕的画面。

简嘉："……"

啊啊啊！被子也没用了啊！简嘉甚至把贝贝都抱上床了，妄想获得一点心理安慰。结果脑海中也自然地浮现出伽椰子姐姐的爱宠小黑猫。

贝贝无辜瞪眼："嗷呜嗷呜。"

好。行。小简同学面无表情把小肥猫往猫抓板上一放，认输了！陈泊生刚睡下，就听见房门被敲响了。

"咚咚咚"三声，接着是"咔嚓"一声开门锁的动静，然后是简嘉的声音："师哥，你睡了吗？"

陈泊生有点惊讶，坐起身："没。你有事？"

"哦哦，没事。"简嘉把门缝开得大了一些，探了个脑袋进来，一副乖巧的样子，"就是过来问一下。"他顿了顿，犹豫着说，"师哥现在还怕不怕？"

简嘉很真诚地毛遂自荐，抱着枕头可怜巴巴："现在有活动，您有保镖的需求吗？我可以打地铺。"

陈泊生饶有兴趣："活动收费吗？"

"免费免费。"简嘉一刻都等不了了，生怕自己晚进来一秒，就有恐怖的事情发生,"师哥你这话说的,我们俩什么关系,我还能收你钱吗!"

陈泊生笑了一声,让出了一条道。简嘉环顾了一圈卧室,没有睡床上,径直走向单人沙发。

"师哥,我睡这里就行。"简嘉把枕头扔在沙发上,"小简同学知足常乐。"

陈泊生没说话,简嘉已经给自己铺起"小床"来了。简嘉是那种不管睡在哪里都要舒舒服服的人,把带来的枕头和轻薄的毛毯铺好,整个人像猫咪一样窝上去。

就在他要睡下去的时候,陈泊生忽然若有所思地盯着沙发背后的落地窗,看了有十几秒,仿佛窗户外面有什么诡异的东西一样,看得简嘉毛骨悚然地转头,然后又转回来。

简嘉声线都有点不好了:"师哥你在看什么?"

陈泊生收回视线,淡淡道:"没什么。"他躺在床上,冷酷无情、干脆利落地把小夜灯给关了。房间瞬间陷入一片漆黑。

到了半夜,云京那场暴雨又续上了。落地窗外雷雨交加,黑沉沉的一片,仿佛末日降临一般。硕大的一面窗户上,似乎爬出什么孤魂野鬼都不奇怪。

房间里只剩下两道清浅的呼吸声。

半晌,终于响起了简嘉的声音:"师哥,你睡了没?"

"没。"

"哦……"简嘉声音低了下去,犹犹豫豫。

"怎么了?"陈泊生问他。

夜色里,不知道是不是快要睡着的缘故,陈泊生的声音比白天的时候要温柔很多。

"没事。"简嘉咬牙。

"嗯。"

简嘉不知道怎么想起了林棠的一番话,鬼使神差地开口:"师哥,你谈过恋爱吗?"

陈泊生顿了下:"嗯?"

"有什么问题吗?"简嘉一脸蒙。

"……没问题。"

简嘉像是忽然来了八卦的兴趣,还真挺好奇的,支起上半身:"师哥,谈没谈过啊,能告诉我吗?"

"你是什么小八卦精吗?"陈泊生无语地看他一眼。

"说一下嘛。"

"没谈。"

"不能吧,哥。"简嘉震惊了,"你长得这么帅,一次都没谈过啊?"

"你不也是?"陈泊生反驳他。

简嘉又嘀咕:"师哥,那你有没有遇见过对你来说特别重要的人?"

半晌,陈泊生回答:"嗯。"

"谁啊?"

"你觉得是谁?"陈泊生反问他。

"不知道。"简嘉随口胡扯,"感觉是什么英国贵族之类的。"

"差不多。"他说。

对于那时的陈泊生来说,突然闯入他生命里的简嘉,确实和电影里的贵族没有两样。

干净,漂亮,和脏兮兮的流浪儿天差地别。

简嘉好奇得要死:"你什么时候认识的啊?"

"忘了,应该是在伦敦的时候。"陈泊生有问必答,语气随意,"可能是五岁?"

简嘉:"……"

他知道了。这大少爷随口编故事耍他玩儿呢。

"我睡了。"简嘉泄了气,准备睡觉。

第五话

爱宝爱宝，快快长大

#05

周六一早,林棠就跟小白来永固巷拿行李箱了。

简嘉原本不打算去海城的漫展,结果昨天方天给他的票有多的,自己双休也没事,就跟着林棠一起去凑个热闹。

他把这事在吃饭的时候跟陈泊生提了一下。原本只是随口问问,没指望陈泊生会答应。然而大少爷的想法岂能是凡人可以猜到的——他还真答应了。于是原本的双人行,变成了现在的四人行。

简嘉买了最近的一班飞机票,直接从云京飞海城。在落地的时候定了漫展附近的酒店,他们运气好,竟然还订到了一间双人标间。林棠一落地就走嘉宾通道化妆去了。

简嘉和陈泊生到会展中心的时候才九点钟,烈日炎炎,漫展外面还排着长队。简嘉从方天那里拿的是参展证,能走工作人员通道。参加漫展就有这点儿好处,简嘉平时跟陈泊生走在一起,在云京逛街的时候甚至被问过好几次是不是艺人,但是在漫展,周围有穿着各种奇装异服的 cosplay 玩家,即便是外星人来了也不会被围观。

陈泊生刚到漫展,微信就振动起来,发消息的是他的经纪人番茄——盛世那边给他安排的。像陈泊生这种百万粉丝级别的头部大主播,都有自己的经纪人,负责一些宣传活动。只不过陈泊生从来不露脸,需要番茄负责的只是一些线上活动的宣传,工作内容比较轻松。所以番茄有时候还自己开开游戏直播。

认识了三四年,平时番茄很少来找陈泊生。今天倒意外地主动联系他。

番茄：R 哥，你咋回事？

番茄：你微博 IP 地址怎么变成海城了？

番茄：我刚在盛世直播游戏呢，你粉丝全都来直播间问我了。

番茄：问你是不是在海城漫展。

海城漫展的规模目前算是国内同类展会里非常大的。一些有名的 CV[①]和电竞大主播，甚至还有电竞战队的成员都会被邀请来参加商业活动。在这段时间，陈泊生的微博 IP 变成了海城，粉丝猜测他去漫展了，也是很合理的事情。

陈泊生回了一句"嗯"。

聊天框沉默了很久，番茄消息来了。

番茄：哥，我说一句实话你不要打我。

番茄：刚才跟你的聊天记录不小心在直播间播出去了。（跪地求饶的表情包）

番茄：你粉丝说准备到现场来抓你……

番茄：哥，你好好保重！

华山菠萝吹雪：嗯？

果不其然，陈泊生刷新了一下微博，评论区全是说要来漫展堵他的。陈泊生索性发了条微博。

Rodya：开心。

顺便添加了海城漫展中心的地址。

评论区越来越热闹。简嘉也刷到了 Rodya 这条微博，还感慨了一句："R 神也来漫展了啊。"

陈泊生放下手机："怎么了？你认识他。"假装很到位。

"不能算认识，之前一起连麦打过游戏，他技术超好的。"

"嗯。你想见他？"

"也不是想见。"简嘉实话实说，"就是好奇他长什么样。"

简嘉只听过他的声音，感觉应该是个帅哥。

"挺帅的。"陈泊生脸皮有些厚度。

"真的假的？"简嘉笑了声。

[①] CV：Character Voice 的缩写，指角色声音的演绎者。

"嗯。"

会展中心一共四个馆,全走一遍估计得花上整整一天。简嘉才逛了一个游戏展馆就累得不行了,正好方天发消息过来,说他们在商业馆,让简嘉过来休息一下。

《第十区》的游戏线下宣传在七号商业馆。方天他们作为工作人员,一大早就已经到场布置了。简嘉心想来都来了,干脆就去看看。

到了七号馆。《第十区》的布展特别显眼,就在进门左手边第一个展位。展馆中已经排起长长的队伍,全都是漂亮的妹子。

简嘉一直知道《第十区》这款乙游挺火的。作为男主之一"傅司寒"的画师,直到来到现场,看到为了"傅司寒"彻夜排队的粉丝们,才第一次感觉到,他付出了无数心血的这个人物,真正地拥有了自己的灵魂。简嘉莫名也跟着激动起来。

方天在后台休息区跟他们俩招手。简嘉挂上参展证,跟安保人员打了个招呼之后就走到方天身边。一来就听到方天吐槽:"真的太累了,我上午忙到现在,连口水都没喝!"

方天负责的是周边小店售卖这一部分工作。他说得也不假,这次《第十区》在线下上了几款漫展限定的周边,购买周边的队伍已经排到七号馆的末尾,而且人数还在不断地增加。

简嘉听他这么说了,义不容辞地说道:"我没什么事,帮你干一会儿吧。"

玩家们购买周边之后,可以去旁边的桌子登记自己的游戏 ID,然后凭借周边,在游戏中领取四位男主的礼物一份。

简嘉看方天忙不过来,就主动揽了去桌前登记的活。他还抽空跟陈泊生说:"师哥,要不你自己去逛会儿?"

"不用。"陈泊生找了把椅子坐在他后面,懒散道,"我歇会儿。"

简嘉心想也是。这大少爷一向懒得要死,要他一个人逛这么大个会展,还不如要他的命。

简嘉也没多想,整理起表格。他认真工作,大部分时间都是低头干活,所以没注意,来找他登记的妹子队伍越来越长。直到有几个胆子特别大,看了他特别久的女生组团上前问了句:"那个,小哥哥,请问可以跟你合影吗?"

简嘉愣了下,然后微笑道:"啊?你们是不是找错人了,我不是coser。"他还指了下隔壁的站台,"coser合影的队伍在那边。"

《第十区》的线下活动找了商业模特扮演男主,也就是所谓的官方coser,跟玩家们合影。简嘉以为她们把自己误认为官方coser了。

"不是不是。"女孩们很激动,"我们就是想找你合影!"

简嘉有些莫名其妙。

那不是更加奇怪?找他一个工作人员合影干什么?

他下意识想拒绝,结果低头看到玩家们拿着的傅司寒周边,大包小包,对他笔下人物的热情,以及看向他殷切的眼神,就有点开不了拒绝的口。

算了。简嘉无奈道:"好吧。我就站在这儿行吗?"

"嗯嗯嗯!"妹子们拼命点头。

合照的时候,简嘉为了配合女生们的身高,稍微蹲下来一些。

拍完照之后,简嘉还能听到她们远去时的尖叫。

"啊啊啊!也太帅了吧!"

"比官方找来的那几个男的帅一万倍!"

"我觉得他长得好像小理呜呜呜!"

"小理"是《第十区》的男主之一,一个温柔邻家哥哥白月光的设定。

简嘉开了这个口子之后,后面的妹子胆子愈发大。

有一个指着后面两耳不闻窗外事,一心只打游戏的陈泊生,小心翼翼地开口问简嘉:"小哥哥,他是coser,还是工作人员?"

大帅哥果然在哪儿都不可能被忽视。

简嘉道:"不是,是我朋友,陪我来的。"

"哦哦。"妹子遗憾道,又问,"那可以跟他合照吗?"

"啊?"简嘉愣了下,"我帮你问问?"

"师哥。"简嘉转过头,"问下,可以跟你拍张照吗?"

陈泊生终于肯抬起他矜贵的头颅,过了一秒,他慢条斯理道:"合照?"

"嗯嗯。"简嘉点头,"说你长得像我们游戏的那个男主角呢。"

"行啊。"陈泊生欣然答应。

这么大方?简嘉还以为陈泊生会拒绝呢。毕竟听徐谦说过,他是一个人家女孩来要微信,会说出自己离异三年带两孩的神奇男人。

简嘉得到肯定回答之后,准备转过头把大少爷的回复跟妹子说一声。结果刚转身,就感觉自己被人猛地拽了一下。

男人慵懒的声音从身后传来:"拍吧。"

直到陈泊生替他拿手机按了快门,简嘉才回过神,他哭笑不得:"不是,师哥你搞错了,我是说,人家妹子问能不能跟你合照,不是我问的。"

"嗯。"陈泊生把手机塞给他,倒打一耙,"那你怎么没说清楚,我还以为是跟你合照。"

简嘉一哽,回头想了想自己刚才的措辞,好像是没有说清楚。

简嘉无奈地站起来去跟妹子道歉。他有点不好意思,低声道:"刚才我没说清楚,我朋友误会是跟我合照了。你现在还想拍吗?"

妹子克制自己:"不用了,小哥哥。"

简嘉道:"真的不好意思……"

妹子深呼吸:"但是你们刚才的合照可以发我一份吗?"

简嘉:"什么?"

妹子脸红,呼吸急促,紧握着手机,神情坚定:"求求了。我得不到会遗憾得睡不着觉的。"

……都说到这个份儿上了,不给好像还挺有负罪感的?简嘉掏出手机用隔空投送的方式把照片传给这个妹妹。然后目送她走出五米开外,紧接着听到了她的尖叫声。

"啊啊啊!"

"一次收获两个帅哥的照片,这种幸福吧,谁懂?谁懂?!"

简嘉假装没听见,若无其事地回到工作岗位上。突然被陈泊生拍了下,只见大帅哥神情懒懒散散:"双标啊你,室友。"

"干什么。"简嘉没好气地看了他一眼。

"照片怎么只发给别人，不发给我一份？"陈泊生笑了下，"看看。"

"等下。"简嘉拿出手机，递给陈泊生。

原本只是打算给陈泊生看一眼的，结果简嘉不知道怎么想起，这好像还是他跟陈泊生认识了这么久以来，两人第一张合照，不由自主地也凑过去看了眼。

照片中，简嘉被抓拍的时候，表情还有点茫然。陈泊生眼神里带了点儿笑，很自然的那种。

就……还挺好看的。

简嘉多看了几眼，把这张照片存进了个人收藏的相册里。

一直忙到下午五点，所有的游客才慢慢地离场。

漫展一共两天，才第一天方天就已经累得浑身骨头都要散架了。他们本来打算直接回酒店点个外卖吃，接着倒头就睡的。

结果事与愿违，这一次来海城漫展布展的还有那个"油腻男"郎凯让他们的计划落空。简嘉今天一天都没看到他，还以为这人打消了来漫展的念头，结果是他白天在酒店睡觉，下午才过来巡视一下。恒游的总裁都没他这么大的架子。就这也叫到线下布展？

而且听方天说，郎凯过来之后看到coser跟妹妹们互动的场景后，还在那儿大肆点评。说什么现在的女孩子就是太沉迷这种恋爱游戏，所以不知道什么年龄该做什么事，在这个年纪明明就应该稳定工作谈恋爱结婚生孩子，像她们这种成天玩游戏的女生以后肯定没有男人要。说教一套一套的，听得方天白眼都翻到了天上去。

那几个coser估计也都听见了，后面郎凯跟他们确认活动流程的时候，都没几个人配合他，一人甩了他一个白眼。

到了晚上，郎凯不知道从哪儿听说简嘉也来了，先是给简嘉发了微信好友添加——简嘉一直不通过，后来又辗转找到了方天，让他晚上组织一下部门聚餐，说是要犒劳一下今天辛苦的同事们。

方天原本都回到酒店了，还被这人叫出来。简嘉原本也想拒绝的，但明面上郎凯没做什么过分的事情，还是他们的上级领导。没什么合适的理由不来参加。

众人都憋了一肚子火气,来到郎凯订的饭店。果不其然,在饭桌上这男的又开始吹牛,把布展所有的成果都揽到自己身上。没人敬酒,他就在那儿自罚三杯,简直让人受不了。

一顿饭吃下来,除了郎凯,没有一个人是高兴的。

方天中途接了个电话走了,剩下的人也陆陆续续开车回酒店。只有简嘉和另一个女同事没有车,准备坐地铁回去。郎凯醉醺醺地凑上来,笑道:"小嘉,你没车是吧?我正好也住在洲帆酒店,你就坐我的车回去吧,也省得坐地铁麻烦了!"

"哟,这个点儿。"郎凯说话的时候,会故意让自己的腔调像云京本地人,仿佛这样就能高人一等,"我看地铁儿都停开了吧。"

简嘉和他拉开距离,淡淡道:"不用,我打车回去。"

"别啊,小简,你郎哥一句话的事,麻烦什么。"郎凯凑过来拉他。简嘉不动声色地躲开。

郎凯见简嘉不吃这套,又把心思放到了剩下的那个女同事身上。

"好了好了,你俩也别不好意思了。小圆你也住在洲帆吧,来吧来吧,郎哥把你俩一块儿送回去,行不?"郎凯掏出车钥匙,"真的是,我这么一把年纪了什么样的人没见过啊,就你们俩跟防贼似的防着我,不会真以为我非要拉着你们这些小年轻?"

小圆被他拽着手臂,人微言轻,挣扎不过地上了车。简嘉眸子一暗,拉开车门,顺势也坐到车厢里。

小圆投过来一个感激的眼神。简嘉轻声道:"没事,一会儿我送你回房间,别怕。"

"嗯。"小圆紧紧抓着手提包,点点头。

郎凯喝多了叫的代驾,他坐在副驾驶。

一路上只听他吹牛吹得嘴巴没停下过,到了洲帆下车,看到一辆法拉利,说自己不喜欢法拉利没买,还说这种开豪车的都是些不学无术的富二代。但他贪婪的目光倒是挺诚实。

"原来郎经理不买法拉利是不喜欢啊。"简嘉冷冰冰地回了一句,"郎经理怎么也没考上京大呢,也是因为不喜欢吗?"

小圆没忍住笑了声。郎凯就算是喝了酒都听出来简嘉的嘲讽了,一张脸又红又黑，沉着脸没说话。世界终于安静了几秒。

小圆的房间在酒店十二楼，出电梯之前，她还小心翼翼地扯了下简嘉的袖子。简嘉微微偏头，只见小姑娘从包里摸了半天，塞给他一瓶防狼喷雾，担心道："这个给你用，你小心一点，我觉得他要找你麻烦。"

简嘉低声道："好，谢谢，我会注意的。"

小圆走出电梯，还是有点担心简嘉。

"轰"的一声，电梯缓缓地合拢。密闭的空间里，只剩下简嘉和郎凯两个人。

"哎，小简。"郎凯忽然说话了。

"你，勾搭过主管吧。"郎凯阴险地笑着，"在传世的时候。"

简嘉垂着眼睫，没有说话。

郎凯喉结滑动了一下。

"想知道啊。"简嘉忽然笑了下，那真是一个极其动人的笑，桃花眼的优势被他完美地发挥出来。

下一秒，电梯里发出了一阵锐利的惨叫。郎凯的手瞬间就被简嘉控制在背后，与此同时，他的啤酒肚也被狠狠地踹中。简嘉这一脚不带一点儿留情的，痛得郎凯蜷缩在地上，他甚至来不及爬起来，脸颊就被简嘉踩住，然后变形。

郎凯神情又惊又怒，惊恐地看着简嘉，似乎没想到他会直接动手。

"我是不是让你觉得我脾气还挺好的？"简嘉弯下腰，手搭在曲起的腿上，轻声笑道，"你是什么东西啊，也敢来恶心我。"

"郎叔叔，下次小心一点呢。"

这一瞬，郎凯莫名其妙想起自己第一次见到简嘉的时候。不是在恒游，而是自己跟着前领导，去往云京市政府办事的那一年。

任书禾是当时的市长，领导和她谈完工作，在办公室喝茶。过了一会儿，大门被人打开。任书禾放下茶杯，朝着来人说："放学了？怎么来得这么早。"

"下午没课。"简嘉就是这么突然出现的，看清楚他的那一刻，郎凯一瞬间就屏住了呼吸。

那时少年只有十五六岁的模样，相貌漂亮得夺目，良好的教养及优越的出身塑造了一个极为乐观开朗的性格，落落大方，也让人觉得高不可攀。他那时候就想，少年也就是家世好，不知道从高处跌下会变成什么样子。

郎凯知道有些东西是无法改变的。就像简嘉骨子里那股不服输的劲儿。哪怕从云端跌落，看向他时，依然高高在上。

郎凯喝的酒一下就上头了。他低吼一声，企图站起来跟简嘉搏斗。"叮"的一声，电梯门刚巧在这时候打开了。

郎凯挥出去的那一拳没落到简嘉脸上，手反而被电梯外的男人钳住了。来人几乎比他高二十厘米。极致的危险和压迫感让郎凯瞬间转头，看到了一张俊美的脸。

他认识。事业一部的那个陈泊生。

郎凯瞪大眼睛："你……"陈泊生怎么会在这里?!

"你什么？"陈泊生脸上没有任何表情，不自觉让人害怕，似是觉得离谱，笑了声，"你还真想打他啊。"

他说话慢悠悠的，却显得极危险，低沉得像自言自语："谁给你的胆子呢？"

郎凯感觉自己的手臂骨头都快被捏碎了。即便是醉得不行，也在这一刻本能地感到害怕。他是那种欺软怕硬的典型。没有背景的简嘉可以欺负，但是面对陈泊生他不敢。他再怎么浑，在恒游的时候也多少从高层的嘴里听说过陈泊生的来历。

他得罪不起。

思绪游离的这几秒，郎凯感觉自己被一股强悍的力量直接甩了出去，整个人砸在地上。还没等他爬起来跑路，被酒精麻痹的四肢挣扎一下再一次滑倒，后脑勺磕在墙上，当场晕了过去。

从扬手准备揍简嘉，到现在不省人事，整个过程大概只用了不到一分钟。

"吓到了？"陈泊生按了下电梯，把简嘉从电梯里拉出来。

简嘉才回过神，诧异道："师哥，你怎么在这里？"

"小圆用酒店的内线给我打电话了，让我来接你。"陈泊生没什么表情地看了一下简嘉,"他打你哪里了吗?"

"没。"简嘉回过神,"他哪儿打得过我啊,小简同学可不是泥捏的。"

简嘉下意识用一种轻松又不在意的语气调动气氛。他最擅长四两拨千斤地把大事化小,小事化无,尽可能地不让自己给别人造成负担。

不知道为什么,刚才打架的时候他是不虚的。现在被陈泊生抓了个正着,却莫名地心虚。有种读书的时候,打架被学校叫家长的感觉。

简嘉摸了摸耳根,继续道:"师哥,你是没早点来。你要是早点来就能看到我有多厉害了,我直接在电梯里就给他一脚,郎凯真的毫无反抗之力,他都被我……"

陈泊生压根没理他,垂着眼睫看他,蹲下来,单膝点地查看他的双腿。

简嘉越说越小声,最后没动静了。他明显地感觉到,陈泊生有点儿不高兴。

"师哥,我真没事,哎哟……"

简嘉的裤管被撩起来,在酒店的灯光下,小腿上那几道被指甲深挖出来的血痕格外明显,还有被几块青紫。

简嘉被摁住了伤口才觉得疼。估计是郎凯被他踩在脚下的时候,用两只手挠的——这人有留指甲的习惯,一个大男人指甲特别长。

陈泊生抿着唇,沉着脸色放下他的裤子,整个人散发出生人勿近的气场,仿佛嫌刚才给郎凯的两拳不够,要碾碎这人渣的心都有。

简嘉连忙扯住陈泊生,生怕陈泊生做出什么过激举动:"师哥,我真没事。"他看了眼角落里晕过去的郎凯,问道,"他怎么办?"

"找人送他去医院。"陈泊生拿出手机。

简嘉犹豫了一下:"要不然我也去?说不定还得去警局做个口供之类的。"

简嘉在揍他的时候就做好了郎凯报警的准备。酒后纠纷,估计不在警察局待一晚上出不来。

但是用这一晚上换这人半个月下不了床,简嘉觉得值得。

"去什么?"陈泊生淡淡道,"他自己喝醉了摔晕了,给他打120就已经仁至义尽,关你什么事。"

"啊?"简嘉一愣,还有这操作?

"但是我……"他不是还打了人了嘛。

陈泊生盯着他,仿佛是气笑了:"你什么?"男人语气透着股凶劲儿,"也是。你也跑不了。等下再来收拾你。"

不知道是不是简嘉运气好,救护车来之前郎凯就醒了。方天他们听到消息之后连忙赶到电梯门口。郎凯骚扰不成被揍一顿,自认理亏。挨了一顿毒打之后,大脑已经彻底清醒,没了酒后的那股狂妄劲儿,他才知道自己得罪了不能得罪的人。

酒店经理问他出了什么事,他畏畏缩缩看了眼陈泊生,一个字都不敢往外说。

"没事没事,就是有点儿口角之争,年轻人火气大嘛,我懂得,没事。"郎凯摆摆手。

他一身酒气,酒店经理被熏得微微皱眉,还是礼貌地问了句:"先生,真的没事吗?"

"真的没事!"郎凯大声道,"我就是脚滑了一下,不小心摔了!"

见他坚持说自己脚滑,酒店经理也就信了,毕竟调查监控的话还得去警察局请示,大晚上的折腾来折腾去麻烦。而且这种酒后闹事的人,经理见得多了。

热闹了一阵之后,围观群众散去,只剩下简嘉跟方天他们几人。

郎凯左顾右盼,小心翼翼凑上来道歉:"那个小简啊,真对不起,这事你就当我是喝多了糊涂行不行,我喝多了真不记得自己干什么了,你就原谅我一次,行吗?"

简嘉压根不想说话。郎凯又厚着脸皮恳求:"你看你跟泊生这么熟,你就跟他解释一下……"

"左手还疼吗?"简嘉问了一句,没什么情绪地勾了下嘴角,"我看你右手也不想要了是吧?"

等到郎凯灰溜溜地沿着墙根跑回房间,方天那边也从小圆那里了解了事情的前因后果。

"哇哦！这家伙真不是人啊，喝多了之后搞骚扰！为啥不报警?!非得让他进去蹲几天大牢不可！"方天气得冒烟。

"报警也没用。"简嘉笑了声，"职场纠纷这种事情本来就挺难办的。"

简嘉之前在传世的时候，被主管骚扰的时候不是没想过报警。人家警察也不是不配合，但来来回回儿趟，调查又调查，依然难以立案。

因为简嘉没受到什么实质的伤害。

弄到最后，事情闹大了，他这个受害者反而丢了工作，被圈内封杀不说，真正的恶人得到的教训也只是轻飘飘地给他道个歉。

方天显然也想到了这件事，憋屈了半天，吐出一句："真是便宜他了。"

"算了，反正也打他一顿出气了。"简嘉轻快道，"早知道他这么欺软怕硬，刚才就多打几下了。"

他转头看向小圆，道谢："今天晚上谢谢你。"

小圆连忙摆手，脸很红："不用不用，你也帮了我的嘛。我就是给生哥打了个电话而已。"女生顿了下，"你的伤口还好吗，我房间里有备一点消毒药品，要不要过来我帮你处理一下伤口……"

"不用。"陈泊生插话进来，"我帮他处理。"

"哦哦，也行！"小圆连忙点头。

回到房间之后，就剩下简嘉跟陈泊生两人。人多还好，人一少，简嘉那种"陈泊生好像对他有点冷淡"的感觉又回来了。简嘉最怕的就是被别人冷着。

刚才回房间的路上他就企图用"不知道外面雨停了没""好累啊师哥一会儿我先洗澡怎么样""等一会儿要吃一点夜宵吗"等极其刻意的话题去试探陈泊生。

得到的全都是冷漠的回答——不是"嗯"就是"哦"。

小简同学觉得自己被冷暴力了。

简嘉被扶着坐在落地窗前的沙发上。其实他觉得自己脚踝上的伤没那么严重，刚想说水冲一下就好，就见陈泊生拿起内线电话，叫酒店经理送药上来。

等待送药的期间，陈泊生一句话也没说。偌大的房间里面，只有空调"呼呼"工作的声音。

"您好，客房服务。"经理在门口把药递给陈泊生，"您看一下这里都是您需要的药品，有什么缺的再联系我们就行。"

"嗯。"

陈泊生提了一袋子药回来。简嘉偷瞄了一眼。有口服的还有外敷的。涂在腿上的就算了，为什么跌打损伤还需要吃药啊！他受的又不是内伤！

简嘉想吐槽一句，可是看到陈泊生那张冷冰冰的脸，愣是咽下了。

算了，内服就内服吧。只要能哄好这位大少爷，就算陈泊生现在打个电话把他送到 ICU 抢救都行。

一袋子药被扔在桌上，陈泊生挑了个消毒的先拿出来。拧开盖子，他坐在稍微矮一点的单人沙发上，不由分说地卷起了简嘉的小腿上的裤子。

简嘉被他突如其来的动静惊了一下："等下，师哥……"

"老实点，别乱动。"

终于肯说话了。简嘉连忙珍惜这个来之不易的破冰机会，果断放弃想要挣扎的想法，乖乖地抬着脚，任由陈泊生帮自己处理伤口。

撩起裤腿，伤口似乎比之前更严重了。

脱下袜子，简嘉疼得哼了一声。毕竟时间这么久，血都结块了。

"师哥，痛。"

陈泊生头都不抬，阴阳怪气道："痛什么，我一点都不痛。"

简嘉莞尔一笑，不在意陈泊生的阴阳怪气，双眼弯成月牙："师哥，你终于肯跟我说话了？"

"简嘉。"陈泊生叹气，"你是真的一点都不怕。"

简嘉一看陈泊生愿意搭理他了，连忙顺杆子就往上爬了："怕的怕的。但我一想揍了他之后，无非也就是去警察局待一晚上，好像还挺划算的。"

"师哥你放心，我不是那种冲动的人。"简嘉积极认错："我真的知道错了，我保证。我要是打不过他，我肯定就跑了。"

他还很机智地拍了一个马屁："再说了，我要是真的有什么事情，不是还有陈总罩着我嘛。"

陈泊生都快被他气笑了。这四两拨千斤的态度，看来简嘉压根没意识到自己错在哪儿。

陈泊生看着他："既然知道我罩着你，为什么出事的第一时间不向我求助？"

简嘉一愣。

陈泊生回想起自己一小时前接到小圆打来内线电话的那一刻的心情，都不知道怎么形容。自己明明就在简嘉的身边，可为什么简嘉遇到危险的时候，却从来没有想过求助他。他们到底还要"多熟"，简嘉才肯放下戒备，试着信赖他。

"……这不是没想到嘛。"简嘉喃喃道。

简嘉说的是实话。陈泊生虽然阴阳怪气地说自己胆子大不怕事，但他真的不怕事吗？不是的，他也怕的。可是怕也没办法。从任书禾离世的那一天，从简证南抛弃他的那一刻，简嘉就知道，自己再怕也没有人为他撑腰，不再会有人为他撑一把伞。

这个世界的风雨，开始向他一个人倾斜。

"简嘉。"陈泊生说，"你可以试着永远相信我。"

房间里安静了几秒。

简嘉忽然道："找电视遥控器的时候也可以吗？"

陈泊生："什么？"

简嘉一本正经："就是，人一旦找不到遥控器，就会陷入信任危机。"他思维跳跃地继续道，"遥控器是不是被你坐屁股下面了。"

陈泊生："什么意思？没有。"

简嘉："哦。"他忍着笑，"那你起来一下。"

陈泊生："……"

简嘉说的这个老段子没逗笑陈泊生，自己倒是笑了半天。

处理好伤口之后，已经是十二点。简嘉今天在漫展上忙了一天，晚上又因为郎凯一通瞎折腾，困得不行。他有点洁癖，就算是受伤了也要坚持去洗漱。艰难地洗了澡之后，简嘉换上了睡衣，幸福地躺在了酒店的大床上。

陈泊生洗完澡出来的时候，简嘉已经睡着了。他把酒店的灯光调到了最暗，只留下一盏小夜灯。几个小时前的事情，在夜深人静的此刻，一幕幕在陈泊生眼前放映。陈泊生不敢想，如果自己晚来一秒，抑或是简嘉没能护住自己，将会有怎样可怕的后果。

陈泊生心烦意乱，但看到简嘉还能安然入睡，便也没了脾气。他妥协一般叹了口气，然后拿出手机。

"嗡嗡"一声，远在千里之外的徐谦，忽然被枕边的手机振醒。他那忽视了自己七十二小时的损友陈泊生忽然发消息了。还是鲜少地、主动地给他发消息。大半夜直接把徐谦吓醒了。不会出了什么事了吧！徐谦连忙打开微信，只见陈泊生的第一条消息跳出来。

华山菠萝吹雪：你一定要这样吗？

谦虚使人进补：嗯？

"嗡嗡嗡嗡"一连串消息进来，第二条、第三条……消息几乎是一条一条接连不断。

华山菠萝吹雪：你到底有没有把我的话当一回事？

华山菠萝吹雪：为什么每次提醒你警告你的都不放在心上？

谦虚使人进补：什么？

华山菠萝吹雪：我真的很生气！

华山菠萝吹雪：上次是这样！这次又是这样！为什么不能试着相信我?!

华山菠萝吹雪：你真的别太过分！

华山菠萝吹雪：再惯着你我就是小狗！

华山菠萝吹雪：你是怎么都学不乖是吧?!

谦虚使人进补：嗯？

谦虚使人进补：不是哥们，你是不是发错消息了？

谦虚使人进补：你不应该发给简嘉小老弟吗？

一直振动的消息提示终于停止。陈泊生好像发够了，回了一句。

华山菠萝吹雪：没发错，就是发给你的。
华山菠萝吹雪：我舍不得骂简嘉。
华山菠萝吹雪：谢了兄弟，说出来好多了。
华山菠萝吹雪：（拥抱）

第二天回云京的时候，林棠才听说昨晚有这么一件事。她拍照拍了一天，比简嘉更累，所以昨天发生的一切简嘉都没跟她说，不想打扰她休息。只不过回程的机票是一起的，林棠一看简嘉脚踝那处伤口就急了。

简嘉也知道这种事情很难瞒过林棠，索性轻描淡写地把事情前因后果说了一下。林棠气得当场要改机票下去跟郎凯拼命。简嘉就知道她这个炸药桶性格，一点儿也忍不得。

"息怒息怒，林姐息怒。"简嘉拽着她的胳膊安慰她，"我哪儿能受什么委屈啊，我昨晚就揍过他了。"

"那也不行！"林棠气得要死，跟昨晚方天的情况一模一样："他那是骚扰！"

方天还在隔壁拱火："就是就是！"

林棠拉着简嘉的手，活像看自己即将再入火坑的小白菜："而且这家伙还是你们《第十区》的上司，跟你天天在一个公司，要是他再骚扰你，你怎么办？"

简嘉看林棠确实很担心，但说实话，难道一米七八的小简同学，在众人的眼里是那种弱不禁风的形象吗？他能揍郎凯一次，当然也能揍郎凯第二次。

但当着林棠的面，他肯定不能这么说。看了一眼自己左边的大少爷——从上飞机开始就一言不发。简嘉忽然很想逗逗他，随口道："怕什么，在公司不是有陈总罩着我呢？"

简嘉发誓，他真的就是嘴欠逗一句，完全没想过陈泊生会回应他这么无聊的话题。

结果大少爷听到之后，竟然很认真地点点头："嗯。"

简嘉被他这郑重其事的态度弄得一愣。

林棠忽然一改担心的模样，松了口气："这样啊，那就好，那我就放心了。"

简嘉："嗯？"

不是。他开开玩笑，随便说说。怎么就好了？怎么就放心了？！

林棠一副委以重任、拜托了的表情，擦了擦并不存在的眼泪："他师哥，我宝贝儿的安危就拜托你了。"

简嘉："嗯？"

他怎么就又成"宝贝儿"了？林大小姐，这是你什么时候研究出来的新人设？

关键是陈泊生这个一贯高冷的男神，这会儿倒是很配合地入戏："这位姐姐您放心，我会的。"陈泊生顿了顿，"一定不会让别人伤害您家宝贝儿。"

"你会什么呀会。"简嘉哭笑不得，受不了他俩了，"还演上瘾了是吧，今年的《我是演员》冠军不是你们俩我不看。"简嘉笑了声。看飞行时间还长，又不能玩手机打发时间，他戳了戳陈泊生，问道："哎，陈老板，准备怎么罩着我？"

"你想我怎么罩着你？"陈泊生挑眉，慢悠悠道，"写封举报信，把郎凯举报到恒游廉政办？"

恒游集团有一个专门督查内部工作人员遵纪守法的部门，叫廉政办。什么职场受贿、领导性骚扰、职务侵占、偷盗资料等，都能往这儿举报。一旦举报成立，恒游就会立刻做出相关处理，首当其冲的就是开除。

"这么朴素？"说实话简嘉有点惊讶。

"不然？"陈泊生语气闲闲。

"陈老板难道不是应该像小说里的霸道总裁一样一挥手，'天凉了，让郎凯被封杀吧'？"简嘉很有想法地补充。

"好像也行。"陈泊生认真地思索了一秒，"让他在云京混不下去怎么样？"

这话说得就天马行空了。简嘉知道陈泊生是挺厉害的，但是不知道他家到底有钱到什么程度。所以只当陈泊生这话就是说来哄他玩儿的,还配合得频频点头:"可以可以,陈老板威武霸气,厉害。"

简嘉感觉自己的腿伤也不是很严重,回去的第一天就想直接去上班。然后在方天的极力阻止之下,以及陈泊生无声的压迫中,他只能被迫休假三天,去医院检查。

说真的,简嘉觉得他这点儿伤,根本就不用做什么检查。搞不好还没到医院,伤口就愈合了。

休息了三天之后,简嘉正常去公司上班。陈泊生在早上出门的时候还试图给他塞一根拐杖——要简嘉带着这根拐杖去上班,还不如让他直接从永固巷的大平层跳下来。

简嘉一来,工作群就开始热烈欢迎他。他在《第十区》工作室的人气,自从团建活动的时候唱了那首《最爱》之后,就一直居高不下。三天没来,不管是平时认识的还是不认识的,原画组的还是隔壁建模组的,都纷纷发来了关切的慰问。不知道的,还以为简嘉三年没来上班了。

"嘉宝贝,真是一日不见,如隔三秋啊。"方天凑过来跟他闲聊,瞥了眼他的电脑屏幕,继续道,"主要是公司里的同志在看不到你的这几天里,有点度日如年。"

简嘉回复了工作群里来问他身体情况的同事们的消息,笑了声:"夸张了吧,哥。有没有一种可能,人家真的只是热心肠地来关心我一句呢?"

郎凯的行政处罚是下午两点发到恒游的公共邮箱里的,整个公司通报批评,算是某种意义上的"社死"。

简嘉午睡起来还没完全清醒,就听到办公室都在讨论这件事情。听到"郎凯""通报""辞退""大瓜"等关键词,简嘉心里下意识地"咯噔"了一下,不为别的,因为传世的那件事,他多少有点儿PTSD[①]了。传世当时的处理方式是把受害人和施暴者的信息同时公布。明明是受害人,却要陷入舆论的漩涡,走到哪儿都有人指点。

简嘉只是一个普通大学生,怎么可能心理强大到可以承受这几

---

① PTSD:创伤后应激障碍(Post-Traumatic Stress Disorder)的简称。

乎算是网暴的酷刑。说当时一点都没受到影响,一点儿都不介意,是不可能的。

所以此时,简嘉面上不显露一点,实际上屏气凝神听了办公室半天的讨论。除了"郎凯"的名字之外,没有任何其他的名字。

简嘉微微一愣,这才点开邮箱里的通报批评。这一看,简嘉才发现郎凯这人真是人才。他被恒游开除的最大原因,不是骚扰同事,竟然是简历造假和泄露公司商业机密——他为了在朋友面前吹牛,偷偷拷贝了公司内部资料,结果导致资料泄露。

"我去,真牛啊。"美芽他们已经讨论开了,"我说这人一个传世的页游经理,怎么就跑来我们恒游做手游了,原来他简历上的经验是造假的!"

"HR好像也被处分了,上面一查才知道人家是拖家带口的——两个人原来是亲戚,搞裙带关系走后门。"

"啧啧啧,真是活该。我说这几天他怎么请假不来上班了,是没这个脸来了吧。"

"我有个朋友说,郎凯昨天还给阳光游戏投了简历,但好像被拒了?"

"我去,我也吃到了这个瓜,我朋友说他还投了游量!"

"我听说游量也把他拒了,咋了,这傻帽儿被云京游戏圈封杀了吗?"

"笑死,那太好了,赶紧带着他的'塑料'云京音滚出云京。"

"世界那么大,他滚哪儿去看看都行,别来给我们游戏行业添堵了。"

听到这里,简嘉愣了一下,转头问方天:"郎凯准备离开云京了?"

方天正在啃菠萝包:"不然呢,丢人丢得整个游戏圈都知道了,起码在云京是被封杀混不下去了,这还不跑?"

"封杀"两个字不知道触动了简嘉的哪一根神经,他莫名其妙地想到几天前在飞机上跟陈泊生开的那几句玩笑话。

也不能吧……陈泊生难道还真的把人封杀了?他就算是大神,也没厉害到这个地步吧?

下班的时候，陈泊生微信说他有事先回家。简嘉回了个"好的"。看时间还早，就在KOKO里面查了一下有没有去永固巷附近的班车。

答案是，没有。果然，公司都默认不会有员工住得起四十万一平方米的市中心豪宅区的天价大平层，索性连去永固巷的班车都没安排。

简嘉只好收拾了一下工位，跟美芽他们一块儿坐地铁回家。

刚到家，简嘉就发现家里跟平时有点儿不一样。

大门在智能管家的语音下打开。贝贝像个煤气罐一样冲到门边，确认了简嘉"捕猎"回来还活着的事实之后，又心情不错地翘着尾巴，走到猫抓板那里伸懒腰、磨爪子。以往陈泊生比他先回家，基本不是瘫在床上玩手机，就是瘫在沙发上打游戏。简嘉怀疑这人高中就属于那种平时上课睡懒觉，期末考试门门一百分的天赋型超气人选手——他就没看到陈泊生平时怎么努力工作过。

但此刻，沙发和床上都没有人，反而是中岛台那边热闹非凡。简嘉有一瞬间觉得家里进贼了。

直到走近了，看到陈泊生站在中岛台后面，懒洋洋地一只手撑着腰，另一只手在一口白色的砂锅里面搅动着看不出是什么原料做成的浓汤。

简嘉忍不住问了句："师哥，你在干什么？"

"炖汤。"陈泊生语气平静。

简嘉的视线落在那锅汤里，神情有些不忍直视。他问道："什么汤啊，竟然要你亲自炖？"太阳打西边出来了吗？大少爷今天竟然亲自下厨。

简嘉忍不住掏出手机，记录下这珍贵的一刻。

"莲藕炖猪蹄。"陈泊生解释，"补骨头的。"

"补骨头？师哥你也没受伤吧……"简嘉说着说着，忽然没声音了。

安静了足足四五秒之后，简嘉才指了指那锅汤，又指了指自己，震惊得都有点儿结巴了。

"师哥，你，不会是，炖给我吃的吧？"

陈泊生递过来一个"不然呢"的眼神，还点了点下巴示意简嘉受伤的脚踝，意思是让他自己想想，这个家除了他这个"瘸子"，还有谁是需要补钙的？

不是。简嘉有点儿不能理解了。

"师哥，我只是擦破了皮，不是断了骨头。"简嘉哽了一下，"真的不用这么……"兴师动众的。

他话说到一半，又咽了回去。陈泊生这人我行我素惯了，只要他想，他可以把全世界当成空气。整个人给人一种特别强烈的与世界格格不入的割裂感。

就好像，世界是一个巨大的冒险游戏，他只是屏幕外操控着自己人物的孤独玩家。不在意任何事，也不会为游戏里的风景驻足。他的任务只是打通自己人生的这一关，机械般完成点亮技能的任务，然后顺应游戏的规则走向终点。

这样漠不关心世界的人，忽然有一天，像失去控制的NPC①一样，在完成自己人生主线任务的同时，反常地关心起游戏里的一朵像素小花。是不是说明，他开始与这个世界接轨了？

"怎么了？"陈泊生发现简嘉发了好一会儿的呆，转头问了句。

"没什么。"简嘉回过神，主动搭把手帮忙，"就是想起了一些事情。"

"什么事？"陈泊生对他的事情好像都爱刨根问底。

"想到我妈还在的时候。"简嘉往砂锅里加了点儿水，"那时候我好像还在读初中，初三吧。体育中考的时候，我报的是三步上篮，结果考试的时候把脚崴了。"

简嘉想起任书禾的时候，嘴角永远是带着笑的。

"把我妈吓得，立刻就赶来学校，说什么也要先替我包扎。其实就擦破了点皮，她给我用纱布缠了七八圈，送到医院的时候，医生一看她的手法，吓死了都，还以为我的腿断成两截了。结果揭开

---

① NPC：Non-Player Character 的缩写，是游戏中一种角色类型，意思是非玩家角色，指的是电子游戏中不受真人玩家操纵的游戏角色，这个概念最早源于单机游戏，后来这个概念逐渐被应用到其他游戏领域中。

一看,你猜怎么着,伤口愈合了!"

陈泊生轻笑了一声。简嘉也忍不住笑。后来简嘉想想,大概这就叫作关心则乱。

过去了这么多年,简嘉受过大大小小无数的伤,却再也没有一个人像任书禾那样对他身上一丁点儿大的小毛病大惊小怪。

这么多年,简嘉做梦也没想到,他生命中竟然还能冒出第二个"任书禾"。

莲藕炖猪蹄的汤"咕嘟咕嘟"了一会儿,看样子是炖好了。陈泊生对自己的厨艺有一种迷之自信,直接大手一挥盛了一碗出来。不知道汤的味道如何,但看大少爷那气势,已经比肩国宴级的大厨了。

陈泊生将盛出来的汤吹了两下之后,递到简嘉手里:"尝尝看。"

简嘉还挺好奇陈泊生这种人生赢家,是不是在各个领域上都挺有天赋的。于是抱着一种严肃的科研态度,简嘉郑重其事地喝了一口。

"味道怎么样?"陈泊生表面漫不经心,实际暗藏紧张。

简嘉吞下后,认真回答:"师哥,你想听真话还是假话?"

"如果你的真话是难喝,那我建议你说假话。"陈泊生懒懒散散地靠着,威胁的话是一点儿不带耽误的。

"怎么说呢,这碗汤的味道就是,"简嘉斟酌了一下,委婉道,"感觉充满了师哥的关怀。"

陈泊生冷冷地笑了声:"就只有关怀?"他加的味精白糖八角陈皮就没尝出来一点儿?

"还有点儿其他的?"简嘉的表情有点迟疑,"如果我等下食物中毒去医院了……"

简嘉十分诚实地慢吞吞道:"……那应该多少还有点儿恨。"

最后晚饭是用外卖解决的。简嘉这段时间加班多,好久都没去超市囤货,冰箱里的蔬菜鱼肉已弹尽粮绝。他拿出手机就在附近的私房菜馆点了四菜一汤。

半小时之后,外卖就送到了门口。陈泊生把外卖拎到桌前的时候,简嘉犹豫了一下,起身到了中岛台,拉开柜门找了个汤碗出来,把砂锅里的莲藕炖猪蹄盛了一碗出来。

陈泊生看了他一眼。简嘉也不知道自己为什么这么做，用了句中文的"万能公式"，干巴巴道："做都做了，不吃多浪费。"符合他勤俭持家的形象。

吃到一半的时候，简嘉望着莲藕猪蹄汤，还是觉得很可惜。大少爷千年等一回的下厨房，就这么一口不吃，直接倒掉也太浪费了。

他不死心地又尝了一口。真的难吃，但好像还有点吃头。要不然再吃一口？

简嘉跃跃欲试地准备再动手时，被陈泊生拦住。

陈泊生无奈道："难吃就不要勉强自己。"

"其实还好。"简嘉开口，"喝着喝着好像味觉失灵了，感觉也没有那么不好吃。"

陈泊生盯着他，似笑非笑。

简嘉老实交代："我就是觉得倒了挺可惜的。"

陈泊生淡淡道："我跟你儿子吃。"

正在埋头苦干猫罐头的贝贝仿佛预感到什么，猛地抬头，小肥脸上两颗猫眼珠子瞪得浑圆，嘴里止不住"嗷呜嗷呜"地叫。

别了吧。简嘉心想，小猫咪的命也是命啊！

他还以为陈泊生说自己吃只是客套一下，结果没想到大少爷说完之后是真的吃。一碗汤下去喝得面不改色，看得简嘉都要怀疑他的味觉是不是有问题了。

"师哥，感觉怎么样？"简嘉好奇地采访。

"还好。"陈泊生给自己点评一番，思索了一秒，"就是有点儿甜。"

你把莲藕猪蹄汤都炖成甜的了，这真的能叫还好吗！

为了陈泊生岌岌可危的性命，简嘉最后还是阻止了他打算再喝一碗的念头。

正因如此，陈泊生又再一次刷新了简嘉对他的认知——大少爷已经不是不挑食的水平了，他平时吃饭的时候很可能都不在乎自己往嘴里塞了什么。属于完成吃饭任务，能活着就行。

饭后收拾桌子，简嘉没忍住拿出手机，给莲藕炖猪蹄拍了一张照片。

"拍照干什么?"陈泊生合上洗碗机。

"没什么。就是觉得师哥难得下一次厨房,必须记录下这珍贵的影像。"简嘉实话实说。

陈泊生瞥了他一眼,似乎觉得好笑。整个人懒洋洋地靠在中岛台上。

"有什么珍贵的。"陈泊生抬了抬下巴,"这么喜欢,以后天天给你做。"

简嘉感觉莲藕炖猪蹄这汤的毒劲儿又上来了。

当天晚上,简嘉晓之以理动之以情,最终还是劝陈泊生打消了再下厨的念头。毕竟他还年轻,世界这么大,他还没能到处去看看。

洗完澡躺在床上,简嘉习惯性地看看自己的社交软件。逛了一圈,最后回到微信。简嘉想起自己很久没有发朋友圈了,于是顺势就把陈泊生今晚上下厨做的莲藕猪蹄汤的照片发了出去。

一十:主打一个吃不死人。(狗头的表情包)

发出去之后一刷新,就见陈泊生点赞了。简嘉笑了声,再一刷新,他笑容敛了三分——陈黎也给他点赞了。这格外熟悉的一幕。以前陈黎给他朋友圈点赞,简嘉还会高兴一会儿。现在看到这个赞,内心百感交集。

简嘉有一种预感,觉得陈黎会来私聊他。下一秒,手机果然振动起来。

陈黎:还没睡?

简嘉盯着他的消息看了会儿,思考要怎么回。他心想没必要把关系搞得那么生疏,怎么说,陈黎也是自己的恩人。简嘉从来都是说放下就绝不回头再追究的人。

一十:刚准备睡。

一十:找我有事吗,哥?

陈黎:没什么事。

陈黎:好久没见面了,最近工作忙吗?

陈黎:找时间出来吃个饭,行吗?

倒也不是不行。

—+：地址你定。

—+：周五下班可以不？

陈黎：嗯。

陈黎：到时候电话联系。

—+：嗯。

话题到这里，应该就结束了。陈黎也习以为常地准备退出微信聊天。结果下一秒，手机屏幕又亮了起来，是简嘉发来的新消息。

—+：哥，你把头像换了吧。

陈黎的视线顿了一下，落在自己的微信头像上。那是一张贝贝的照片，是有一次简嘉在梧桐府撸猫时照的。他记起来，自己确实有一年多没换过微信头像了。

周五下班的时候，简嘉跟陈泊生说了一下晚上要出去吃饭的事情。

陈泊生看他一眼，神态自然道："在哪儿？需不需要司机？"

"不用。"简嘉心想大少爷还挺热心肠的，"我朋友来接我。"

陈泊生顿了一秒，又问："什么朋友？我认识吗？"

"……应该不认识吧？"简嘉犹豫了一下，"就在岚山，我晚上九点回家，行吗？"

陈泊生这才满意地点点头，慢条斯理道："行。"他拿出手机，心眼比针尖儿还小，"那我定个九点的闹钟。"

简嘉："……"你怎么不干脆在家里倒计时？

两个多月没见到陈黎，对方没有什么变化，依然西装革履，浑身上下的随意劲儿都被裹在正装之下。

简嘉穿了件棉质的白色短袖，搭配一条黑色的工装裤和一双板鞋。整个人青春洋溢，背着黑色的双肩包，走过来时黑白分明，说他是高中生都有人信。

两人自从那次谈话说开后，简嘉感觉自己在面对他的时候，比以前轻松好多。

"哥。"简嘉一来就打了声招呼。

陈黎笑了笑,故意调侃他:"现在喊得这么顺口?"

"不能不顺口啊。"简嘉语气轻快,"喊你名字岂不是显得我没大没小,不尊老爱幼?"

陈黎挑眉,没有接话。

简嘉翻开菜单,两人之间的相处好像变了,又好像没变。

这顿饭一共吃了四十分钟,席间也算得上氛围融洽。

临走的时候,简嘉才知道,原来陈黎要去国外工作一段时间。

"三个月?"简嘉有点诧异,"一直都住在国外吗?"

"偶尔回来。"陈黎道,"机票不难买,我又不是定居在那边。"

简嘉估计是跟他们理京的海外业务有关系。陈黎对工作的事情一向上心,长期出差也难以避免。

车驶入永固巷,陈黎觉得这儿有点耳熟,但他一时想不起来在哪儿听过。简嘉下了车,想了想,开口道:"那你去美国那边,注意点儿身体。"

陈黎靠在车身上,没有说话也没走。

简嘉有点儿摸不着头脑,抓着书包带子问:"怎么了?"

"没怎么。"陈黎笑了声,"没有其他要跟我说的吗?"

空气安静了片刻。简嘉思索了几秒,讷讷道:"那,祝你一路顺风?"简嘉实在想不到,还有什么要嘱咐陈黎的了。难道要跟他说,回来的时候给你弟带点儿国外土特产?

陈黎弯了弯唇,开口:"算了,回去吧,晚上早点儿休息。"

简嘉走后,陈黎没立刻离开。车停在永固巷外的大树下,他点了支烟,任由烟雾袅袅。直到陈泊生下楼,陈黎的表情才有微小的波动:"泊生?"

陈泊生提着一个黑色塑料袋,应该是专门下楼扔垃圾的,看见陈黎也点头:"嗯。"

"你住在这里?"陈黎看了眼永固巷,忽然想起这名为什么耳熟了,他喃喃,"好像是听说你搬出来住了。"

在外人或陈家旁系眼里,陈黎这个兄长向来做得无可挑剔。于公,他几乎是没什么芥蒂地就接受了陈敬辞忽然从英国不知道哪个地方给他找回来的兄弟，并且将其一直当作亲弟弟对待，甚至亲自为陈泊生办理转学手续；于私，他日常与陈泊生相处，没有兄弟间的钩心斗角，偶尔一起打打游戏，家宴聚聚，一如一对普通的兄弟。

但实际上，陈黎和这个同父异母弟弟的关系，有一种浮于表面的兄友弟恭，相处时又揣着明白的疏离。

一个是羽翼已经丰满的长兄，一个是成长速度惊人、木秀于林的幼弟。想也知道，豪门中年轻的继承人怎么可能真的做到心平气和地交心交肺。

所以陈泊生并不意外，陈黎压根不知道他住在哪里这件事。

"什么时候住在这边的？"陈黎关心了一句。

"有段时间了。"陈泊生有问必答，他扔了垃圾，仿佛是随口一问，"你要去国外出差？"

"爸跟你说了？去一趟美国，海外的业务，你知道的。"他淡淡地抱怨，轻笑了一声，"还不是你这浑小子不肯回来接手家业，不然用得着只辛苦我一个人吗。"

"没兴趣。"陈泊生语气冷淡，"你去多久？"

陈黎一愣，没想到陈泊生这种对一切事物都漠不关心的性格，会忽然问他这个，于是难得没有防备地回了一句，"三个月左右。"

"三个月。"陈泊生喃喃一句。

"泊生，有什么问题吗？"陈黎漫不经心试探他。

"没问题。"陈泊生朝他挥手，"走了。"

他转过身，风里传来一句若有似无的沉吟，"三个月好像也够了。"

之后的几周都风平浪静的，生活工作两点一线，日子过得毫无波澜。直到八月上旬的一天，翟瑞忽然在事业三部的领导专用群里面宣布，自己求婚成功，马上就要举行婚礼，诚邀亲朋好友来参加。

简嘉作为事业三部一个还没转正的实习生，总监的婚礼他就看个热闹，和他基本没关系。他就是在听到这事的时候震惊了一下。毕竟翟瑞看起来有四十多岁了，一打听才知道原来才三十多岁。这长得也有点儿太着急了吧。

中午吃饭的时候，听美芽他们八卦，简嘉才知道翟瑞这是二婚，而且现任还是翟瑞高中的初恋。

"翟总跟前任是和平分手的，单了好几年。"美芽迅速传播八卦，"现在这个好像是他高中的初恋情人，前不久在同学聚会上又联系上了，好家伙，那叫一个干柴烈火！"

"我去，破镜重圆哪。"小千推了推眼镜，"话说高中的初恋都多少年了，怎么这把火还能烧得这么旺。"

"你们不懂男人了吧。"建模组那个实习弟弟从团建回来之后，就迅速地跟美芽他们混得特别熟，现在中午点外卖都跑来原画这边吃，"初恋，对于男人简直就是难忘的白月光，是那种就算死了埋在棺材里，听到初恋来吊唁，都要爬出来打个招呼的程度。"

"夸张了吧。"美芽不信，"吹得这么牛，你难道跟初恋还有联系啊？"

"没有。"实习生弟弟积极主动地跟简嘉搭话："简哥，你有没有初恋啊？"

简嘉抽空回了句："好像没有。"

"笨！"美芽揪实习弟弟的耳朵，"我们嘉宝贝这张脸，只可能是别人的初恋男神，懂？"

实习生弟弟也不生气，很认同地点点头："确实啊，简哥这颜值，放在高中，高低得让人暗恋三年！"

中午跟同事插科打诨一会儿，简嘉也没把翟瑞结婚的事情放在心上。结果下班前，方天忽然抱着凳子滑过来，拍了下简嘉的肩膀："哎，我的宝，有事跟你说。"

简嘉把耳机摘了，暂停了画画时看的电影。

方天撑着下巴："翟总让我问问你，愿不愿意给他做伴郎。"

"啊？"简嘉还以为自己听错了，"翟总？找我做伴郎？"

"哎呀。"方天跟他解释，"你上次不是在团建的时候唱了一首歌吗，贼出风头，翟瑞把你给记住了！然后这次结婚他们就想在婚礼上搞几个小节目，问问你愿不愿意。"

简嘉摸了摸鼻子："那我，考虑考虑？"

他长这么大,还没参加过谁的婚礼,说实话还是挺想凑热闹去看看的,但是让他当伴郎,还得表演节目,简嘉想了一下觉得有点儿累。

"去呗,你师哥也去呢。"方天怂恿他。

"陈泊生也去?"简嘉愣了一下,"他去干什么?也是伴郎?"

"好像是?"方天补充,"你回去问问他不就得了,我记得他跟翟瑞关系还可以。"

"行了我的嘉,给你一个晚上的时间好好考虑,明天给我答复!"

今天陈泊生下班早,跟往常一样直接从事业一部那边过来等简嘉下班——次数多了,事业三部这边几乎都知道简嘉跟陈泊生关系挺不错。陈泊生到的时候,简嘉在收拾工位。

简嘉原本打算不动声色地试探一下陈泊生,结果没想到被陈泊生先发制人。

陈泊生开门见山:"方天说你要去参加翟瑞的婚礼?做伴郎?"

方天这个大嘴巴!

"还没呢,我说我考虑一下。"

"考虑得怎么样?"陈泊生饶有兴趣地问他。

"去吧。"简嘉站起来,"好歹是我大领导,我总不能连这个面子都不给他吧。"

简嘉故作轻松地问了一句:"那你呢,你去吗?"

陈泊生慢悠悠地点头:"去呢。"

"你好歹雇用我一天,也算是我曾经的老板,我总不能不给你面子吧。"陈泊生学他说话。

简嘉对他有点无语,结果没注意,下楼梯不小心踩空了一级台阶。陈泊生笑道:"也不至于高兴得路都不会走了。"

周四下午,简嘉被拉到了一个名叫"八八婚礼伴郎"的微信群中。他一进去,消息就在不停地滚动。方天凑过来跟他说:"嘉,刚把你微信发翟总了,他说拉你进伴郎群,你看着点儿消息哈!"

简嘉恍然大悟,看了一下朋友圈列表,道:"已经进群了。"

方天连忙驾驶着自己的办公椅过来，很贴心地给他介绍微信群里的人。

"恒游 HR 副总郭兴，事业一部总监吴玉华……"点兵点将下来，不是这个总就是那个老板，简嘉着实感慨了一下，翟瑞的这个人际关系真的有点东西，恒游的大老板都能被他请来参加婚礼。

不过想想也是，恒游作为互联网大厂，重头在游戏。事业部是整个恒游的重中之重，事业三部仅次于一部，在整个恒游的子部门里也算佼佼者。

翟瑞的面子，副总都要卖一个。

和老板们比起来，简嘉感觉自己就像一只误入狼群里的小绵羊。

方天问了句："你怎么不在群里打个招呼？"

以他对简嘉的了解，虽然他家草儿平时看着温温柔柔的，其实骨子里是有点社牛属性在的。不管眼前是什么领导，简嘉都能不卑不亢地应对。

有时候他挺好奇简嘉的家庭情况，什么样的父母可以培养出这么宠辱不惊的性格？

"你不懂。"简嘉朝他递了一个高深莫测的眼神，"我要是现在打招呼，不显得我上班摸鱼吗？"

"嘉，你是这个。"方天给他竖了个大拇指，"严谨，你摸鱼的每一秒都是你应得的！"

翟瑞在群里叫了简嘉，给大家介绍了一下。简嘉这才仿佛刚看到消息一般，乖乖巧巧地跟所有老板打了个招呼。他的出现昙花一现。老板们很快就聊其他的事情去了——满屏的基金、债券、股票。简嘉瞥了一眼，不是很感兴趣，就关掉了聊天框专心工作去了。

他这人有一个基本的社交准则，就是坚决不融入自己融入不了的圈子，他曾经不会因为市长公子的身份觉得自己高人一等，现在也不会因为打工人的角色就觉得低人一等。

简嘉的疏离跟陈泊生那种眼睛一闭，谁也不理、平等地漠视每一个人的酷酷的态度还不一样。他的疏离来自他内心的认同感，他只做自己认可的事情。

埋头工作到下班前十分钟,简嘉终于把"傅司寒"最新的卡面给赶出来了。整理图片文件提交给方天那边审稿,剩下的十分钟就用来一边摸鱼一边等待下班。

"八八婚礼伴郎"群又热闹起来。

简嘉发现有人找他,他点开看,发现翟瑞找的是全体成员。

翟瑞:来来来,老板们,麻烦各位选一下婚礼当天喜欢的伴郎服哈。(玫瑰的表情包)

翟瑞:老钱说他觉得新中式的好看,我西装跟唐装都准备了几套,大家挑一挑。(玫瑰的表情包)

老钱就是翟瑞二婚的初恋。

随后,翟瑞发了七八张衣服的图片,果然有西装跟唐装两个款式。领导们的年纪都偏大,四十来岁的男人正是疯狂痴迷唐装的年纪,连着好几个伴郎都选了唐装。

简嘉对新中式感觉一般般,他倒觉得西装挺好看的。简嘉私聊了一下陈泊生。

一十:师哥,翟总的伴郎群在挑伴郎服,你看了吗?

陈老板:哦。

陈老板:刚看了一眼。

聊天框显示"正在输入中",简嘉等了几秒。大少爷回复的态度如下——

陈老板:随便。

很有一种"哥就是套个麻袋也帅得惊人"的嚣张态度。

简嘉都能想到他说这话的语气,下意识笑着打字道:师哥,说起来我还没见过你穿西装呢。

消息发出去的一瞬间,简嘉才后知后觉感觉这句话有点怪怪的。这不是在跟大神提要求吗?喝了儿杯啊,胆子这么大。

下一秒,简嘉就撤回了这句话。然而,陈泊生的消息就跟石沉大海一样,再也没有回复了。

他应该没看到吧?简嘉感觉自己此刻有些此地无银三百两,正绞尽脑汁想编点儿什么理由改变一下诡异的气氛。

伴郎群里,一直没出声的陈泊生终于冒泡了,只发了一句话。

陈老板:我穿西装。

八月八号,结婚当天,简嘉提前一晚上就到翟瑞安排的酒店里下榻了。

第二天五点半,他眼睛都还没睁开,就感觉手机在一个劲儿地振动——翟瑞在群里叫伴郎们下来换衣服。

翟瑞结婚的地方在云京的一家五星级帆船酒店。婚宴大厅在五楼,酒店门口就是一个巨大的人工喷泉,再往前就是一片人工湖。现在天刚蒙蒙亮,景色就已经非常不错。可想而知等太阳升起的时候,湖面的水光潋滟得有多漂亮。

简嘉快速洗了个澡下楼。陈泊生已经站在酒店大厅等了挺久。

伴郎服都是提前在酒店房间换好的。翟瑞这次婚礼预算充足,五星级的帆船酒店,给他们做伴郎的一人订了一间大床房。

陈泊生一身黑色的西装,半倚在酒店大厅的白色钢琴前,低着头玩手机。他皮肤本来就白,黑色的西装衬得他身上的冷淡感更加强烈,整个人帅得跟这个世界格格不入,像二次元里跑出来的男主角。原本那股玩世不恭的懒散也被西装严谨的线条束缚住。

"师哥!"简嘉打招呼,竖了个大拇指,不吝啬自己的夸赞,"你是这个。超帅啊。"

简嘉夸完之后,又很臭美地自我显摆了一下,理了理自己的袖口。他也穿了一套西装,和陈泊生这套款式是一样的,只是尺寸有些不同。穿在身上和陈泊生完全是两种感觉。

"师哥。"简嘉暗示了一下,"我都夸你了,你不得礼尚往来,也夸夸我?"

陈泊生的视线落在他身上,慢悠悠地夸他:"那你眼光真好。"

简嘉愣住了,这个时候不应该说他也很帅吗!

陈泊生见他愣住,笑了声:"挺好看的。"

"只是挺好看?"简嘉不服。

"很好看。"陈泊生笑道,"比我帅。"

"师哥你这话说的。"陈泊生以为简嘉要谦虚一下,结果只听这小显眼包缓缓地感慨,"也就只比你帅一点点吧。"

"……"

两人没聊多久,正式婚宴前的迎亲活动就开始了。

堵门、抢红包、找婚鞋、放礼炮,一个多小时忙活下来,终于将两位新人送到了酒店大厅,可以松口气。

刚到大厅,就见婚宴最里面一桌,方天招手:"嘉,坐这边!"

简嘉看了眼手机,回了个"好",正要过去的时候,又问了一句陈泊生:"师哥,你准备坐哪儿?"

其实伴郎有专门的一桌,恒游的大老板跟各种总监都在那儿。简嘉跟他们不熟,所以还是想和方天一起坐。但他拿不准陈泊生的意思,毕竟大领导们好像都挺喜欢他的。

简嘉犹豫了一下:"你要不要跟老板他们坐一起?"

"不要。"陈泊生声音冷淡,莫名其妙,"等着被老板询问工作进度吗?"

简嘉笑了一下,然后道:"那你跟我坐一起?"

陈泊生点点头,像是满意了:"嗯。带路。"

方天看到陈泊生过来,有点儿惊讶。他扯了一下简嘉的袖子,压低声音道:"大神怎么到我们这一桌来吃饭了?"

简嘉过来他还能理解,毕竟简嘉是事业三部的嘛,这边又都是三部的同事。但陈泊生不仅是一部的,而且跟领导们的关系显然更近。

"可能我们这一桌饭菜看起来比较好吃?"简嘉随口一答。

很快,婚礼正式开始。整个婚宴大厅都暗了下来,随着音乐和灯光秀的开始,四五米高的大门缓缓打开,新郎从大门口正式入场。

简嘉见状,连忙放下椰奶糕,拿起手机随大溜记录下这幸福的时刻。

翟瑞和他初恋走进来的那一刻,全场的灯光再一次亮起。

简嘉今天忘戴隐形眼镜了,从手机屏幕里才看清了整个婚宴大厅高清的全景。一百万支玫瑰铺满了富丽堂皇的宴客厅,三十多米的全屋吊灯,十五米的双舞台布置,让现场充斥着浪漫与梦幻感,看得简嘉目不转睛。只能说，不愧是花费了上百万的婚礼，这排面，真值。

简嘉录得专心致志。

"手机往左边放一点。"陈泊生忽然开口，不知道什么时候走到了简嘉身后，一副闲散的模样。

"为什么？"简嘉茫然地问了句。

陈泊生抬手帮他垫了下机位："构图会好看很多。你不是要发朋友圈？"

果不其然，被陈大摄影师调整了一下的画面构图后，几千块的手机拍出了几万块专业镜头的高级感。

"师哥，可以啊。"简嘉惊叹了一句，转过头，"这水平有点东西，比婚庆的摄影师好多了。"

婚宴厅内，新人入场的音乐戛然而止。全场的灯光再一次暗下来，司仪上台之后，只有一盏追光灯落在舞台上。婚宴厅其余的角落都隐藏在幽深浪漫、水波纹似的昏黄的染色灯下。

手机里录制的画面瞬间暗了不少，摄像头捕捉不到人像，模糊了一瞬。陈泊生顺手帮简嘉调整了一下他手机屏幕的摄像机聚焦。

"发什么呆呢？"

简嘉回神："没呢，师哥。"

婚宴结束的时候，翟瑞还模仿年轻人扔捧花——白玫瑰用米白色的粗花呢布装饰起来，精致又漂亮。只不过他低估了当代年轻人不想结婚的决心。司仪在上面起哄了半天的氛围准备扔花，结果没有一个人凑上来愿意接的。最后这束捧花很离谱地落到了陈泊生手里。

大概是看来看去实在没人要，陈泊生给翟瑞一个面子。几十桌的婚宴里，只有他懒洋洋地靠在椅子上，伸手示意。

大帅哥举手的时候，几乎在场的所有人都听到了齐齐的低声惊呼，并且充满了悔恨之意！早知道陈泊生想结婚，姐妹们就直接开冲了！

司仪握着捧花，被这"神级救场"感动得两眼汪汪。跟扔烫手山芋一样，直接把捧花扔给了陈泊生。

简嘉对他这突如其来的行为感到疑惑，随口问了句："师哥，你是不是不知道接捧花的含义啊？"毕竟在简嘉眼里，陈泊生这种对万事都漠不关心的态度，还真不一定知道。

"知道啊。"陈泊生道，"不就是一束花吗？"

陈泊生笑了起来，姿态更散漫，手里抓住捧花，身上的黑色西装十分帅气。一瞬间，简嘉甚至产生了一种错觉，好像今天真的是这大少爷的结婚现场似的。

直到后来他在婚宴舞台上表演了一个自弹自唱的吉他节目，下来的时候陈泊生借花献佛，顺势就把捧花塞给他了。合着是想省一笔送花的钱。

又是一周的周五，《第十区》工作室赶了一个月，终于把新一章主线的卡面给绘好了。工作告一段落，方天大手一挥，决定下午的时候请整个原画组喝奶茶，并决定让大家提早下班，享受周末。

在这个美好的夜晚，简嘉选择打一把游戏。他好久没玩了，登录了企鹅账号，随机挑选几个在线的好友开黑。

没想到第一个来找他的是宇宙最强小学生。简嘉有段时间没看到他上线，心想应该是小学生课业繁忙。他顺手把宇宙最强小学生的备注改成了"陈佳佳"。

陈佳佳：来一把。

简嘉点击了同意。游戏一开就是一小时，简嘉打得腰酸背疼。结束之后，简嘉发了条消息给"陈佳佳"。

一十：不打了。

想起自己还欠了两张稿子，没等对方回复，简嘉关闭企鹅号，直接从抽屉里摸出画笔开始工作。

没想到几分钟不到，这熊孩子就在企鹅号上面蹦跶，还戳了戳他的头像，给他发窗口抖动。

陈佳佳：人呢？

陈佳佳：怎么不回我？

简嘉发了个表情包过去，是一张搬砖小狗的图片，配了一行字：

我不是闲人，我也是要工作的，弟弟。

陈佳佳：你怎么下线这么快？

陈佳佳：是不是有什么烦恼？

陈佳佳：告诉我，我也可以告诉你一个秘密。

简嘉："什么？"

他们俩是在互联网上玩什么交换心事和秘密的游戏吗？

转眼间又过了一周。八月十三号，简嘉提前跟方天请了一天的事假。KOKO上面有员工的个人行程日历，方便工作沟通的时候，确认对方是否在岗。功能设计得一目了然，避免了很多交接任务的麻烦。简嘉刚提交了请假申请，自己的KOKO页面就在十三号那天挂上了"事假"的标签。

陈泊生是晚上问他的。对于大少爷一时兴起跑来看自己KOKO工作日历的事，简嘉虽然有点意外，但也没多想。

"就是一点私人的事情。"简嘉说，"大概明天下午六点就能处理好了。师哥，你晚上想吃什么？我回来得早的话顺便去超市买点儿菜，昨晚看冰箱好像又空了。"

"都行。"

陈泊生似乎还想说什么，但最后也没有开口问。简嘉既然说了是私事，就没有告诉他的必要。他现在没有资格过问。两人的关系也没好到可以插手对方生活的程度。

简嘉说的私事，其实是给高中班主任扫墓。简嘉的高中班主任叫赵芹，大概是他俩很有师生缘分的缘故，简嘉从实验班到理科实验一班，班主任都是她。赵芹一带他，就是三年。

当年任书禾出事的时候，也是赵芹踩着高跟鞋跌跌撞撞地来通知他。后来亦是这个温柔聪慧的女人，一路陪着简嘉取证做笔录。在简嘉无处可去的时候，是赵芹收拾了家里的一间屋子，安置了他。复读那年，简嘉有两个月是跟赵芹一家人一起生活的。

只可惜造化弄人。简嘉那时候还不知道赵芹已经被检查出肝癌，只知道赵芹吃东西很困难，常常在卫生间内呕吐。高考完之后，赵芹才告诉他这个事情。简嘉大学时打工赚钱,除了还债存的一部分,剩下的几乎都拿去为赵芹治病了。尽管如此,赵芹的病情依然没有好转。

大二开学,简嘉在一个电闪雷鸣的夜晚,送走了他的老师。

赵芹虽然离世了,但是这几年,简嘉依然和赵老师家里维持着良好的关系。每次发了工资和奖金,简嘉仍然时不时给赵芹家中添置家具或者改善生活,还会在赵芹丈夫的卡上定期存一笔生活费。

就跟金钱总是流向不需要金钱的人一样,苦难也总是降临在可怜人身上。赵芹的丈夫王为进偏瘫残疾,他们还有个四五岁的女儿王乐乐要养育。

简嘉的计划是上午去扫墓,然后中午买菜去老赵家里给人做饭。进叔是轻微的偏瘫,虽然不能外出工作,但也不怎么影响日常生活。只是简嘉觉得自己来都来了,就不能让人家进叔忙活。所以他没跟王为进说自己什么时候到,免得对方提前做饭。

十三号一早,简嘉洗了个澡,换了一套比较休闲宽松的短袖和长裤,踩了一双运动鞋。推开房门,简嘉看到沙发上瘫坐着发呆的陈泊生时,有点儿惊讶,他看了眼时间,已经九点了。

"师哥,你今天不上班吗?"

"上。"陈泊生注意到他的动静,转头懒洋洋开口,"昨晚打游戏太晚,睡过头了。"

简嘉出门。陈泊生也跟着站起来,从茶几上随便拿了把车钥匙握在手里。

"反正都迟到了,我顺便送你去办事。"

简嘉愣了下:"没关系吗?"

陈泊生道:"有什么关系。晚上补班就行。"

简嘉没什么好说的,只能感慨,大佬就是大佬,上班就真的可以随心所欲。

不过,简嘉也见过陈泊生加班的时候。忙起来真的是昏天黑地,一通宵就是一周。简嘉有三个晚上看到陈泊生睡在沙发上,仿佛是一进家门就直接昏倒了一样。

老赵的墓地在云京公墓，位于郊区，开车过去需要四十分钟左右。简嘉提前去楼下便利店里买了早餐。

一路朝郊区开，高楼大厦就渐渐变成只有五六层楼的居民楼，还有云京本地没有拆迁的老房子。空旷的田野和高大的烟囱映入眼帘，空气中飘来郊区独有的那股气息。

车停在云京公墓的地下停车场，剩下的路就得两人爬上去了。简嘉从后车厢抱出提前买好的两束白菊，沿着蜿蜒的山路慢慢地走。

在云京这个赶地铁都得用竞走的快节奏大都市里面，简嘉难得能享受到这种慢悠悠散步的感觉，沉重的心情也被沿途的风景治愈了一些。到了赵芹的墓地，简嘉把白菊先放下："赵老师，我是简嘉，来看你了。"

他跟所有来看望已故亲人的家属一样，把墓碑旁边的杂草清理了一下，低声汇报行程："一会儿我就去你家。你家还在茶花街呢，进叔舍不得搬家，说住习惯了。乐乐读完今年就得上小学了，小孩子聪明得很，不愧是老师的女儿，哈哈。

"其他没什么事。进叔的身体还是老样子，吃着药呢。您放心，我常联系着的，他还自学了书法，跟茶花街的老头们比赛，拿了个二等奖，可厉害。"

简嘉讲的都是些日常的琐事。

"我不打扰您休息。正好来一趟，我得去看看我妈。"他最后一句说得极小声，几乎称得上是自言自语。

陈泊生站得近，也因为墓园实在太安静了，因此还是听到了。难怪简嘉今天准备了两束白菊。陈泊生没说话，只是默默地跟着简嘉。

墓园里只有呜呜的风声，穿过石阶，两人来到了最里面的一层。任书禾的墓碑就在从左边数第五个。

比起面对赵芹时，简嘉尚且游刃有余地装作轻快的样子，讲那些琐事，站在亲生母亲的墓碑前后，他反而一言不发，只怔怔地放下白菊后，看着照片里任书禾的脸。

陈泊生看过去，只觉得简嘉和任书禾长得有七八分相似——都是一双明艳凌厉的桃花眼，一张端庄俊秀、温婉又要强的美人面。

简嘉完全沉浸在让他窒息的情绪中，只听陈泊生忽然开口："简嘉。"

他好像被人拉了一下，感觉眼前清明不少。

简嘉找到了自己的声音，轻飘飘的，他尽量让自己看起来正常："怎么了，师哥？"

陈泊生说："不介绍一下？"

"什么？"简嘉仰头看着他。

陈泊生半蹲下身，学着简嘉刚才的样子，把墓碑周边的杂草一根一根拽干净。低沉清冷的嗓音，清晰地传入简嘉耳中。

"任阿姨你好，我是您儿子简嘉的室友，我姓陈，陈泊生。

"漂泊的泊，生生不息的生。"

陈泊生这温和的一面，让认识他的人看到，绝对会觉得十分震惊。

"简嘉今年大学毕业了，找了一份游戏相关的工作，工资一万八，双休，待遇福利都不错，和我在一个公司。

"他过得还挺好，每天的三餐都按时吃，最近胖了五点六斤，头发也长了一寸。简嘉跟我住在一起，养了一只叫贝贝的肥猫，他现在有同事，有朋友，有很多人爱他。

"您放心，他现在很安全，而且很好很健康地长大了。"

简嘉完全愣住，诧异道："……师哥。"

这一刻，简嘉的心跳忽地有些快。山风吹过他的心坎，他骤然意识到，在这世上，他好像，不再是孤身一人了。

等陈泊生说完了，简嘉才反应过来。他转头，神情依然很诧异："师哥，怎么突然说这么多？"

陈泊生倒也没有觉得有什么问题，说完之后，动作很自然地站起来，有点儿居高临下地看着简嘉。

"你刚才不是跟你老师也说了很多吗？"陈泊生理直气壮道。

简嘉哭笑不得："那是因为她是我老师嘛，总觉得来都来了，还是得说点儿什么。"

"嗯。"陈泊生也有理由，"那我是因为自来熟。"

简嘉:"……"

行,自来熟。简嘉真想不到有一天这个词能从这位酷哥的嘴里冒出来,还是用来形容他自己的。

不过简嘉没有继续问。他不傻,知道陈泊生是为了安慰自己。不仅仅是在任书禾墓碑前说的这些话,也包括早上找理由陪他来这里。

茶花街虽然不在郊区,但也不在市中心。从公墓开过去需要半小时,是城东一片比较著名的城中村。云京的发展一向迅速,这几年城中村"老破小"拆得不剩多少了。

车子从宽敞的大路慢慢驶入窄窄的巷子。简嘉透过车窗看着外面熟悉的铝合金防盗窗,蜘蛛网一样拉在头上密密麻麻的电线,孩子们追逐打闹,还有中年人赤裸着上半身坐在小店门口喝酒吃饭。时光好像一下子被拉回到了五六年前。

只不过没感慨多久,简嘉就开始担心巷子里的各种自行车、电瓶车、三轮车剐擦到陈泊生的车。他干脆从车上下来帮着指导停车。茶花街上原本落在这辆豪车上的目光就多,此刻见上面走下来这么一个帅小伙,打量过来的视线就更多了。

"小伙子,这车多少钱哪?"有个五十来岁的大叔搭话。

简嘉擦了把汗回道:"我也不太清楚,这车是我朋友的。"

"哦哟哟,要好几百万吧,这么好的车开进来,不怕被刮花啊!"

"怕啊。"简嘉笑着,他笑起来感染力特别强,跟人闲聊的感觉仿佛两人认识了十年一样,"所以这不是下来帮我哥看路了吗。"

话音刚落,陈泊生悄无声息出现在后面:"你叫我哥?"

"吓一跳。"简嘉吓一跳,"怎么了,不行吗?"之前不是一直叫"师哥"的吗,跟"哥"有什么区别吗?况且陈泊生是比他大一岁,这么叫也没毛病吧。

"没有,挺好的。"陈泊生道,"就是有点儿不习惯。"

简嘉刚想说你要听不习惯那他改回来就是。

结果陈泊生淡淡地继续:"所以你接下来尽量多叫几次,我熟悉熟悉。"

简嘉茫然地点头："行啊，哥。"没看出来大帅哥内心还有一颗想当哥哥的心。

几分钟后，王为进就从楼上下来了，他挂着一根拐杖，是个头发短得快贴头皮的男人。

简嘉把后备厢里面买的菜都拎出来。王为进激动地开口："爱宝！"

"哎。"简嘉答了一句，笑盈盈的，"进叔。"

王乐乐跟着她爸一块儿下来，看到简嘉，也激动得不行。四五岁的小姑娘连跑带跳地扑到简嘉身上，脆生生道："爱哥哥！"

简嘉拎着菜，身体晃了一下才抱稳了王乐乐。他笑道："乐乐想没想哥哥？怎么感觉你又有点儿胖了。"

"想的！"王乐乐抱着简嘉就不撒手了，闹了好一会儿，转头看到陈泊生的时候，问道，"这个大哥哥是谁啊？"

王为进提高声音："乐乐！你哥还拎着东西呢，也不嫌累着你哥，给我下来！"

"没事，进叔。"简嘉抱着王乐乐，"我不累的，乐乐不重。"

陈泊生很有眼力见地帮简嘉拎过手中的肉和菜。

王为进看向陈泊生："这是？"

简嘉解释道："进叔，这是我师哥，现在跟我住一起的。"

"哦哦，是你同学啊？"王为进笑呵呵道，"难得看你带人过来。"

简嘉笑了笑。王为进拉着他上楼，嘴里念叨："我就说让你不要每次来都买这么多东西，你上回给我买的牛奶我都还没喝完。你挣钱不容易，下次不要这么浪费钱，我年纪大了过得糙得很，吃不吃都无所谓……"

"那哪儿行啊，叔，你不吃乐乐还得吃呢，我不能把我妹给委屈了吧。"

简嘉这次过来也带了很多东西。除了中午要做的饭菜之外，还有各种补品跟牛奶，一箱一箱地往楼上扛。

茶花街是条老街，筒子楼里面都没安装电梯，家家户户为了省电费,都在阳台上乘凉。简嘉他们的动静闹得不小,再加上陈泊生那辆引人注意的豪车,几乎引来了整栋楼大爷和婶子们的围观。

"他进叔,你家儿子又来看你啦。"

"对啊,来了啊!他上班忙,今天还是请假来的,我都让他别来了,你说真是。"王为进跟大部分家长一样,孩子回来之后就爱在街坊邻居面前显摆。听别人把简嘉叫作自己儿子,心里别提多美了。

"我儿子现在在大公司上班呢,挣的钱老多了,就两个字,优秀!"

简嘉被王为进说得脸有点红,但又不好意思阻止。难得他这么高兴,走起路来都没那么跛了。

"是咯!"婶子们笑,"你看看,每次来都买这么多东西,真贴心!让人羡慕的呀!"

婶子又看到陈泊生,是个生面孔,没见过,大嗓门地问了一句:"为进啊,这帅小伙子也是你儿子啊?"

"我儿子同学,这不陪他一起回家看看。"王为进乐呵呵的。

"真好真好。"

王为进走在最前面带路,简嘉抱着乐乐走在中间,陈泊生自然承担了拿蔬菜瓜果、牛奶补品的所有劳动,大包小包地拎着,走得笔直的同时还面不改色。

简嘉见状有点不好意思,于是放下乐乐让打算让她自己走两步,然后分担一点儿陈泊生手里的重量。

结果陈泊生直接拒绝了:"不用。"

"我拿一点儿吧。"简嘉嘀咕,"东西不少的,你一个人拎着不累啊。"

"累是累。"陈泊生大大方方承认了,"不过,我不都成你爸另一个儿子了,累点儿也是应该的。"

简嘉:"……"

师哥,大可不必这么入戏!

接下来的时间里,陈泊生好像真的突发奇想地开始沉浸式扮演

"儿子"这个角色，不仅把所有的东西都拎上了六楼，听王为进说家里的电视机坏了之后，还顺便帮王为进把电视修好了。

"哎，进叔年纪大了。"王为进看着忙忙叨叨的简嘉，叹了口气，"我这个身体，眼看着还不知道能活几年，看不到乐乐成家，我就想着能看到你结婚也好。"

"我昨天去看了你赵老师……"王为进哽咽了一下，说不出话了。

简嘉上午去的时候就看到赵芹的墓碑前放着瓜果和花了。王为进带着女儿出门不方便，他也不肯麻烦简嘉，往往都会提前一天去，在墓园里坐到深夜。

"你看我，今天你来这么高兴的日子，我又讨嫌。"王为进连忙擦了把脸，"不说了不说了，我给你搭把手，咱爷俩今天好好聚聚，喝一杯。"

简嘉哪儿能让他搭把手。但王为进闲不住，就是想帮他做点儿什么。简嘉只好让他洗了洗菜，然后自己穿上围裙，做了五菜一汤出来——都是家常菜。简嘉想起陈泊生的过敏，特意做得不辣的。汤是莲藕炖猪蹄。小简同学这次是认真的，要让大少爷看看，什么叫作真正的厨神！

从厨房里出来，王为进说还是老样子，去天台上摆一桌。王为进住的是茶花街筒子楼的六楼，最高的一层。再往上就是个宽敞的天台，楼里人晾衣服、晾被子、晾鞋都在这儿。

简嘉在任书禾出事后的有一段时间，一直住在赵老师家。他经常一个人爬上这个天台，从七楼往下看，觉得整个世界都空荡荡。

乐乐小胳膊小腿的也勤快，抱着碗筷上楼摆好桌子。简嘉跟陈泊生负责端菜拿凳子，没一会儿四个人就坐了下来。

今天的天气少有的凉快，中午刚过也没什么暑气。顶楼风景虽然美，但望出去还是一片老的老、破的破的旧城区。

简嘉拿了个塑料凳给陈泊生坐，叮嘱道："师哥，你要是不习惯的话就跟我说，老城区这边就是破了点儿。"

"还好。"陈泊生开口，"挺习惯的。我小时候住过比这更差的地方。"

简嘉好奇："你小时候不是在英国吗？"

"嗯。"陈泊生应了一句。

简嘉有点诧异，还以为陈泊生就算在英国，依照他的经济水平，怎么也是跟公主一起住城堡吧，还能比云京的城中村更差？

"想什么呢。"陈泊生无奈地开口，"真觉得国外的月亮就比较圆呢。伦敦破的地方你是没去过，睡天桥都比睡贫民窟舒坦。"

简嘉还真没去过。他唯一一次去英国，是在念幼儿园的时候。任书禾那时候还能申请出国，一家三口在泰晤士河旅游。

简嘉点了点头，看得出来陈泊生不打算继续这个话题。

王为进拿出来刚从楼下买的酒——他不能喝，只能给简嘉倒上，然后自己以茶代酒。简嘉是那种喝果酒都只有两瓶量的人，王为进买来的白酒他喝了一小杯就已经上头了。想着大白天的克制一点，不至于喝那么多，后半程都在吃菜聊天。

一顿饭结束，已经是下午两点。

王为进说什么都不肯让简嘉去洗碗，把他跟陈泊生两人扔天台醒酒了。

简嘉脑袋有点晕，七楼的天台没有防护网，但天台的边缘砌了堵三十厘米高的矮墙。尽管如此，看着也不是很安全的样子。除了矮墙，边缘还有个不知道谁家的沙发，简嘉想过去坐一会儿。

陈泊生忽然拽住他："别走得太靠边。"他皱眉，"很危险。"

"……哦。"简嘉喝得有点醉，反应慢半拍。

陈泊生笑了一下："什么酒量啊，半杯就倒了。又菜又爱喝。"

"你才菜呢，师哥。"简嘉不服地反驳。

天空阴沉沉的，看样子一会儿要下雨。蜻蜓飞得很低，空气中的湿度在缓缓增加。

陈泊生忽然问："进叔为什么叫你爱宝？"

"爱宝？"简嘉歪着头，想了想说，"哦……你说这个啊。因为这是，我的小名。"

"小名？"陈泊生挑眉。

简嘉点点头："我妈怀我的时候，特别痴迷一本外国小说，你应该听说过,叫《简·爱》。"他慢吞吞道,"那时候,我妈以为自己怀的是个女孩,所以不顾众人反对,坚决要给自己小孩取个名叫简爱,致敬自己最爱的女主角。"

"后来生下我是个男孩,这名儿就用不上了。"简嘉笑道,"然后就变成我的小名了。"

简嘉仰着头看他,笑了声:"一个男生叫这个小名挺奇怪的吧?"

"还好,挺适合你的。"陈泊生试着叫了一声,"爱宝。"

"啊?师哥,你这就喊上了,怪不好意思的。"

简嘉调侃了一句,打着哈哈。

"怎么,喊你小名还得有什么条件吗?"

"没。"简嘉笑道,"一般都是亲近的人喊。"

简嘉靠在沙发上,喝醉之后有点儿无意识话痨:"师哥你这样站着跟我说话,我脖子不舒服。"

陈泊生长腿一跨,就坐在沙发上了。

两人没能继续往下聊。一是简嘉实在头晕得厉害,说话的逻辑乱得一塌糊涂。二是王为进已经洗好碗了,招呼他们下去吃点儿饭后水果。三是天台是露天的,看这天气过不了多久就要下雨。

简嘉有点跟跄地站起来,把陈泊生当人形拐杖用。

门一开,王为进看到简嘉,大吃一惊:"哎哟哟,爱宝,怎么喝得这么醉?"

王为进想帮着陈泊生扶他,被陈泊生拒绝了。毕竟王为进身体不好,腿脚不便,简嘉喝醉了之后没轻没重的。

"怪我,怪我。"王为进自责了一番,"早该想到他酒量是个一杯倒的,还给他喝度数这么高的白酒,看看,耳朵都红得要熟了!"

简嘉下意识摸了下自己的耳朵。

"来来来,阿生哪,你扶着点儿,带他去房间里休息一会儿。"

一顿饭过后,王为进跟陈泊生的关系拉近了很多,使唤起他来也很顺手。

陈泊生这人虽然看着又高冷又酷,但和他相处下来就知道,他性格其实是挺平易近人的,甚至可以说随意。徐谦有时候调侃他是自己儿子，陈泊生也不会生气。翟瑞请他去做伴郎，他也一点儿架子都没有地答应了。甚至原本觉得他特别难搞的方天，成为朋友之后，对陈泊生的评价都特别好，觉得他跟自己想象中的好像不太一样。

看着很酷的原因大概率是大少爷觉得说长句很麻烦。要是可以的话，这少爷恨不得连吃饭都省了，直接进行光合作用来维持生命。

简嘉有时候觉得陈泊生跟世界格格不入的原因，就是他看着好像连活着，都觉得挺麻烦的。

王为进推开了一间朝南的次卧，空气中那种旧房子独有的气味扑面而来，不算难闻。这种味道往往带有记忆，简嘉觉得应该是时光的味道。一闻到，好像就回到了高中那年的暑假。

"这是爱宝以前读书的时候住的房间，就是好久没人住了，我就拿来放了点儿家里的旧衣服和杂物。"王为进边说边铺床，"床单和被褥都是新换的，我就怕爱宝今天过来的时候过夜，早给他洗好了。"

陈泊生扫了一眼小房间，果然如同王为进说的那样，墙边放着一些纸箱子打包的冬天衣服，还有堆叠的厚被子。房间内却十分干净整洁，被褥也散发着晒过后太阳的味道，薄薄的一层都看得出松软舒适。陈泊生打量着房间，想象着十七岁的简嘉坐在书桌前咬着笔杆，写下那些难解的数学公式。

那时候高高悬挂在夜空的月亮，在这一瞬间竟然奇迹般地朝着自己奔来。然后，牢牢地被他抓住。

简嘉这个午睡睡得不是很踏实。酒喝多了是一方面，另一方面大概是又回到了高三那年的旧房间，一些尘封在心底的记忆也开了闸。浅眠的两个小时里，那个夏天所有的事情放幻灯片似的在他梦里过了一遍。

简嘉梦到了简证南。

自从简证南和那个女人住在一起之后，简嘉已经有很多年没有梦到他了。好像自己是从石头缝里蹦出来一样，不刻意去想的话，他都忘了自己曾经还有一个幸福的家。

在简嘉的印象里，简证南一直是一个温顺内向的男人，没什么能力，但胜在安分贴心，长得也清秀俊美。任书禾要强，做事说一不二，雷厉风行，家里事事都要拿主意。简证南向来对妻子逆来顺受，乐意当妻子的辅助。他没有收入来源，没有工作能力，甚至连社交都没有，一心都扑在照顾家庭和妻子的身上。所以当任书禾出事之后，简证南整个人都垮了，从云端到泥潭，不过是一秒钟的事情。

简证南也不是一开始就跟别的女人跑了的。刚出事的那段时间，他负责安排任书禾的后事，照料着简嘉。对于过惯了安逸生活的男人来说，这苦难的一天比一年还难熬，每一次让他拿主意，都像拿刀架在他脖子上一样逼他选择。

简嘉那时候虽然痛苦，但也没有彻底放弃自己。总想着，他还有父亲，只有和简证南好好地活下去，才能让任书禾走得安心。直到有一天，简证南哆哆嗦嗦地回到家，在客厅里沉默地抽着一支又一支的烟——他以前从不抽烟。

简嘉看到了之后问了一句："爸，怎么了？"

"爱宝。"简证南浑身发抖，"你读书比爸爸多，你手机上找找看，云京这边有没有什么便宜的房子出租。"

简嘉下意识察觉到事情不对劲，喃喃道："为什么要租房子？"

"爸爸出了点儿事，可能要把咱们家的房子卖了。"简证南挤出一个笑，比哭还难看，"你别担心，就是放在别人手里过一下，等爸爸赚了钱，马上就买回来。"

简嘉觉得自己的心凉了半截，问出的每一个字都像是从嘴里硬挤出来的一样："……出了什么事，你说实话，别骗我。"

"我……我……朋友带我去打了几次牌，说是能赚大钱，我就去了。然后手气有点不好……"简证南朝着他解释，急急忙忙，"爱宝，一开始爸爸真的赚钱了，赢了好几次，就这几回手气不好才输的！你相信爸爸，房子只是暂时抵押给他们，我一定会赢回来的，我肯定养得起你。"

"你赌博？"简嘉脸色惨白得一丝血色都没有，"你是不是疯了你去赌博?!你是不是疯了！你是不是疯了！我自己有手有脚赚钱，我让你去赌博养我了吗?!"

他说到最后几乎歇斯底里:"我让你去赌博养我了吗?啊?你疯了吗?!你疯了吗?!"

"爱宝,爱宝。"简证南泪流满面地跪下,"爸爸知道错了,但是爸爸真的很想赚钱,我不想我们父子俩以后过苦日子。爱宝,你原谅爸爸吧,就原谅这一次,这是最后一次。"

事实证明,原谅是没有用的,跪下求饶也是没有用的。赌博是一个填不满的欲望黑洞,是魔鬼。

先是房子,后来是车子。车子没有之后,到处借钱。越赌越大,欠的债越滚越多。直到有一天,收债的人闹到了简嘉的学校里,将他堵在校门口要债,闹得几乎人尽皆知。这件事最后虽然在老师和校长的极力维护和警察的帮助下被解决了,但只有简嘉知道,那一天同学们落在他身上的诧异又震惊的视线,几乎像刀一样凌迟他。

收债的混混"呸"了一声,骂他家欠债不还,骂他是臭老赖的儿子,也是个脸皮厚的。

也是从那一天起,他的自尊好像被踩在了地上,碎成一片一片,再也捡不起来。再后来,简嘉休学了。

赵芹一开始不知道他去了哪里,跟王为进两个人到处打听,把云京大大小小的学校都跑遍了,甚至连一些群租房都去找过。然而简嘉就像凭空蒸发了一样,没有任何消息。

再一次看到简嘉,已经是第二年的夏天。

王为进依然记得那是一个阴沉沉的雷雨天。赵芹刚从学校里回来,在家做了三菜一汤,还不忘继续跟同事那边询问简嘉最近的情况。家里的大门就是这时候被敲响的。

赵芹去开的门,王为进腿脚不便,就坐在客厅的凳子上。透过打开的门,看到了浑身几乎湿透的简嘉。

王为进惊诧了好几秒。赵芹喜欢简嘉这孩子,常常在家里提到他。王为进知道简嘉,任市长家的公子,本是一个前途光明灿烂,优秀上进的孩子。他见过简嘉脸上似乎永不消失的笑容,像朝阳一样耀眼。但没见过这孩子狼狈的模样。风雨飘摇,他垂着眼睑站在门口,过长的刘海遮住了他的双眼，像是被世界抛弃的小狗一样，下一秒就要碎掉了。

赵芹吓了一跳，轻声道："简嘉，怎么回事？来来来，进来跟老师说。"

简嘉站在门口，声音比她还低，虚弱得不像话："赵老师，你之前说我有困难的话可以来找你。"像是要说的话极为难以启齿一样，简嘉的头越来越低，如同要将自己沉入尘埃中。

"赵老师，我能……"少年的声音哽咽，手臂擦了一下脸颊，"我能在您家住一段时间吗？"

他说："我没有家了。"

至今为止，想起那个下午，王为进记忆犹新。

简嘉已经在床上睡着了，看得出来现在的简嘉被照顾得很好——脸颊都养出了一点儿婴儿肥。他睡着的时候很安静，只有睫毛会轻轻颤动，代表着他在梦里也没遇到什么好事。

"爱宝这个孩子，唉。"王为进给他盖好被子，"就是太懂事了，你说好好的，家里怎么就出了这么大的事。"

"还恰好在他高三那年，要不是后来……"王为进没说完，叹了口气，"还好他想通了，后来去复读。现在终于好过一点了，有了工作，债也还清了，我就想看着他好好结婚，以后也好有个人照顾他。我闭眼也能安心。"

陈泊生低声"嗯"了一句。房间里就再也没了声音。

王为进拍了下脑门，道："哎哟，你看我。我就是年纪大了老爱回忆过去，说的都是有的没的。"

"阿生哪，进叔就是个厚脸皮，我看你是个好孩子，你现在跟他住在一起，想麻烦你多照顾一点他。爱宝这个人，你别看他整天嘻嘻哈哈好像没烦心事，其实他就是不说，什么都藏在心里，觉得凡事忍忍就过去了。"王为进继续道，"爱宝要是以后有什么事，你多担待点儿，叔就先给你道歉。"

"不会。"陈泊生道，"他很好。"他顿了下，重复了一遍，像是说给自己听，"他真的很好。"

第六话 ☆

八月盛夏，你我相遇 ☆

#06

简嘉睡了两小时起来,是纯纯被渴醒的。乱七八糟做了一下午的噩梦,睁开眼看到窗外已经堆积了厚厚的积雨云,乌压压的一层叠着一层。

熟悉的铝合金防盗窗映入眼帘。恍惚间,简嘉感觉自己的梦好像还没完全清醒,还停留在梦里的夏天。

直到床边传来陈泊生的声音:"醒了?"

他才好像被扯回了人间,茫然地点头:"嗯。"

"师哥,我睡了多久啊?"简嘉坐起来,喝多之后头还有点痛。不过睡一觉之后,大脑清醒不少,醉意也消失得无影无踪。

"两个小时。"陈泊生把桌前兑好的葡萄糖水给他,"渴了喝这个。"

简嘉双手捧过,说:"谢谢师哥。"

"嗯。"陈泊生坐在书桌前的椅子上,姿态散漫。

明明同样是坐着,陈泊生还是占了身高的优势。看起来比他的视线要高个几厘米,盯着他的时候,莫名有一种被审视的意味。简嘉被看得心里发毛。

"现在怎么喊师哥了?"陈泊生忽然问。

"什么?"简嘉捧着水杯一愣,心想这是什么话,他不是一直喊陈泊生"师哥"吗?

陈泊生慢悠悠道:"刚才在天台可没喊呢。"他冷冷道,"不是还直呼我大名,喊我陈泊生吗?"

简嘉瞬间回忆起了。他脚趾抓地:"哈哈,是吗,我喝多了,有点儿忘记了。"

房间里忽然没了声音,尴尬的气氛正在渐渐蔓延。

"我去给你煮解酒汤。"陈泊生拉开椅子,往门外走去。

陈泊生端着汤往大门口走,外面就是露天的走廊。王为进看了眼觉得这小子方向走得有点儿不对劲啊,连忙提醒了一句:"阿生,你到门口去干什么?"

"哦。"陈泊生回了句,"醒酒汤有点儿烫,我上门口吹一下。"

简嘉喝完解酒汤之后就感觉身体好多了,头不疼腰不酸,睡了一觉之后神清气爽。第二天一早上班的时候,已经彻底没了那种宿醉的感觉,洗完脸甚至都不用滴眼药水。

出门的时候,陈泊生已经在客厅里了。

简嘉有时候真佩服他的作息,他师哥是一个已经把睡眠进化掉的神奇男人——可以加班到凌晨三点睡觉,之后还能在早上六点半起来洗头洗澡。这是什么可怕的毅力!

而且每天穿的衣服都不重样。就算简嘉没怎么了解过时尚圈子,也知道陈泊生的穿搭审美很高级。当然,也有可能是人长得太帅了——套个麻袋看上去都很有风格。

"早啊,师哥。"简嘉打了个哈欠,坐下来开始吃鸡蛋。

早餐是陈泊生晨跑完之后买的。简嘉一般负责晚餐,要是没时间做就出去吃。合租几个月,两人在生活习惯方面已经磨合得挺好。

"早。"

简嘉点点头,继续"咕嘟咕嘟"地喝豆浆。

喝了半杯豆浆之后,他放下杯子,发现陈泊生若有所思地盯着他看。简嘉连忙拿起手机看了眼自己的脸,摸了一下:"师哥,我脸上有东西吗?"

"没有。"陈泊生顿了下,塞了一颗小番茄进嘴里,慢条斯理地嚼。

随后就是正常的生活流程——蹭一下大帅哥的车上班。简嘉自从被金钱腐蚀了之后,就再也不想去挤夏天的地铁了。你都不知道你能在地铁上闻到什么奇怪的味道。

陈泊生开车从恒游园区的正大门进入地下车库负二层。简嘉看了眼时间差不多要迟到了,解开安全带准备下车,一拉车门,锁住的。

这熟悉的场面。简嘉转头:"师哥,有什么事吗?"

"没事。"陈泊生盯着前方,骨节分明的食指有一下没一下地敲着,指缝间的那颗黑色的小痣格外明显,"你没什么话想对我说吗?"

简嘉犹豫了一下,心想平时还有这个流程吗?想了半天,简嘉缓缓道:"那,师哥再见?"

"……行。"陈泊生俊美无俦的脸露出了一丝无奈的表情,半晌,叹了口气,"那等你什么时候想起来,有其他的话要跟我说,再来找我。"

简嘉一头雾水地下车了。

不过这个小小的插曲,没能影响到他的好心情。心情一好,一上午工作效率也快——一下出了五六张的草稿图,吓得方天以为他要干什么了,中午吃饭的时候连忙说:"我的嘉,你是不是想卷死我,然后继承我的位置?"

夏天越来越热了,简嘉跟方天两个人不想去食堂那边排长队打饭。现在每天都直接下楼在食堂门口的花车那里拿盒饭——恒游的食堂提供快餐打包的服务,就是不太好吃,菜式选择也比较少。今天是毛豆烧排骨。

简嘉看了眼,排骨一口没动,吃了点儿毛豆,闻言,乐道:"不是说好了,等你进入豪门之后,你的位置给我吗?"

"是啊!"方天塞了一口饭,"那你今天这么卷干什么,一上午出五张图,还画得这么漂亮,你不要命啦!"

简嘉笑了一会儿,说道:"可能是今天心情好,手感也好。"

"哟哟哟。"方天撇嘴,用一种调侃的眼神看他,"看出来了,一上午都在那儿笑了,发生什么好事了?值得这么高兴?"

简嘉嘿嘿笑着,也不说话。

简嘉是一个生活里发生芝麻大点儿的事都喜欢记录下来的"小

文青"。每个月的月末甚至还会做 PLOG① 的总结,用力地过好自己生活中的每一秒。

说实话,方天还挺羡慕这种人的。执行力强,毅力也强,不像他,一下班就跟死狗似的瘫在床上,恨不得睡得天昏地暗。有时候刷到简嘉的朋友圈,他都乐意一张一张地看完。

有些人美好生活的点滴,其实还挺有治愈人的力量的。

这个世界那么大,但总有人在其中创造美好。

吃完饭回去,简嘉看到陈泊生给自己发了微信消息,问他中午要不要一起去外面吃饭。

恒游中午休息一个半小时,旁边就是商业广场,美食店琳琅满目。

消息是四十分钟前的,简嘉忘记看了。他连忙坐下回了两句。

—十:师哥我吃过啦。

—十:今天中午和方总拿的盒饭,天太热了,真不想去食堂吃饭。

说完还把刚才拍的盒饭照片发过去。

聊天框内好久都没有动静。陈泊生那头大约过了一分钟,才回了一个字:嗯。

过了一会儿,又发了一条:等会儿给你带杯绿豆冰沙。

说的是恒游园区奶茶店特供的夏日新品。很消暑,但也因为很热门,总是一上架就被抢购一空。

下午的时候,简嘉就坐在工位上一边画画一边等他的绿豆冰沙。

KOKO 的大群消息闪烁了一下,HR 张姐通知了所有人道:"恒游中心园区那儿今天有九周年纪念的下午茶活动哈。吃的东西很多,欢迎恒游各部门的同学们来饱餐一顿!"随后发了几张园区下午茶的照片。有十几张餐桌,摆着各种各样的奶茶、小吃还有文化衫,有点儿像大学里的校园文化祭。

已经有不少人过去。

恒游就是这点儿好,也是简嘉最喜欢的一点——虽然是公司,但整体的氛围都很贴近大学校园,甚至同事们之间的称呼都是"X

---

① PLOG:网络流行语,以 vlog 派生的词汇(photo-log),顾名思义是以图片以及照片的形式记录生活以及日常。

同学"。

恒游创建公司九周年的纪念活动上个月人事就在大力宣传了。园区里的各种福利搞了一茬又一茬，还统计了员工的身高尺码，给每人定制了一件文化衫，被方天戏称为恒游校服。

原画组的几个妹子都吵着要去。今天工作任务提前完成了，方天大手一挥，同意全组摸鱼。到楼下的时候，恒游中心园区已经人头攒动。

简嘉刚端了一盒章鱼小丸子起来，手机就开始振动。

陈泊生打了个电话过来，简嘉接起。

"人呢？"

"师哥？"简嘉想起什么，"你在我办公楼吗？"

"嗯。"陈泊生道，"不是给你带绿豆冰沙吗，过来没看到你们组人。在中园那儿参加下午茶活动？"

"师哥，你怎么知道？"话音刚落，肩膀就被拍了一下。

简嘉回头，果然是陈泊生。脸颊瞬间被绿豆冰沙贴上。他叫了一声，缩脖子小声惊呼："好冰！"

"在吃什么？"陈泊生自然地开口。

"章鱼小丸子。"简嘉递给他，"师哥，你要吃吗？"

简嘉还等到陈泊生的回复，就见方天抱着一堆零食跟他打招呼。

"嘉！这边有冰粉，过来你方总给你整一点儿！"

他转头问陈泊生："师哥，你想吃冰粉吗？"

"都行。"陈泊生没什么意见。

"那先吃点儿？"简嘉提议。

陈泊生点点头。

一小碗冰粉下肚，简嘉终于感觉自己脑子稍微清醒一点了。没错，这才是夏天的正确打开方式。

下午茶整整持续了半小时，陆陆续续地有人吃不完就打包走，揣着剩下的水果甜点回工位继续工作。

简嘉虽然热爱美食，但是胃口很小，往往吃不了多少就饱了。

冰粉跟绿豆冰沙吃完之后，更是撑得不行，也准备跟陈泊生打个招呼，然后回工位去。

只是刚准备走，前面的路就被堵住了——几个挂着工牌，看起来像是隔壁游音部的女同事围在一起，好像在看什么东西。

恒游除了游戏之外，也涉及很多互联网相关的行业。比如恒游娱乐，负责娱乐圈新闻报道。简嘉没入职之前，在热搜上看到过几次。恒游娱乐部门还有明星扫楼的活动，特别热闹。比如恒游音乐，就是一款音乐app，其中还包括有声书和广播剧，跟IP部门走得近。

前边游音的女同事们有的站有的蹲，大概围聚了四五个人，成为一个半包围的圈。

"好小啊，感觉才两个多月大。"

"你看它是不是腿受伤了，有点儿走不动？"

"啊……好可怜，要不然弄点儿牛奶过来喂它吃？"

"这么小的猫咪可以喝牛奶吗？"

简嘉听到了"猫咪"两个字，停下了脚步。他好奇地过去看了眼，果然，被女同事包围的正中间，是一只不满三个月的小三花猫。

恒游的园区里有专门给流浪猫遮风挡雨的木头猫窝。园区内共有十三只猫，在KOKO上面都登记在册，甚至还有自己的员工编码。这只小三花一看就不是园区里的猫。

小三花情况看起来不太好，后腿受伤了，浑身上下的毛沾满了泥巴和草屑，变成一撮一撮的，不知道是从哪儿流浪过来的。

看到简嘉走过来，几个女同事悄悄地红了脸，然后让开了一条道。

简嘉轻声问了句："这小三花什么情况？"

有个胆子大点儿的女同事，接了他的话："不清楚哎，我们看到的时候它就蹲在这里了，走过来它也没动。"

简嘉半蹲下观察了一会儿："有点母鸡蹲啊。"

女同事一愣："什么是母鸡蹲啊？"

"就是小猫不舒服的时候，就会这样蹲着。"简嘉低下头检查了一下，"这是猫咪忍受疼痛的方式之一，你看它小腹是悬空的，这么小的猫，估计有得猫传腹的可能性。"

女同事听得一愣一愣，脱口而出："专家啊您这是。"

简嘉笑了一声："那倒没有。"

只是贝贝这只小肥猫，刚被他捡回家的时候，真的是什么毛病都来了一遍。简嘉照顾得焦头烂额，被折磨了半年之后，感觉自己都能上宠物医院当个赤脚医生了。

女同事们互相看看，面露难色。刚才那个胆子大的开口："同学，就是我们商量了一下，想带这只小猫去做个检查，但是我们家里都没养猫，你看你能暂时照顾它一下吗？"

简嘉愣了下，其实也不是不行。如果他是一个人住的话，别说暂时照顾这只小猫了，就算是把它拎回家养着都没问题。养猫人是这样的，一只也是养，两只也是养，越养越多。

只是……简嘉下意识抬头看了眼陈泊生。

女同事的目光随着他一起移动，然后再一次脸红。

哇哦，今天什么好日子啊！偶遇这种级别的大帅哥就算了，一下还遇到两个！运气这么好！

"看着我干什么？"陈泊生笑了声："你想养就养呗。"

"我不是想征求一下师哥的意见嘛。"简嘉摸了摸鼻尖，"感觉挺多人都不能接受养第二只猫的。"

陈泊生倒是挺自然地把小三花连衣服带猫抱起来："怎么说？"

"你工位要是没地方放，先放我办公室里？"陈泊生征求了一下简嘉的意见，然后慢条斯理地改口："猫爸？"

简嘉无奈地捂脸，然后深吸一口气，问道："师哥，我真的可以把这只小三花带回家养吗？会不会有点麻烦你？"

虽然他说是跟陈泊生是合租室友，但他们情况特殊，永固巷的那套平层的主人还是陈泊生。

简嘉忐忑地等待着陈泊生的回答。

半晌，陈泊生开口，语气有点无奈："简嘉，我希望你能开心。"

"你可以不用问我的想法，因为我都会答应。"陈泊生低沉道，"明白吗？"

好的，明白了陈老师，记下来了陈老师。

小三花暂时被放到陈泊生的办公室里。下班的时候,两人带着它先去宠物医院检查了一下。

跟简嘉判断的一样,小三花除了眼睛发炎、后肢受伤,以及一些皮肤病之外,果然还患有猫传腹。换作以前,猫传腹绝对是小猫咪中的绝症。但这几年宠物医疗发展得比较迅速,已经有专门针对猫传腹的特效药,只需要按体重配药,后续配合治疗就能痊愈。

简嘉抱着小三花认认真真地听医嘱。小三花也很乖,也许知道简嘉正在帮助它,全程都很配合,打针的时候还被医生夸了"难得见到这么亲人的小流浪猫"。

在填写最后的诊断资料书的时候,看到名字那一行,简嘉愣了一下。

"怎么?"陈泊生问。

"师哥,还没给小三花取名字呢。"简嘉下意识咬笔杆,被陈泊生拦住了,"你觉得叫什么名字好?"问完,简嘉又有点儿后悔。

按照陈大少爷的个人取名风格,很可能小三花妹妹的名字会变成"刚子""强子"之类的。想想贝贝的大名竟然叫陈彪,真可怕!

"宝宝。"

"啊?"

"我说。"陈泊生挑眉,"这只猫的名字叫'宝宝'。"

简嘉:"……"

大少爷的取名风格还是一如既往地随心所欲啊。

结账的时候,简嘉还没掏出手机,就被医生告知陈泊生结过账了。虽然对大少爷来说这体检治疗的一千多块钱就是小意思,但简嘉还是莫名有一种麻烦人家的感觉,于是走过去拿出手机:"师哥,你怎么结账了?我把钱转你?"

"不用。"

"还是转吧,毕竟是我说要养小三花的。"

"嗯。"陈泊生靠在柜台前逗小三花妹妹,说话不急不缓,"我知道。"

"这猫我得要跟你一起养。"

这天,林棠给简嘉发来微信消息,开门见山:宝贝!周六陪我去一趟西河公园!

西河公园是云京的湿地公园,国家5A级旅游景区。

简嘉放下画笔,暂停了电影,回复:你去拍写真?

林棠:嗯啊!

林棠:西河公园办了个汉服文化节,邀请我去做嘉宾。

简嘉表示没问题,正好双休也没事。回了林棠自己可以去的消息之后,见对方又发来了新的内容。

林棠:对了宝,把你师哥也带上。

林棠:我需要看帅哥的脸来"充电"!

一十:行,我问问他。

陈泊生对去西河公园也没意见。简嘉原本以为他会拒绝来着。正如徐谦所言,这大少爷实际上十分宅。能在家里打游戏绝不踏出家门一步,好像太阳一晒人会飞灰湮灭似的。简嘉怀疑他那身冷白皮就是宅家里待的。

结果他一口答应,简嘉还挺意外。

到了周六,两人一路顺利地开到了西河。简嘉拿着地图兜兜转转,终于找到了在河岸边化妆的林棠。

西河公园作为5A级别的风景区,景色真的没的说。云京是北方,西河的建筑风格却偏南方园林,小桥流水、古镇碧瓦、小船白墙,真是美不胜收。因为汉服节宣传到位,一大早,西河公园的岸边已经围聚了不少人。

简嘉习惯了等林大小姐化妆做造型,站在岸边拿出平板准备画画打发时间。简嘉抬头看了眼陈泊生,怕陈泊生觉得无聊,于是热情地邀请他:"师哥,不然你给我当模特,我给你画一张?"

"什么模特?"陈泊生随口道,"《思想者》那种吗?"

简嘉:"……"

大少爷对模特的误解还挺深的啊。

"没那么艺术!"简嘉笑了声,"你就站着就行,给你画得特别帅,怎么样?"

"听起来还可以。"陈泊生跟他瞎聊,漫不经心道,"下次有那种艺术的,记得也找我。"

"行行行。"简嘉哭笑不得,"肯定找你。"

西河公园的汉服文化节已经举办三年,非常成熟。先是开幕式跟嘉年华,接下来是水上婚礼和游街,晚上还有汉服走秀。

林棠受邀参加的是水上婚礼跟游街。她算是那种重量级别的嘉宾,化妆做造型的时候,主办方的负责人来跟她核对过好几次接下来的流程。

来一次,就忍不住看一次简嘉;又来一次,就又忍不住看一次简嘉。看的次数多了,简嘉自己都发现了。最后一次来的时候,主办方负责人终于忍不住问:"棠棠,这个小哥是你朋友吗?"

"嗯。"林棠嘟着嘴等着上唇釉,发音不清晰,"怎么呢?"

"没什么。"负责人搓手,笑道,"就是一会儿不是有个水上婚礼嘛,B组之前邀请的那个男模特忽然临时有事来不了,就少了一个嘉宾。就想问问你朋友穿过汉服没有,能不能来救个场?"

"他啊?"林棠都不用问为啥,毕竟简嘉这大帅哥的脸摆在这儿,主办方打他主意太正常了。

"我没意见,不然你问问他?"

于是,简嘉刚放下平板,就见主办方跑来问他愿不愿意参加水上婚礼的活动。简嘉一开始还以为是上去体验,有些迷茫:"游客也能上去坐船吗?"

"不是不是。"主办方连忙摆手,"是邀请你来做特邀嘉宾!"

"嘉宾?要穿汉服吗?"

"对对对。"

主办方把刚才跟林棠说的话,又转达给了简嘉。

说实话,简嘉还挺想尝试一下的,毕竟他对这种自己没做过的事都很好奇。但一想到大热天的要穿那么厚的衣服,又有点退缩。

直到陈泊生在旁边说了句:"穿吧。等会儿给你拍照。"

简嘉转过头,犹豫着答应了:"……也行。那我就去试试。"

他说完，连忙补了一句，"师哥，帅的话你就拍照。要是觉得很丑，请把这一幕忘了吧。"

"不会。你穿什么都好看。"

"……哦。"

"我去车上拿相机。"

"你还提前带相机来了？"简嘉诧异。

"嗯。"陈泊生淡淡道。

主办方给简嘉拿来的是一套宋制圆领的红色袍衫，颜色是有点儿做旧的朱红色，棉质的材料，看上去质感就很好。原本还有个帽子，但是简嘉做完长发的造型之后，发现假发外面还得再戴帽子，热得不行，最后索性放弃了。

妆造完成的一刻，简嘉听到了林棠的惊呼。他还有点儿不好意思："怎么样？不会很违和吧？"

简嘉知道有些人的长相就是不适合穿汉服的，像那种现代人被强行塞进古代，不伦不类的。

"不违和。"林棠道，"我去，你也太好看了吧！早知道我就早点拉你入圈了！"一想到自己身边就有这么一个古风大帅哥，自己还错过了这么多年，林棠就懊悔！

"真的假的。"简嘉笑了声，"你要这么说，我等下就飘了。"

简嘉对自己的脸还是有点儿自信的。从林棠拿来的镜子里打量自己的时候，他还稍微臭美了一下。没想到，自己的汉服首秀还真挺合适的——他的长相本来就是那种端庄秀丽的类型，特别适合古装。汉服又加强了这种感觉。朱红色的宋制圆领长袍衬得他皮肤雪白，在太阳底下都快反光了。妆造小姐姐压根没怎么给他化妆，用她自己的话来说，在这张伟大的脸上做什么都是画蛇添足！

陈泊生刚拿好相机回来，就看到简嘉对他招手。

小显眼包提着衣摆跑过来，还转了一圈："师哥，怎么样，帅不帅？"

"挺好看的。"陈泊生夸他，然后低着头摆弄相机。

"啊?"简嘉犹嫌不足,"我在那儿做了半小时的造型,就只能得你这么一句啊!"一副觉得很亏的模样。

"那还想要什么?"陈泊生看着他笑,"一会从各个角度给你拍写真,详细展示你的俊俏,可以吗?"

简嘉:"……"怎么就忘了,这位少爷是有点子毒舌在身上的。

事实证明,林棠的每一声"哇"都不是白感慨的。简嘉穿着这套汉服站在船上,听取岸边惊叹声一片。隔着半条河,简嘉都听到那些快门声响,动静大得都赶得上打雷了。

一堆人里面,就简嘉这小显眼包最嘚瑟。跟开个人演唱会似的,他站在游行的船上不停地招手。

看得陈泊生弯了弯唇,有点儿忍俊不禁。

简嘉好像,从高中到现在,从云端跌入尘泥之后,这么多年,好像变了,又好像一点都没变。

不知道是不是小姑娘呼朋唤友的缘故,岸边过来围观水上婚礼的人越来越多,目的性还都很强,一来就嚷嚷——

"姐妹你刚才拍照给我看的那个汉服帅哥在哪儿?"

"哇!真人比照片还好看!"

"原相机直出跟精修过一样!"

"天哪,那些拍古偶的导演能不能擦亮双眼!以后都给我照着这个标准选男主角!"

简嘉有点轻微的近视,今天出门还忘记戴隐形眼镜。小显眼包在几百个镜头的氛围烘托下上了头,朝着岸边的方向飞吻了一下,瞬间又从岸边传来巨大的尖叫声。

从婚船上下来的时候,简嘉摇摇晃晃的。陈泊生扶了他一把。

简嘉站稳后,问:"师哥,一会儿打算去哪里玩?"

汉服节虽然晚上有花车跟游街,但陈泊生跟他都不是真的汉服爱好者,难得的休息日,还是想多转几个地方。

"隔壁好像有个挺有名的网红游乐园,晚上有夜场,去不去啊?"林棠也上岸了,听见简嘉的询问接话。

简嘉拿出手机查了一下,发现还真有一个游乐园,而且自己还挺熟。

果不其然，林棠下一秒就说："哎，嘉宝贝，这个游乐园是不是你大学去兼职做 NPC 的那个？"

"好像是。"简嘉点点头，又确认了下，"应该是。"

"兼职？"陈泊生问了句。

"对啊。"简嘉解释，"这个游乐园还挺有名的，晚上有花车游行，我当时是扮演一个吸血鬼 NPC。"

"我记得！"林棠补充，揶揄道，"还因为扮相特别帅，上了热搜来着。"

"这就不要提了吧。"简嘉谦虚道，"好小简不提当年勇，毕竟大家要理解，帅是藏不住的。"

两人你来我往地瞎奉承了几句。什么"帅还是简哥帅""美还得看棠姐"。

陈泊生打断了他俩的胡扯："你大学经常去兼职吗？"

"也不是经常。"简嘉回过头，"就是有空了去，想着多赚一点钱。"他犹豫了一下，觉得现在跟陈泊生的熟悉程度，说也没事，缓缓道："那时候赵老师刚被检查出来身体不好，治病花钱的地方还挺多的。"

"嗯。"

简嘉很快就把这种沉重的气氛打散："其实在那个游乐园打工也挺好玩的，日结工资真的蛮多。"

他刚想说"师哥有需要可以介绍给师哥"，结果想起眼前这位大少爷的家底。嗯，还是不要问了。

"不过师哥你放心。"简嘉笑道，"我现在也会努力打工挣钱的。"

"争取早日实现财富自由，到时候你、林棠、贝贝，我带你们吃香喝辣。"能让一个财迷说出这话，可见是真朋友了。

日暮西山，简嘉跟林棠嫌换衣服麻烦，两人便还穿着汉服。主要是简嘉以为汉服穿起来会不舒服，看起来也会惹人注目，但他真的穿了才知道，现在的汉服做得都已经很贴近日常了。穿在身上，跟穿自己的衣服没什么区别。就是假发戴着有点儿重。但为了不破坏整体妆造的美感，简嘉决定还是不摘了。

除了简嘉，林棠还约了她在汉服圈的其他朋友一起去游乐园玩，凑了七八个人。其中有个女孩提议："要不我们去玩密室逃脱吧，这个园区里有个很有名的密逃工作室，之前上过综艺的。"

"哦哦。"林棠肯定记得啊，"你说他在密室里被吓得走不动路的那次啊？"

"对对。"女孩点头，"就是那个《老宅嫁衣》！"

"可以啊，我没问题。"林棠举手示意。

大家陆陆续续都表示想去。简嘉随大溜，也没意见。陈泊生随他。众人合计了一下，买了个晚上九点的团购——就得大晚上去，刺激！

抵达密室逃脱工作室之后，简嘉把手机什么的随身物品都放在柜子里，转头对陈泊生低声道："师哥，你要是害怕的话就跟着我，到时候单人任务我帮你做。"

"这么好？"陈泊生挑眉。

"说这话。"简嘉谦虚，"咱俩什么关系啊！"

"什么关系？"

"感天动地的师生情啊！毕竟你在公司那么照顾我。"简嘉一脸坚定地拍他肩膀，"正所谓，一日为师终身为父，师哥你放心，进密室之后，我会照顾你的。"

陈泊生："……"小陈叹气，生活不易。

简嘉话说得漂亮，结果戴上眼罩一进密室，整个人就腿软了——全封闭、黑漆漆的环境阴风阵阵，耳边还有恐怖音乐，配上让人寒毛直竖的NPC解说。

要不是还得照顾陈泊生，他真想扭头就直接放弃。

幸运的是，他们人多，前面的单人任务轮了一圈都没轮到他跟陈泊生头上。不幸的是，《老宅嫁衣》中间有段追逐战。在几个NPC女鬼的围堵下，简嘉只顾拽着陈泊生到处躲，跟林棠他们彻底走散了。

不愧是上过综艺的密室，场地大得离谱。在里面跑了几圈之后，简嘉彻底不知道自己跑哪儿去了。

扮演女鬼的NPC姐姐还在后面尽职尽责地乱爬，伴随着走廊里恐怖的背景音乐，给人的震撼还是不小的。简嘉吓得浑身僵硬，慌不择路地推开旁边的房间门。

房间中间只有一口竖立的棺材。简嘉一把掀开棺材板，跟陈泊生两人跨了进去，躲起来，大气不敢出。

原本想等躲一会儿，女鬼走了之后再出去。结果刚关上门，"砰"的一声，所有的室内灯都熄灭了，连带着背景音乐也没了。

"我去！"女鬼姐姐忽然发出惊呼声。

"什么情况？"简嘉一脸蒙。

"应该是停电了。"陈泊生思索了一秒。

"什么？"

果不其然，女鬼姐姐已经不好意思地站在门口解释："帅哥不好意思哈，出了点儿意外，密室供电器跳闸了。"

"没事。"简嘉试图推开棺材，结果推不动，"嗯？"

女鬼姐姐："那个，我们这个棺材的设计是从外面扣上的，电子锁，估计要等来电了才能打开。"

简嘉顿时无语。

女鬼："您稍等一下，我去找老板来砸开！"

简嘉再次无语。

于是下一秒，整个漆黑的房间，只剩下一口漆黑的密闭棺材，棺材里还装着简嘉跟陈泊生。

这会儿背景音乐没了，刚才被追逐的紧张感消散，气氛突然变得有些尴尬。要不说点儿什么来缓解一下气氛？简嘉在脑海中胡思乱想。

还没等简嘉开口，棺材里再度响起恐怖的背景音乐，将刚才那点尴尬驱赶得分毫不剩。简嘉松了口气。

"咔嗒"一声，棺材的机关锁被人从外面打开——是刚才追逐他俩的那个女鬼姐姐，脸涂得煞白，嘴巴血红，看到简嘉的蜡烛掉地上，还很贴心地帮忙捡起来，不好意思道："帅哥，真不好意思，现在来电了。来来来，出来吧。"

简嘉才回过神，感觉自己有点腿软，懵懵懂懂地往棺材外走。

脚下有个台阶,简嘉一个趔趄。陈泊生下来的时候,扶了他一把。

女鬼姐姐一看更不好意思了。妈呀,停个电把人家帅哥都吓到腿软了!不过想想也是,正好是被关在棺材里的时候停电,幽闭恐惧症都要犯了!

"帅哥,没事吧?"女鬼姐姐担心道。

"没事,没事。"简嘉摆手。

太不争气了吧。

"哦哦好的,没事就好。"女鬼姐姐问,"刚才断电的时间不给你们算在游戏时长内,帅哥你们看还继续玩儿吗?老板刚才对讲机联络过你们的朋友,他们的意思是继续。"

"啊,哦。"简嘉心不在焉地点头,"我都行。"

"好。"女鬼姐姐点头。

简嘉听到那个"好"字刚落地,只见女鬼姐姐的脸色瞬间一变,面目狰狞:"我……好……恨……啊……"

简嘉:不是,入戏这么快的吗?

下一秒,女鬼姐姐立刻倒在地上,扭曲地爬行。恐怖的背景音乐再度在走廊里响起,把恐怖的氛围感重新拉满。

简嘉这回是被真的吓到腿软,想都没想就赶紧推开门往外跑。跑的时候还特别仗义,不忘拽着陈泊生一块儿逃。

一转头,女鬼姐姐果然又开始满地乱爬。

"嘻嘻嘻嘻……"

救命!要不要这么敬业啊!

《老宅嫁衣》玩完,已经是晚上十一点。整个剧情到最后自然不忘记煽情一把。玩家队伍里好几个小姐姐都忍不住偷偷抹眼泪,直到复盘的时候,林棠他们还在兴致勃勃地讨论。

简嘉则是从棺材里出来的时候,全程都没注意后面发生了什么,心不在焉到了极点。

"我去,你都不知道停电的时候多恐怖!"

等待监控录像期间,林棠坐在休息室里面跟别人聊天。

"我当时正好跑到门后，妈呀，以为自己真的撞鬼了。"林棠忽然指着其中一个男生，"还有你，小胖，说好的进去之后保护我，我们俩不离不弃的呢，你倒是跑得连个影都没了！"

被点名的男生求饶："错了错了，林姐，里面那么黑，我真没抓住你人！"

林棠数落完他，叹息道："要不怎么说患难见真情呢。我们这种塑料密室搭子，跟人家真师兄弟就是不一样。"说完，撞了下简嘉，"说你俩呢。真有你的啊，嘉宝贝，你跟你师哥是不是就没跑散过？"

"啊？"简嘉抬起头，"多亏了师哥，关键时刻很有安全感。"

"什么时候我也能被大帅哥保护一回？"

"这种级别的，做梦吧，今组局能碰到一个就是上辈子拯救银河系了！"

简嘉除了一开始被他们调侃得有点儿不好意思，几句话之后，脸皮也厚了起来。

"夸张了吧。照这么说，我上辈子岂不是什么也没干，光顾着拯救银河系去了？"

众人一愣，可能是没想到简嘉又帅又如此有趣，显得有些意外，下一秒，就跟他嘻嘻哈哈地打闹到了一块儿，左一个"小简"右一个"我们草儿"的。

简嘉就有这样神奇的亲和力。不管在什么圈子里，都能迅速地混成人群中最耀眼的那个。又或者，他本身就是闪闪发光的存在。

周一上班，简嘉在微博上小小地火了一把。

西河公园发了这次汉服节的照片，其中有一组游船的图，九宫格里面有四五张图都是他，超高的颜值瞬间俘获了网友的心。被提及最多的一张，是他穿着那件红色的宋制圆领长袍，提着下摆从船上上岸的时候抓拍的。迎新人下喜轿的新婚氛围感强得不行。

评论区都是尖叫——

"啊啊啊！三分钟内我要知道这个红衣小哥哥是谁！"

"哇，前世今生虐恋情深的情节在我脑中活了，谁给我推一本'古穿今'的小说？"

简嘉盯着评论区看了一会儿，忍不住给几个热评点了赞，然后上班摸鱼被方天抓了个正着。

一连好几天，《第十区》都加班到晚上十点，到家就十二点了。一直到周五早上，陈泊生忽然提了一下他要出差的事情。合租这么久，简嘉还是头一次看到陈泊生出差。

当天晚上，简嘉吃过饭之后先去洗漱，然后在房间里看了会儿之前陈泊生发给他的专业课教程，信心满满地往二楼跑。陈泊生在书房。

落地窗外飘着雨，眼看有变大的意思。

简嘉敲了下门："师哥？"

"进来。"

"你在加班吗？"简嘉拿着一杯牛奶，心想有点儿不巧。

"处理一点工作。有事吗？"

"没什么事，我煮了牛奶喝不完，给你拿一杯过来。"

"这么好啊。"陈泊生忽然看他，警惕道，"我怎么觉得你要搞事？"

"啊？这么明显吗？"简嘉语气轻快，"也不能说搞事。"

"我就是来跟你说一声，你发给我的专业课看完了。"他开门见山，"就是交课后作业。你先工作，我等你忙完。"说完，他就自己在落地窗前找了个合适的沙发，舒舒服服地窝着，顺带还很惬意地挑了本书看。

过一会儿，陈泊生处理完工作，把简嘉叫到跟前开始提问。别看陈泊生主业是程序大神，谈起简嘉的数媒专业，也头头是道，见解想法不仅新颖，对简嘉一些困惑的地方更是一针见血地指出关键所在。

简嘉消化了一下大神的指导，像是被震撼到了，顿了下，才缓缓地感慨："师哥，你好强啊。"

陈泊生："嗯？"

这位，简嘉同学，本人强你是第一天才知道吗？

"你也不错。"陈泊生无语地笑出声来,"学习能力这么强,值得表扬。"

简嘉谦虚道:"比起师哥来肯定差远了。"

简嘉拿起桌上空了的牛奶杯,正准备离开,忽然听到陈泊生开口:"简嘉,下次再找个有湖的地方去玩吧。"陈泊生用商量的语气问他,"行吗?"

"……哦。"

简嘉回到房间之后,把自己砸在床上,愣了好几秒,才抱着被子用力地滚了两圈。半响,他拿出手机编辑了一条朋友圈动态。

—十:八月十七号,跟师哥在书房切磋专业课。大神不愧是大神,受益匪浅,感觉今晚睡不着了。

想了想,简嘉仗着反正是发自己可见,又在这条动态下自言自语了一句——

—十:早知道师哥这么厉害,高中就找他抱大腿了!(抓狂的表情包)

权限改成仅自己可见之后,简嘉点击发送。自动刷新动态后的下一秒,微信跳出了陈泊生刚发的朋友圈。

陈老板:云京有什么湖推荐吗?

评论依旧丰富多彩。

林棠:大校草想去什么湖啊?

方天:城西那块儿不是个小西湖吗?

校花:市中心也有个人工湖?挺适合拍照的,我陪你去?

谦虚使人进补:你什么时候开始有个热爱山川湖海的新人设了?

简嘉给陈泊生这条朋友圈点了个赞,然后切换到聊天页面,点开陈泊生的聊天框,想了想,发了一个"晚安"过去。

"咚咚咚",下一秒,房门被敲响。简嘉条件反射放下手机,假装睡觉。

陈泊生没进来,只是站在门口说了句:"晚安。"隔着门板,他声音低沉,"别玩手机,早点睡。"

事实证明,玩手机这事,就算是天王老子来制止都没用——简嘉直接玩到凌晨四点才睡觉。第二天一早，夜猫子醒来的时候，永固巷的平层里就只剩下他一个人。

简嘉看了眼桌上的早餐，以及陈泊生在微信里给他发的消息，这才想起陈老板今天要出差。一直以来，简嘉都习惯了早起就看到陈泊生坐在客厅沙发的画面。骤然孤身一人，还有点儿不习惯。

他吃了早餐，洗了碗；给贝贝换了饮水机的过滤器，倒了猫砂；又去阳台给绿植浇了水，把晒好的衣服收进衣柜。忙忙碌碌大半天，一看时间才过了两小时。

房间里空荡荡的，简嘉站在沙发边，挑了挑眉。以前怎么没觉得，陈泊生的家其实还挺大的？

眼看时间还长，简嘉索性坐在书桌前练习画人体。打开绘画文件，第一张就是在西河公园速写的那张陈泊生。他当时心不在焉的，只画了一半，这会儿忽然又来了兴趣，干脆把这张半成品画完。

简嘉画乙游卡面画出经验来了，对画大帅哥很有心得。没过多久就画好了这张图，画面里的陈泊生站在古镇的小桥边，背景是碧瓦白墙，简嘉画工深厚，寥寥几笔就勾勒出男人散漫的姿态，整张画的生活氛围感和动态感都很强。

电脑的微信图标跳了一下，简嘉点开，是陈泊生发来的消息——他俩上午就在闲聊。

简嘉习惯性干了什么事，都会拍张照发给陈泊生。一开始只是觉得好玩儿，随手分享。后来他发现，陈泊生几乎每条都必回，而且还不是敷衍的那种，回复的内容至少还能有来有回地聊好几句。事事都有回应。

简嘉就惯性使然地养成了这么个习惯。

陈老板：干吗呢？

一十：画画。

一十：师哥你工作忙完了啊。（转圈的表情包）

陈老板：嗯。

陈老板：你加班？

一十：没。

一十：我自己随便画画。

聊到这里，简嘉忽然心血来潮，把画好的画截图一张，发给了对方。

一十：上次在西河公园没画完的那张，嘻嘻。

陈泊生那边一直正在输入中，紧接着，一个语音电话打了过来。简嘉习惯了大少爷有事没事就爱打语音电话的行为，接通后又跟陈泊生聊了会儿才挂断语音。

简嘉整理了下，顺手就把这张画好的图发到了微博上。因为工作绘图量大，简嘉已经很久没有在微博发摸鱼图了。于是这张图一扔上去，评论就水涨船高——

"啊啊啊！大神……又发图了！"

"起猛了，一觉醒来到卢浮宫了。"

"好帅啊，难得看到大神画真人！"

"太太，这个是新男主人设吗？《第十区》的？"

"啊啊啊啊不是吧，我才在超话里得知《第十区》要加男主！本来十分反对，但如果男主长得这么帅的话，好像也可以！"

简嘉的画风很好辨认，所以在恒游上班没多久，就被超话里的游戏玩家扒出来他是《第十区》的画手之一了。他对这种"掉马"倒是无所谓。最近不知道哪个游戏营销号在造谣，说《第十区》要增加一个新的男主，传得有模有样，搞得玩家们爆发了好几次小规模的讨论。看到有粉丝在下面问，简嘉就回了一句。

"不是。就随便画的。"

简嘉画的这张图莫名其妙地爆火了，到了晚上转发量已经有四五千。

简嘉刷新微博的时候，发现 Rodya 也给他点了个赞，还转发评论了一个欠兮兮的表情——

Rodya：好帅呀！（可爱的表情包）

粉丝锐评："吃错药了，在这儿卖什么萌？"

周五晚上，陈泊生为期一周的出差终于结束了。

方天看了眼时间，说："哎，今天你师哥是不是回家啊？"

简嘉没跟陈泊生一起回家的这几天，都蹭方天的车去地铁站。方天对陈泊生的归期简直了如指掌。

"好像是。"简嘉打开KOKO上陈泊生的行程确认了一下。

"那你要去机场接你师哥吧。不早点儿去？"

"不至于吧，方总。"简嘉嘀咕道，"他十点的飞机，我七点就去机场接他啊？"从恒游到国际机场打车过去只需要四十五分钟。

不过方天的话倒是提醒了简嘉，他没跟陈泊生说自己要去接他。到时候小简准备突然在机场闪亮登场，给陈老板一点儿震撼！

于是，下班时间一到，简嘉就装作不经意地在微信上确认了一下陈泊生落地的时间。他跟陈泊生在微信边走边聊，准备到园区门口打车去机场。

陈泊生打了个电话过来，语调懒洋洋的："问我落地时间干吗？来接我？"

"怎么可能。"吓死了，简嘉的"惊吓"计划差点泡汤，他诡计多端，"我今晚加班呢，这个点儿还在工位打工！"

"真的假的？"陈泊生散漫道，"你工位搬得倒是远。"

简嘉咂摸了一下这句话，觉得有点儿不对劲。

"师哥，按照电视剧的发展。"简嘉迟疑道，"你现在不会要我回头看，然后你忽然出现吧？"

"想什么呢？"陈泊生说。

简嘉松了口气，还好还好。

紧接着下一秒，他刚刷卡出园区，抬头一看，马路对面停着一辆熟悉的车。陈大少爷就这么懒洋洋地靠在车前，似笑非笑地看着他。这人穿了一件白色带拉链的短袖，外面是一件黑色坎肩的运动马甲，肩宽腿长。个人风格鲜明到让人无法忽视。

简嘉听到电话里传来陈泊生的声音，吊儿郎当："要是能被你给'套路'了，陈老板还怎么在这儿混啊？"

"过来。"陈泊生扬了下下巴。

"……什么？"简嘉还没有回过神，语气依然有点蒙。

"你不是准备来机场接我，给我个惊喜吗？"

"好像是有这么回事。"现在被你截和了。

冷气扑面而来，见面的兴奋感随即冷静不少。

两人坐上车，简嘉忍不住道："师哥，你怎么猜到我要去机场接你了？"

"不然为什么我是陈老板，你是小简同学？"陈泊生随意道，"晚饭吃了吗？"

"还没。"简嘉急着去机场，没在公司吃饭。

"这个点都没吃？"陈泊生看了眼时间，随口就是造谣，"为工作废寝忘食、食不下咽。"

简嘉："……"

"师哥。"简嘉乖巧地坐着，"你要这么说，那我就有想法了。"

"嗯？"

"那你不得请我吃饭啊？"简嘉真诚道，"我没有功劳，也有苦劳。"

陈泊生瞥了他一眼，没说话，还挺会骗吃骗喝。

简嘉很识趣地挪开视线，一言不发。

"想吃什么？"陈泊生问了句。

车缓缓启动，周围熟悉的风景在倒退。

虽然简嘉嘴上说让陈泊生请自己吃饭，实际上计划有变。原本以为十一点钟才回来的人，六点就见到了。眼看时间还早，勤俭节约的小简同学准备在家自己动手，丰衣足食。

陈泊生洗完澡出来，刷手机时见简嘉刚发了一条朋友圈。五分钟前的动态，是晚上做的晚餐摆拍，最后两张图是贝贝和妹妹——贝贝躺在地上形如小煤气罐；下一张，妹妹倒在贝贝旁边，睡姿一模一样。

简嘉的动态只有一句话：兄妹俩一个德行，吃了就睡。（抱拳）

陈泊生心想照这养法，家里很快就会出现第二个煤气罐。他翻完图片，习惯性地给简嘉点了个赞。

地球另一端，早上七点。

陈黎合上笔记本，背靠着落地窗，揉了揉眉心。萧辰昨晚在维加斯玩到凌晨，刚睡不久又起来打他电话，说找了几个当地的女孩一起玩，问他去不去打高尔夫。

陈黎一边接电话，一边清理社交软件的消息。耳麦挂着，他声音像大提琴一样低沉："不去。"

"哟，干吗呢黎哥？改邪归正，浪子回头了？"

"回你个头。"陈黎笑骂他，"省省吧，激将法对我没用。"

他刷新朋友圈，刚好看到简嘉的动态。国内和这边有时间差，这个点对方应该已经睡了。

第一张照片是简嘉自己做的饭菜，陈黎点开来看。大概是国外的快餐吃多了，陈黎看了两眼，不知怎么有点儿想念起国内的家常菜。

后面两张是简嘉的猫。陈黎又想起简嘉让自己换掉头像。他事情多又忙，把这事忘到了脑后，到现在都没换。看照片，简嘉似乎养了一只新的小猫。

陈黎把玩手机，忽然发现，简嘉已经很久没有跟自己联系了。他和简嘉的共同好友不多。这条朋友圈的点赞除了他自己，就只能看到陈泊生的微信ID嚣张肆意地挂在上面。

萧辰没挂断电话，不知在哪里——对面有娇滴滴的声音、萧辰的一句"宝贝再见"，以及洗漱的水声。

"我说你真应该见识见识这边妞的热情，没话说！对了，我昨晚跟老袁喝酒的时候听到了一个八卦，你知道中达的副总老姜吗？哎哟我去，他老婆给他戴了顶绿帽子，被当场捉奸在床！"

"什么？"陈黎看着那个点赞，有些心不在焉。

"他老婆拿他的钱，包了一个男大学生。哇哦，好家伙，什么叫老房子着火啊？这不妥妥地被撬了墙角吗。老姜高血压都气出来了，这会儿在云京闹着呢。"

"男大学生？"

"可不是。现在的小姑娘不知道为什么都喜欢这种。我看她们就是见识短浅，没遇到过有魅力的成熟男人。"

"少自恋了,有魅力的也不是你。"陈黎忽地有些不痛快,讽刺他一句。他漫不经心地挂断了电话,视线落在陈泊生的点赞上。

半晌,他失笑,揉了揉眉心,真觉得自己最近太累了,胡思乱想也该有个可信的程度。

简嘉惦记着自己用"苦劳"骗来的那顿饭。周二上班的时候,他摸鱼,在微信上跟陈泊生闲聊,约了周六出去玩——他在网上"种草"了好几家私人餐厅。由于每个餐厅都想去"打卡",选择困难症瞬间发作。简嘉干脆把几个链接全都扔了过去。大约过了一分钟,陈泊生那头就发了张图片过来,是一张他们俩聊天记录的截图,把要去餐厅用红色的涂鸦笔圈了起来,把范围缩小到了两家。

简嘉点开来一看,两家都还行。一家云京的本帮菜,一家粤菜。最重要的是,这两家的位置,都位于云京不同的湖泊旁边。

一十:师哥,这两家店都在湖边?

陈泊生仿佛也在摸鱼,消息是秒回的。

陈老板:嗯。

陈老板:湖边风景好看点,怎么?

看起来好像再正常不过的选择理由。简嘉回了个"嗯嗯"过去。

最后吃饭的地方选在了云京市中心。旁边就是波光粼粼的天然湖泊云水湖,云水湖的尽头就是沧江。再旁边是金融大厦,过了金融大厦就是著名的步行街博物街。

周六当天,两人吃过饭已经是六点。夏天的天空还是湛蓝的。

简嘉这顿饭吃得有点撑,眼看时间还早,他提议去步行街逛逛。上回他跟陈黎来这儿吃饭,就没去成那家画展。简嘉对这个画展还挺感兴趣的。

整整一条足够六七辆车并排开过的步行街是云京最有名的艺术一条街。风格英伦复古,低调奢靡。除了画展之外,里面还林立各种历史博物馆和小众美术馆。博物街的中心,是云京歌剧院。

简嘉记得读高中的时候,有一年附中特别大方——把整个云京歌剧院的舞台都包了,给高三的学生们放松放松。故地重游,转眼间,他已经从一个高中生变成打工人。博物街的发展也日新月异,简嘉感觉好多地方又熟悉又不熟悉。

步行街的人还不多。看完画展再出来,天色终于有点儿昏昏然的感觉。

简嘉没什么目的地跟陈泊生并肩而行,慢慢地在湖边散步。三三两两的游客跟他们擦肩而过,远方传来凉亭里退休的叔姨们唱歌的声音;湖面像镜子,倒映着满是温情的人间烟火。就还真是岁月静好。

简嘉随口抛出一个话题:"师哥,你还记得不记得这附近有一家很好吃的糕点店。这么多年过去,不知道倒闭了没有。我以前在附中的时候,经常跑过来买。"

他也是随便说说的,为了调动气氛,不然光走不说话多尴尬。所以也没指望陈泊生能接上他这个话题。简嘉都做好了他说"不知道"三个字,结果听见陈泊生偏头问了句:"红豆奶卷那家吗?"

"可以啊,师哥。"简嘉愣了一下,"你还真记得?"

"嗯。"陈泊生道,"以前来买过。"

这家小破店这么出名的吗?简嘉还以为当年只有自己一个人会照顾老板惨淡的生意——每次买点心的时候,都有一种"我不买这家店它就要倒闭了"的使命感。

简嘉看了眼时间,消化得差不多了,问道:"师哥,那要不要去买点儿?等下正好顺路回家。"

点心铺正好在步行街外面。旁边就是地下停车场,买好了两人能直接回家。依简嘉对陈泊生的了解,这点儿步数差不多消耗掉陈泊生一周的出行量,毕竟除了在健身房勤快,简嘉就没见陈泊生动弹过。比起在外面瞎晃,大少爷估计更想要回家吹空调打游戏。

陈泊生却出乎意料地拒绝了他:"回去的时候再买。"

简嘉诧异道:"师哥,你还要逛会儿吗?"

"嗯。"

云水湖的风景很好。到了晚上,湖边的酒吧陆续开业,音乐喷泉也准备就绪。不远处的人工广场上,坐着三三两两的年轻人。

一把吉他，弹着五月天的《后来的我们》。一开始是一个人唱，后来驻足了很多来夜游的大学生，举着手机开始合唱。

云京，是一座属于年轻人的城市。

八月悄无声息地溜走了，云京进入了盛夏的收尾。

简嘉自从工作之后，就觉得时间过得特别快。可能是整天就公司、家里两点一线的原因。而且埋头一画就是一整天，完全感觉不到时间的流逝。

又是一个忙碌的周一结束。简嘉勾完了最后一根线条，确认线条都严丝合缝地连起来之后，伸了个懒腰。

KOKO 的图标闪烁了两下，简嘉以为是陈泊生找他聊天来了——自从入职恒游之后，他跟陈老板的聊天软件就开始无缝在 KOKO 和微信之间切换。基本是约饭和约下班时间，抑或是分享一些贝贝和妹妹的丑图。陈泊生表面上管人家贝贝叫小肥猫，手机相册里的照片也不比他少。

简嘉点开 KOKO 一看，不是陈泊生给他发的消息，是恒游 HR 人事发来的，就是负责面试他的那个张姐。

HR 张蕙：哈喽，简嘉同学，这边有一个提前转正的表格，麻烦你填好了之后，通过邮件发送给我，然后抄送给以下邮箱。（拥抱的表情包）

看到"提前转正"四个字，简嘉怔了一下。

恒游的试用期漫长，足足有六个月。虽然试用期工资是不打折的，但每个季度的考核就足够让人心惊胆战。恒游不但看绩效，还看综合表现。能够提前转正的人凤毛麟角，简嘉来恒游上班之前在网上搜过——几乎所有的实习生都是苦熬半年，只有百分之一表现特别优秀的才有提前转正的资格。简嘉没想到自己会成为这幸运的百分之一。

"嘉宝贝，干吗呢？叫你好几声都不应。"方天摘下耳机，熟练地操控自己的人工椅，滑行过来。

原画师的电脑屏幕都很大。KOKO 的页面占了半个，几乎不用仔细看，就能直接瞄到简嘉跟 HR 的聊天记录。

"我去！"方天惊呼一声，"恭喜啊宝贝！提前转正了！"

"什么什么？"美芽听到转正两个字，也摘下了耳机。

"天哪，嘉，你转正了啊？"小千也抬起头。

几个人因为激动嗓门大，吼得转瞬间原画组跟隔壁建模组都知道了。

要命，转个正而已。怎么突然之间，跟当上恒游总裁一样？!简嘉后知后觉有些不好意思，耳根泛红，无奈道："对。张姐刚给我发了信息，让我填张表格。"他顿了下，正好原画组的朋友都在这里，干脆直接开口，"晚上我请大家吃饭，到时候你们一起来行吗？"

"可以啊！"美芽第一个同意，她犹豫了一下道，"不过，嘉宝贝，你是晚上几点请客啊？"

"晚上七点？直接开车去隔壁商场吃？"简嘉问道，"怎么了，有事吗？"

"没什么事。恒音下午不是在园区里有个音乐节活动吗，我跟小千买了两张坐票，想去看完了再走。"

恒音是恒游集团下面的一款上市音乐 app 的运营部门。上回发现小三花妹妹的几个女同事，就是任职恒音部门的。园区内举办音乐节活动不是第一次，前几年都有。这几天连卫生间都贴着音乐节活动的标语——恒音，让每一份热爱，都有回应。

听说他们还邀请了一些最近比较有名气的音乐制作人跟网红乐队。除此之外，为了提高员工内部的参与度，只要是想参与表演的员工都可以在邮箱里报名。

简嘉知道这件事，还是因为翟瑞找过他——说他唱歌挺好听的，问他要不要也参加一下这个公司内部的音乐节活动。

简嘉当时拒绝了。大热天的，谁想不开去唱歌？

"那我改到晚上九点，行吗？"简嘉道。

"可以啊。"美芽开口，"不过，嘉，你不去音乐节玩一下吗，我这儿还有两张有座位的票，在前排的，不然你叫上大神一起呗？"

简嘉本来想拒绝，但又想到跟陈泊生一起去的话，好像也没那么无聊。他点点头："晚点儿我问问他。"

下午六点，下班时间。

美芽跟小千为了化妆，早早地就下了楼。简嘉跟陈泊生到园区广场的时候，音乐节的舞台下面已经人头攒动。

恒音临时搭建的舞台大概有一百多平方米，算是挺大的。灯光投射在四面的大楼上，炫彩斑斓的追光灯在玻璃窗上缓缓移动。

六点钟的时候天还没黑。云京难得有个好天气，晚霞也流光溢彩。天空一半深蓝，一半火烧着卷云。

别说，还是挺有氛围感的。

简嘉坐下的时候，发现广场里还有挂牌的员工推着推车，有卖瓜子零食的，也有卖水果奶茶的，穿梭在其中吆喝。

简嘉大为震惊，这是什么赚钱的鬼才！早知道自己也推个推车来卖东西了，这不比在上面唱歌赚钱！

胡思乱想间，音乐节开始了。

简嘉看了眼节目表，发现挺多歌他都听过。音乐节进行到一半，台上一曲五月天的《倔强》之后，人群中忽然爆发出一阵欢呼声。

简嘉一愣，朝着发声的地方望去。不在舞台，在观众席。他靠近陈泊生问了句："怎么了？"

没等到对方的回答，边上就有人尖叫。

"哇！有人求婚！"

"啊啊啊啊，真的假的！好浪漫啊！"

"好像是事业部那边的同事，我去，快拍照！"

观众席这会儿因为这个变故，被围了一个水泄不通。简嘉站在后面的台阶上，依然可以看清。被围在中间的主人公他还挺眼熟，是刚才那个卖花的同事姐姐。对于男朋友的突袭，卖花的姐姐一脸震惊，一副完全没想到的模样。

她对象捧了一束巨大的玫瑰，少说有几百朵，单膝跪在卖花姐姐的面前，拿出早就准备好的求婚戒指，热情澎湃地朝着心仪的女孩求婚。

卖花姐姐红着脸，眼泪积在眼眶。

人群开始起哄："答应他！答应他！答应他！"

"我……"卖花姐姐的声音很小，但坚定不移，"我很愿意嫁给你的。"

"喔——喔——"起哄声几乎掀翻整个广场。

在卖花姐姐答应的一瞬间，男生在二楼准备的玫瑰花瓣雨也派上了用场。刹那间，整个广场都开始飘散花瓣。台上的乐队也是会来事的，求婚成功的一瞬间，直接送上一首《今天你要嫁给我》，把气氛推到了高潮。

夏天的阳光热烈灿烂，如同此刻的赤诚纯粹浪漫。

简嘉也被这氛围感染，想起一个很玄妙的说法：当所有人都在笑的时候，你第一时间看向的人，就是你最信赖的人。简嘉几乎是下意识寻找陈泊生的身影，然后在下一秒，与陈泊生的视线撞上。

方天的朋友组了支乐队参加了音乐节，结果吉他手兼主唱十分钟前吃坏了肚子到现在都没出来。虽然说恒音这个音乐节的活动性质更像是公司团建，自娱自乐，但好歹也请了一些网红歌手跟乐队，不能太随意。方天找来找去，找不到合适的人救场，转头看到了台下第一排坐着的简嘉。于是二话不说，直接把他抓过来凑数。

简嘉在团建KTV和翟瑞婚礼的两次展示，是在领导面前挂了号地会唱歌。临时换人，乐队也没什么意见。歌曲随便简嘉选，只要是曲库里有的都行。

简嘉答应得挺快，转过头问了句陈泊生："师哥，你想听什么？"

"《最爱》？"

"除了《最爱》。"简嘉有点想笑，"你怎么就爱听这一首啊？小简同学的拿手金曲不要太多。"

陈泊生笑了句："还有什么？"

简嘉皮道："《果宝特攻》怎么样，菠萝吹雪老师？"

陈泊生冷冷地看他："嗯。只要你敢上去唱。"

简嘉："有什么不敢的？就唱《果宝特攻》。"

乐队成员震惊,简老师这是什么歌曲?我们没听过啊!

"喂,喂。"简嘉上台的时候,测试了一下话筒的声音。

方天见识过他的从容和松弛感,但是没想到这种临时上台救场,简嘉的状态都如此放松。有些人控场的气质还真是天生的,就在上面"喂"那么两声,气场比人家专业乐队主唱都强。

"前主唱有事来不了,换我给大家唱,同学们就将就听一下啊。"简嘉干净的声音通过话筒传出来。他光是站在那儿,就已经是焦点。

果不其然,有胆大的起哄:"这么帅!让之前那个主唱别来了!接下来都你唱!"

观众一片哄笑。

"那不能。"简嘉情态落落大方,"我就答应了人上来唱一首。"

观众捧哏道:"帅哥!唱什么啊?"

"给我师哥,"简嘉顿了顿,笑了声,"唱首《果宝特攻》。"

这世界上除了陈泊生会把自己的微信 ID 改成《果宝特攻》的男主角名,不会有第二个奇葩。

台下正常的成年人,显然都面面相觑,似乎从没听过这首动画片主题曲。

陈泊生有点儿无奈,应和道:"真唱啊。"

一首结束,简嘉摘了吉他,来不及去聆听给自己的掌声跟起哄声。方天在后台一连七八个"我去我去",走上来拥抱他:"可以啊嘉宝贝!"

"方总等下跟你说,我现在有事。"简嘉不费吹灰之力就找到了陈泊生,后者已经站起来,手中不知道什么时候多了两瓶冷饮。

"师哥!"简嘉挥手。

"渴不渴?"陈泊生问他。

"有点儿。"简嘉接过拧开的水瓶,擦了把汗,"这么贴心啊,还给我买水,瓶盖都给我拧开了?"

"你都上台给我唱主题曲了,我还敢不伺候你啊。"陈泊生笑了一下。

"师哥,刚才我唱得怎么样?"

"好听。怎么了？"

"没怎么。"简嘉让自己放轻松，"能打个八十分不？"

陈泊生沉默了一会儿，忽地开口，无奈道："简嘉，你在我这里永远是一百分。

"你永远不用担心我会讨厌你，嫌弃你。我会对你好，照顾你，永远不会丢下你。

"让我成为你的家人。

"行吗？"

音乐节进入了尾声。观众席的人陆陆续续走得差不多，园区里也恢复了往日的安静。

陈泊生缓缓地继续："你要是觉得有一些突然，可以考虑一会儿，再告诉我答案。"

"那怎么行！"简嘉忽然回过神，找到了自己的音调，"师哥，我没有觉得有一些突然，我是觉得太……突然了？"

陈泊生："嗯？"

简嘉还处于一种茫然的状态。他没想过，或者说，他没敢想，在经历了那么多变故，失去了一切，又被陈黎放弃之后，还会有人愿意敲开他封闭的心门，进入他的生活，成为他的家人。

半晌，简嘉像是终于想明白了从头到尾是怎么一回事，缓缓地感慨："师哥，你'套路'好深啊。"

方天他们是十分钟之后到的，显然是还没缓过音乐节的兴奋劲儿，跟美芽边走边聊，看到简嘉之后，挥手打招呼："宝贝！"

"舞台上可以啊你！晚上必须喝酒！不醉不归！"

最后投票决定吃烤肉，一行人浩浩荡荡地朝着江滨广场出发。简嘉下午在群里吆喝了一声请客吃饭之后，来的人还挺多，都是平时玩得比较好的。

在云京这座快节奏的大都市里面，人人都只关心自己。像这种下了班还能放弃个人休息时间，三十八摄氏度的天气都愿意赴约出来吃饭的同事，可以称得上是过命的交情了。也由此可见，从高中开始到现在,只要简嘉想,他的人气就没有低过。

简嘉理所当然地被扔到了陈泊生的车上。和简嘉一起的还有美术组另一个男同事胖胖,以及建模组的实习生弟弟石星星同志。

陈泊生今天上班通勤开的是辆宾利。石星星一看就走不动道了,跟胖胖两人打开车门,战战兢兢地坐在后车厢,缓缓开口:"我上一次看到这辆车……"

简嘉扣好安全带,转头问:"怎么?"

石星星哽咽:"还是在短视频推荐中看过!"

简嘉哭笑不得:"没事。我上回看到这辆车,也是在网上推荐里看到的。"一句话,就让石星星那点儿坐豪车的微妙感散了。

"生哥的这辆车真的绝了,得劲儿。"石星星爱不释手地摸了摸。

简嘉挑的这一家烤肉店是最近云京还挺火的口碑店,也算网红店。正好赶上吃晚饭的时间,大厅里面坐满了人。他们人多,提前预订。老板留了一个包厢。

烤肉店的烤肉模式是 BBQ 烧烤,生肉和蔬菜一盘一盘端上来。圆桌中间是个挖空的大铁炉子,上面一个抽油烟机,烤肉穿在铁签子上,烤熟了就能吃,铁签子就回收到桌边的铁皮桶里面。这家店爆火的原因,也跟这个手动烤肉的创意有大关系。

菜单在众人手里转了一圈,肉串都是按照一打一打上的,啤酒先叫了两箱,简嘉主动站起来给大家开了瓶盖。

"花里胡哨的干杯仪式和祝福咱们就省了,今天来这儿主打一个烤肉管饱。该吃吃,该喝喝,我就不照顾大家了,行吗?"简嘉声音好听,说话感染力也强。

在座的搞原画跟建模的基本都是 I 人①,一听简嘉这话,立马响应。

"好!"

起哄声一阵之后,众人有说有笑地开始聊天。

简嘉坐回到位置时,碗里已经有烤好的肉了。陈泊生又拿了几串肉串,放在铁炉上烤着。

---

① I 人:网络流行词,指性格比较内敛、内向的人。

简嘉心想不能这样,怎么表现全让大少爷一个人挣了?

"师哥,你想吃什么?我帮你烤。"

"都行。"

"没有都行这个选项。"简嘉问道,"鸡翅吃吗?"

"你想吃就吃,吃不完给我。"

要是在几个月前,有人告诉他,有一天陈泊生会非常自然地吃剩饭,简嘉一定会以为这个世界疯了。但这个世界就是这么离谱的,陈大少爷就这么自然地干出吃剩饭的事了。

简嘉自然不可能真的让陈泊生吃剩饭剩菜。他挑着服务员端上来的东西烤,大少爷的挑食拿世界第二,没有人敢问鼎冠军。

简嘉烤好的串串,陈泊生基本都会给面子地吃掉。不过有的会吃完,有的只吃几口就放下了。他观察了一会儿之后,把陈泊生不爱吃的东西都记上了备忘录。

没过多久,啤酒就空了一箱。简嘉在众人的起哄下喝了整整五杯。五杯之后,简嘉就彻底飘了,越喝越上头,剩下的酒都是主动去喝的。

陈泊生看他都有点儿坐不住了,扶了一把:"吃解酒药了吗,就敢这么喝?"

"怎么不敢啊。"简嘉趴在桌上,酒劲儿返上来,脸颊绯红,看着他笑了下,"嘿嘿,等下要陈老板送我回家。占陈老板的便宜。"

陈泊生哂笑了声:"醉鬼。"

一顿饭吃下来,酒过三巡,众人都饱得差不多。陈泊生结完账回来,桌上已经没几个清醒的人,大家倒成一片。

走出店面之后,外面就是商场。白炽灯热烈,再加上又是周五的晚上,七层楼高的购物中心人来人往。下来之后,陈泊生没有直接去停车场。他拐了个弯,把简嘉扶到药店外面的长椅上,然后自己进药店买解酒药。

站在柜台前面挑了会儿,陈泊生最后把解酒药换成了解酒糖。拿着糖出来的时候,长椅上那个小醉鬼已经无影无踪。

陈泊生:"……"

他倒没怎么慌张。简嘉这么大个人,就算喝醉了也是有自理能力的。沿着马路边上找了一会儿,很快就找到这乱跑的醉鬼了。估计是长椅上坐得太热,嫌外面温度高,自个儿又跑回了商场吹空调。

扶着简嘉上了车,陈泊生开着车缓缓地从江滨广场地下车库离开,朝永固巷开去。简嘉像是终于折腾够了,上车之后明显老实不少——坐在副驾驶上,拿着手机不知道在干什么。

陈泊生瞥了眼,提醒道:"车上不要盯着手机,看久了会吐。"事实证明这句话并非空穴来风。

简嘉一路上都在用手机打字,车刚到永固巷,他就忍不住反胃的感觉。车一停稳,简嘉就推开车门踉跄地跑下去,迷迷糊糊找了个垃圾桶便开始翻江倒海。

陈泊生把矿泉水递给他。简嘉连忙道:"你别过来。"

"我怎么就不能过来了?"

"我……"简嘉偶像包袱十斤重,"不行,师哥,太恶心了。"

简嘉吐完之后,脑子清醒了不少,继续道:"我在你面前已经够糗的了,能不能让我留点儿美好的印象?"

"不嫌弃你。"陈泊生无奈了,把人给扶起来,"喝点水。"

简嘉接过水漱了漱口,又接过陈泊生给他的餐巾纸擦了下嘴角。

"吐完好点儿了吗?"陈泊生问他。

"好多了。"简嘉松了口气,"感觉胃里一下清空了。"

"下次别喝这么多。"陈泊生皱眉。

"知道了。发誓。"简嘉连忙道,"下次再也不喝酒了。"

陈泊生冷冷地笑。醉鬼的发誓没儿分可信的——那种第二天早起发誓再也不喝酒的人,据他观察基本只能坚持一周。简嘉也不例外——工作之后喝酒的次数日益攀升。

以前是酒量不行,菜,不爱喝。现在是又菜又爱喝。

回到家之后,贝贝跟妹妹提前蹲在门口等他俩。贝贝蹭了蹭简嘉的腿,确认自己老爸还活着之后,带着妹妹一起玩儿猫抓板去了。

简嘉洁癖发作,回到家第一时间就是洗头洗澡,顺带换了身干净的睡衣。

陈泊生在中岛台兑蜂蜜水,简嘉刚吃了解酒糖,吐过之后又洗了澡,现在基本清醒了大半。

陈泊生怕他明早起来头疼,保险起见让简嘉睡前必须灌一杯蜂蜜水。

"喝了。"

"噢。"简嘉点点头,捧着杯子"咕嘟咕嘟"就是猛灌,然后捧着杯子坐在沙发上发愣。

"怎么不说话?"陈泊生坐在他身边,笑着问,"平时喝醉了一张嘴不是挺能说的吗?"

简嘉回神,他不是第一次发现,陈泊生这人其实挺会聊天的。只要他想,气氛永远不会冷场,而且松弛感把握得刚刚好,自然又亲昵,给身边的人营造一个特别舒适的氛围。

要是跟他聊天冷场了,不用觉得自己多想,就是这酷哥故意的。

"我哪有很能说啊?"简嘉嘟囔了一句,语气又变得不确定,"我喝多了之后真的很吵吗?"

"不吵。很有活力。"陈泊生笑了下,对小简同学的话痨属性表示肯定,"很能说的小简同学,现在能跟陈老板说一下。车上跟谁聊天呢,那么专心?"

"哪有。"简嘉笑了声,双手将手机奉上,"请,陈老板请。"

简嘉的屏保锁密码是生日,零六二一。出乎意料的是,解锁后的屏幕并不是微信页面,而是手机备忘录。抬头一行黑体的标题:关于陈老板的护理守则,作者:观察员小简。

陈老板有些惊讶。

1. 陈老板是世界第一挑食大王,观察发现他不爱吃羊肉、猪肉、鸡爪、青椒、炸过的淀粉肠、加蒜蓉的一切,爱吃年糕串、土豆塔塔片、炸小馒头(但是要裹厚炼乳),秋刀鱼只吃一点点,而且不蘸醋。

2. 陈老板的生日还没告诉我(此处等老板批阅)。

3. 老板对辣椒过敏!

4. 陈老板身高一米八七,喜欢酷酷的美式穿搭。

5. 老板喜欢搞摄影和打游戏,以后可以多一起打游戏、一起旅游。

6. 陈老板神秘莫测,还有好多待观察员小简继续观察,老板可以在此处自行补充。

陈泊生猝然有些眼眶发热，问道："你一晚上就在写这些？"

"下面还有呢。"简嘉感觉酒劲又有点儿上来，顺势倒在沙发上，"需不需要小简同学语音播报一下？"

简嘉后面还写了一篇一千多字的小作文，他说完这话，也不等陈泊生同不同意，就猛地坐起来，拿回自己的手机一本正经地朗诵。看得出来，简嘉其实还没有彻底清醒——他正常的状态下是绝对干不出这么傻的事情来的。

"陈老板，见字如晤。"还文艺起来了。

简嘉捧着手机读着，少年的声音干干净净："作为你相识已久的师弟、新上任的'弟弟'，我觉得有很多事情需要跟你说清楚。

"我觉得，你得好好了解一下我。

"小简同学出生于夏至，幼儿园用可爱的外貌贿赂老师，获得了云京太阳幼儿园全园最萌小朋友奖。

"小简同学传奇的一生也由此开始，八岁就读于霍格沃茨学院，十岁前往异世界执行任务成功拯救世界，十四岁差点被提名可以成为改变世界的人，二十二岁放弃一切荣耀就职于恒游集团事业三部，成为陈老板的首席助理、首席御膳房大厨、首席饭搭子。"

听他扯得一本正经，陈泊生低声地笑，肩膀不停地耸动。

"别笑啊师哥，严肃点儿。"

简嘉自己也忍不住笑，他编的时候没觉得读出来的效果这么有喜剧感。

"认真点儿啊。"简嘉提醒。

"行。我认真听。"陈泊生点点头。

客厅里安静了几秒，简嘉语气坚定，说："陈泊生，我是认真的。"

"你跟我说，想成为我的家人，我听进去了。"

陈泊生敛了玩闹的笑意，目光忽地变得温柔。简嘉抓了把头发，觉得两个大男人突然讲这种温情脉脉的话还有些不好意思。

"为什么和我说这些？"陈泊生沉默了一会儿后开口。

"就是……我想解释清楚，我想对你好，不仅仅是想和你做真正的家人，是因为你好，你值得。我怕你觉得我贪图你的钱。唔……为了少交房租。"

"没有。"陈泊生说。

"什么？"

"没有这么想。"陈泊生叹了口气，"你贪图什么都行。"

"啊？"简嘉开了个玩笑，把有点沉重的气氛给打散了，"你这么好骗啊师哥？两百块不能更多了。"

"你脑袋瓜里一天到晚都在想什么呢？简嘉，你要做的只有一件事。"

"什么？"

陈泊生微微仰头，把手臂盖在眼上，声线颤抖："好好活着。"

简嘉忍了又忍，终于说出了那句话："你哭啦？"

陈泊生："……"

简嘉大概自己也觉得这句话说得太直接，像小学三年级用力地扯散了同桌的羊角辫。等对方趴在桌子上的时候，又讨人嫌地把头塞到桌子底下去看人家掉眼泪没有。

简嘉连忙道："师哥，我真没有那个意思。"

场面一度很尴尬。毕竟陈泊生好歹是个云京小有名气的酷哥。要是被发现偷偷捂着眼哭，岂不是很丢人？

简嘉自己死要面子，以己度人，迟疑地拍了拍陈泊生的后背，安抚似的说："没事，师哥，我喝多了，明天就会断片忘记的。

"我发誓。"

陈泊生："……"

谁要你发这个毒誓！

"对。我就是哭了。"陈泊生这语气酷得不像是承认自己哭了，倒像是大反派在大结局落网时最后的嚣张："没错，就是我干的。"

夜晚，简嘉在酒精的作用下，躁动得怎么都睡不着。他拉开次卧的阳台门，窝在阳台的懒人椅里边吹风，边胡乱地刷手机。

想了想，他打开朋友圈，很含蓄地发了一个动态。

一十：我想要橘子就是唯一的水果。

没有配图。发出去之后,他的心脏怦怦地跳。有一种背着所有人干坏事的感觉。反复看了好几遍,刷新的时候发现已经有人点赞了。

手机"嗡嗡"振动,是林棠。

林棠:啥意思啊?

林棠:以前也没见你大晚上犯'文青病'啊?

简嘉内敛地发了个句号。

对方立刻连连发信息。

林棠:我的草儿,你不对劲!

林棠:你要做什么?

林棠:你别吓唬姐姐!

林棠一连发了三个吓唬的表情包。

简嘉笑了声,打字回复。

一十:一不小心。

他故意慢吞吞。

一十:多了个哥。(偷笑的表情包)

简嘉回到房间依然没什么睡意。他又刷了下朋友圈,给他这条动态点赞的又多了十几个。再一刷新朋友圈,忽然跳出了陈泊生的动态。

陈泊生的朋友圈只有短短的两个字,配图是在音乐会广场接到的一片花瓣。该说不愧是陈大摄影师,手机拍的照片构图都完美得让人挑不出错。

陈老板:夏至。

很快,点赞的人越来越多。简嘉刷新着动态,看到很多共同好友都在各种恭维大神。只有徐谦在下面评论:咋了,夏至不是早就过了吗?

简嘉:"……"

后半夜,简嘉终于来了睡意,一觉睡到天亮。第二天是周六,他没什么早八的负担,自然地睡醒。

简嘉起床的时候已经是上午九点。这个不尴不尬的时间,吃早餐有点儿晚，吃午餐又有点儿早。推开房间门，中岛台上已经放好了三明治跟纯牛奶。

陈泊生正窝在客厅沙发上打游戏，看到他出来之后，转头道："早餐在桌上，睡醒漱好口来吃。"

和之前的每一个早晨没什么不同。

简嘉"噢"了一声，顶着睡得东一撮西一撮的鸡窝头，游魂一样地就钻进了卫生间。漱口的时候刷早间新闻，简嘉感觉自己灵魂稍微回归了一点儿，盯着镜子里自己糟糕的发型，偶像包袱忽然就背起来了。

于是刷牙洗脸之后，还附带洗了一个晨间的热水澡。简嘉换上了最近买的新衣服，对着镜子擦了面霜，吹了头发，简单地搞了一下造型之后，还喷了一点点香水。

从浴室出来，淡淡的白桃香氛弥漫在客厅里。

陈泊生顿了下，抬头，看到简嘉的模样，微微挑了挑眉。

简嘉被他看得很不自在，问："师哥，你看我干什么？这身很奇怪？"

"没什么。"陈泊生问他，"准备今天出道了？"

好在小简脸皮厚，面无表情道："谢谢师哥夸我帅，师哥你也超帅。"

"逗你玩儿呢。"陈泊生看把人逗过了，站起来给他热牛奶，"夏天早上洗澡还好，冬天不准洗了，容易感冒。"

"噢。"简嘉点点头，乖乖地捧着牛奶喝了，然后抱着三明治啃。啃了两口之后，简嘉抬起头："对了，师哥。"

陈泊生以为他有什么重要的事情，偏头问了句："怎么了？"

"就是，我觉得我们的关系跟以前已经不一样了。我们已经不是单纯的师兄弟了。"

"嗯？"陈泊生突然有种不好的预感，只看简嘉抬起头，认真地说了句——

"以后早上，我能要求你做三菜一汤吗？"